마

음

을

건

다

마음을 건다

초판 1쇄 발행 / 2017년 7월 28일
초판 3쇄 발행 / 2018년 1월 31일

지은이 / 정홍수
펴낸이 / 강일우
책임편집 / 박지영
조판 / 황숙화 박아경
펴낸곳 / (주)창비
등록 / 1986년 8월 5일 제85호
주소 / 10881 경기도 파주시 회동길 184
전화 / 031-955-3333
팩시밀리 / 영업 031-955-3399 편집 031-955-3400
홈페이지 / www.changbi.com
전자우편 / lit@changbi.com

ⓒ 정홍수 2017
ISBN 978-89-364-7418-8 03810

정홍수 산문집

마음을 걷다

창비

책 머 리 에

마 음 을
건 다 는 것

어머니는 몸이 많이 약했다. 선친이 옻을 구해왔는데 체질에 안 맞았던
지 옻독이 올라 심하게 앓았다. 어린 마음에 돌아가실지도 모른다는 생
각을 했던 것 같다. 동네 장의사를 지나가는 게 무서워졌다. 중학교 때였
는데 통학길 버스에서도 도로변의 장의사 쪽으로 눈길이 가는 걸 피하
기 시작했다. 나는 금기를 지켜냄으로써 무언가 보상을 얻어내고 싶었
다. '내가 장의사를 보지만 않는다면 어머니는 안 돌아가신다.' 동네 장
의사를 멀찍이 돌아가야 하고 늘 긴장해야 하는 만큼 나름 노력과 정성
이 필요한 일이었다. 그 시절엔 장의사가 많기도 했다. 어쩌면 기도 같은
것이었을 수도 있겠다. 다행히 얼마 안 가 어머니의 옻독은 내리기 시작
했던 것 같다.

　종교가 있는 이들은 좀더 많이, 그렇지 않은 경우라도 얼마간 이런 식

으로 자신의 마음을 어딘가에 걸 때가 있는 것 같다. 그러자면 많든 적든 내가 가진 무언가를 내어주어야 한다. 희생이라는 큰 말은 이런 마음의 길 끝에 있는 것일까. 잘 모르겠다. 우선은 내 경우 나 자신이나 가족의 울타리 너머로 제대로 마음을 내어본 적이 있는지 의문이다. 물론 상투적인 이기심 타령을 하려는 건 아니다. 작은 단위에서부터 연결되는 사회적인 차원의 구축, 혐오와 배제를 줄여가는 공공적이고 민주적인 지평의 착실한 마련은 오히려 이기심의 합리적인 수용과 약속을 의미하는 것일 테니 말이다. '희생'은 다분히 번제적(燔祭的)이고 억압적인 마음의 지평이며, 그 말의 쓰임이 제약될수록 좋을 것이다.

안드레이 따르꼽스끼의 영화는 그 제약 안에서 '희생'이라는 말을 숙고해볼 기회를 준다. 「노스텔지어」(1983)에 나오는 도메니꼬라는 인물은 타락한 세상으로부터 가족을 지켜내겠다는 생각으로 아내와 아이들을 집 밖에 못 나오게 한다. 가족들은 도망쳤고 그는 집에 불을 지른다. 단편적으로 삽입되어 있는 회상 장면으로 미루어 그는 정신병원으로 보내졌던 것 같고, 영화가 진행되는 시점에 그는 폐건물에서 혼자 살고 있다. 온천수가 물안개를 피우는 이딸리아 또스까나의 작은 마을이다. 그는 가족만을 구하려 했던 자신의 이기주의를 반성하고, 이제는 세상의 구원을 위해 스스로를 바칠 생각을 하고 있다. 그러자면 우선 마을 광장 온천의 뜨거운 물을 촛불을 든 채 건너야 하지만 광인 취급하는 마을 사람들 탓에 어렵다. 그는 이 일을 18세기 러시아 음악가의 평전을 쓰기 위해 마을을 찾은 이방의 러시아 시인 안드레이에게 부탁한다. 안드레이는 망설임 끝에 초를 건네받는다. 영화는 도메니꼬의 구원에 대한 강박 못지않게 안드레이가 앓는 상실과 불안의 고통을 오래 보여준다. 도메니꼬는 로마의 광장에서 자신의 몸에 기름을 끼얹고 불을 붙인다. 그는 하찮은 벌레 소리까지 들어야 한다며 광인과 병자, 소수자를 배척하는 세상을 질타한다. 이게 그가 말했던 또 하나의 촛불일까. 이 장면은 너무 아프다. 비슷한 시각, 안드레이는 초에 불을 켜고 온천을 건는다. 두번의 실패 끝에 간신히 온천의 끝에 도착하기까지 거의 10분이 걸린다.

물론 「노스탤지어」는 이런 식으로 요약할 영화는 아니다. 영화는 내내 생생하게 울리는 빗소리처럼 세상의 숨은 소리로 가득하며, 세상의 어둠과 빛으로도 충만하다. 비탄과 신음 속일망정 작은 기적의 순간들과 함께하는 영화일 테다. 생각해보면 안드레이가 촛불을 들고 힘겹게 한걸음 한걸음 온천을 건너가는 시간은 기실 도메니꼬의 폭력적인 희생을 막는 시간이기도 하지 않았을까. 폐가의 벽에 쓰여 있던 '1+1=1'의 낙서처럼 말이다. 영화 안에서 그 폭력은 저지되지 못했지만, 영화는 그 실패를 통해 우리에게 호소하고 싶었던 것인지도 모른다.

작년 10월 29일부터 올해 봄까지 주말마다 이어진 촛불집회는 국민주권을 되찾아오는 축제의 시간으로 진행되었다. 내 마음을 거기 걸 수 있다는 사실이 새삼 행복했다.

'마음을 건다'는 말을 참 오랜만에 떠올렸던 것 같다. 간곡하다는 것. 감히 그 말을 제목으로 삼아 책을 묶는다. 짧은 글들이다. 세상에 대한 생각이 조금씩 담겨 있긴 할 테다. 입장이나 주장으로 내세울 것은 별로 없지 싶다. 그런 게 잘 잡히지도 않았지만 그리고 싶지 않았던 것도 얼마간 사실일 것이다. 태도나 자세는 있는 것 같다. 뭉뚱그려 '문학적인 것'이라고 부를 수 있는 어떤 것 말이다. 그렇게 세상을 보려 하고 느끼려 했던 것 같기는 하다. 이 책에서 희미하게라도 감지되는 마음의 흐름이란 게 있다면 그런 것일지도 모르겠다. 그 마음이 세상으로부터 흘러온 것이라는 점을 변명 삼아 어설픈 글을 묶는 부끄러움을 잠시라도 눅여보고 싶다. 과분한 글을 보태준 허문영 형, 그리고 책을 만들어준 창비 분들께 깊이 감사드린다.

2017년 7월

정홍수

차례

1부 ── 사람들은 살아가고 버텨낸다

2부 — 이야기가 사라져가는 시절에

3부—세상의 시간, 세상의 풍경

들 어 가 며

집 으 로 가 는 길

기 다 림 의 인 간 들

나는 지금 밀라노 외곽의 호텔 방에 앉아 이 글을 쓰고 있다. 로마, 나뽈리, 피렌쩨를 거쳐 뜨거운 태양 아래 물결치듯 구릉과 평원이 펼쳐지는 또스까나의 작은 마을들을 지났다. 하늘은 땅에 닿은 채 높았다. 열두시간 넘게 맹렬하게 대지를 달구던 해는 저녁 9시경에야 느릿느릿 지평선 너머로 넘어갔다. 군데군데 홀로 혹은 도열하듯 늘어선 사이프러스와 연녹색 올리브나무 군락은 무심한 풍경의 파수꾼들이었다. 아름다웠다. 오래된 붉은 성벽과 성문, 창가의 색색의 꽃들과 빨래로 방문객을 맞는 언덕 위 작은 마을에서는 고양이가 한없이 느리게 걷거나 졸고 있었다. 베르디의 마을인 부세또에서 맥주 한잔으로 늦은 저녁을 대신하고 밀라노 호텔에 도착한 것이 어젯밤 자정경이었다. 여정의 3분의 2가 지났다. 체력도 체력이지만, 낯선 것들을 견디고 마주할 힘이 절대적으로 부족하다는 걸 실감하고 있다. 계속되는 정신의 긴장도 버겁기만 하다. 뭐 어렵게 말할 것도 없겠다. 그냥 집 체질인 거다.

장거리 여행을 자주 하는 것도 아니지만, 공항에서의 설렘도 잠시이고 대개는 첫 도착지에서부터 집에 돌아갈 날을 계산하고 있기 일쑤다. 연초에 선배 한 분이 1년 일정으로 혼자 스페인으로 떠났다. 스페인을 베이스캠프로 해서 이곳저곳 떠돌 계획이라고 했다. 얼마 전에는 크로아티아, 불가리아 등 동구 쪽 사진이 페이스북에 올라오더니 지금은 뻬루의 마추삐추를 오르고 있는 모양이다. 익히 알고는 있었지만 새삼 강한 사람이라는 생각이 든다. 경제적 시간적 여유는 차치하고, 나같이 약해빠진 종자는 꿈도 못 꿀 일이겠다.

정말 그렇게 살아온 것 같다. 늘 테두리를 좁히고 익숙하고 편한 것 안에서. 가던 곳을 가고, 먹는 것만 먹고 하면서. 하긴 익숙하고 편한 걸 싫어할 사람이 누가 있으랴. 변화를 감내하는 힘, 스스로를 열어갈 의지 같은 게 부족한 것일 테지. 그거야 어쨌든 나라고 '먼 곳에 대한 그리움(Fernweh)' 같은 게 없기야 하겠는가. 본색이야 안방통수일망정 요즘도 가장 즐겨 보는 것은 여행 관련 프로그램이다. 그리고 막상 꼽아보면 이런저런 해외여행 경험이 그리 적은 편도 아니다. 결국은 익숙한 것 속으로 황급히 돌아오더라도 그 잠시 잠시의 낯선 공기와 풍경의 기운으로 일상의 지지부진함을 꺼나가기도 했으리라.

나는 부산 범천동(나중에 문현동으로 편입됨)에서 나고 자랐다. 부산에 갈 때면 옛 동네에 들르기도 한다. 주변은 꽤 바뀌었으나 박애약국과 세일약국이 삼거리 초입에 있던 그 동네는 세월을 비껴 거의 그대로다. 박애약국 맞은편 내가 태어난 2층 다다미방 자리는 집의 외관만 바뀐 채 거기 있다. 공동변소는 사라졌지만 두사람이 겨우 지나다닐 만한 골목들을 사이에 두고 그때처럼 일렬종대로 늘어서 있는 동네는 집집의 친구들 얼굴을 떠올리게 한다. 해일이 왔을 때 방 안까지 물이 차올랐던 집 앞에 서 있자면 가슴이 무너진다. 여러차례 이사를 하긴 했지만 이 골목에서 저 골목으로 옮기는 식이었고, 얼마 안되는 동네 테두리를 벗어난 적이 없었다. 근처 공장과 차량재생창에서 나오는 폐수로 검게 오염된 물이긴 해도 강이 길게 흘렀다. 동천이 정식 명칭이었지만, 누구나 똥천강이라 불렀다. '조방'이라고 불린 옛 조선방직 공터는 놀기에 안성맞춤이었다. 물웅덩이 가에 아무렇게나 자라나던 잡초들. 스치던 종아리의 감각과 비 온 뒤의 싱그러운 냄새는 지금도 내 몸 어딘가에 남아 있다. 야적 목재 주변은 나무껍질이 흙과 뒤섞여 검은 땅을 만들며 푹신했다. 거기서 야구를 했다. 글러브 없는 외야수였고 공이 내 자리까지 날아오는 적은 거의 없었다. 조방 건너 자성대에 오르면 바다가 보였다. 조방과 중앙시장 반대편 철길 너머로는 황령산이 동천강과 나란히 뻗어 있었다. 그 아래로 이웃한 산동네가 펼쳐졌다. 산동네라서 더하고 덜할 것 없게 다 고만고만하게 못살던 시절이었다. 중턱에 공동묘지가 있던 황령산은 초등학교 시절 단골 소풍 장소였다. 내가 다닌 초등학교와 고등학교 교가는 둘 다 황령산으로 시작했다. 중학교만 꽤 먼 해운대로 다녔다.

육군 차량재생창의 화물을 실어 나르던 철길 양옆으로는 집들이 다닥다닥 붙어 있었다. 창문을 열면 바로 철길이었다. 철로변에는 이상한 색의 전등이 켜지는 집들도 늘어서 있었는데, 저녁 무렵이면 그 앞으로 원색의 옷을 입은 아가씨들이 권태로운 표정으로 나와 앉아 있었다. 거기가 작부집('니나노집'이라고 했나)인 걸 정확히 알게 된 것은 언제였을까. 초등학교 때 내가 좋아하던 여학생의 아버지가 그 집들 중 한 곳을 운영하는 걸 알고 충격을 받은 기억이 생생하다. 그러나 내 싱싱하고 어른스러운 연정은 그 사실과 소녀를 분리하는 법을 찾아냈던 것 같고, 짝사랑은 대학 1학년 여름방학 때까지 은밀하고 희미하게 지속되었다. 철로변 보영극장 굴다리에서 동네 형들이 박하 향 나는 수정담배를 피울 때, 우리는 철로에 귀를 대거나 못으로 자석을 만들었다. 기차는 언제나 덜컥덜컥 느리게 달려왔다 천천히 부두 쪽으로 사라져갔다. 군인들은 화물칸 난간을 붙잡고 아가씨들을 향해 휘파람을 불었다.

나중에 내가 대만의 허우 샤오셴 감독의 영화를 보고 거의 즉각적으로 몸을 기울이게 된 것도 바로 그 철로변 풍경 때문인지도 모른다. 「연연풍진」(1986), 「남국재견」(1996)에 나오는 그 철길 풍경 말이다(타이베이에서 차로 한시간쯤 걸린다는 그곳, 대만 북동쪽 바닷가 탄광촌 마을 지우펀(九份), 스펀(十份)에는 언제 한번 가볼 수 있으려나). 대학 시절 막막하고 힘이 들 때면 나도 모르게 혼잣소리로 읊던 시가 있었다.

　　삶은 탁한 강물 속에 빛나는 푸른 하늘처럼
　　괴롭고 견디기 어려운 것
　　송진 타는 여름 머나먼 철길 따라
　　그리고
　　삶은 떠나가는 것
　　—김지하 「비녀산」 부분

　　복사한 시집 『황토』(1970)를 몰래 돌려 볼 때니, 김지하 시인의 시 한 편을 외운다는 게 대단할 것도 특별할 것도 없던 시절이었다. 약간의 허세와 함께 스스로의 비장함을 부추기는 행동이었기 쉽다. 그러나 유독 이 시가 내 몸으로 흘러들어온 데에는 떠나온 동네 철길의 시간도 한몫했을 테다. 그것은 의식의 주관이라기보다 몸의 반응이었을 거다. "송진 타는 여름"은 내 감각의 언어가 아니고, 그 당시 내가 "그리고/삶은 떠나가는 것"의 울림을 제대로 감당한 것도 아니었다. 다만 내 몸속 어딘가엔 보영극장 굴다리와 철길을 통과해온 시간이 있었고, 사실은 다른 어떤 규정보다 그게 더 '나'였을 것이다. 즉각적이라는 것은 이런 의미다. 그런데 그때 그 '나'는 감싸여 있고 보호받는 존재였다. 달그락달그락, 어머니가 부엌에서 아침을 차리는 소리를 들으며 깨어났던 시간들.

그 안온함. 철길은 내게 고향이었고, 저녁놀의 푸근함에 감싸인 공간이었다. 그곳에는 언제나 나를 보호해주는 것들이 있었다.

"그리고 삶은 떠나가는 것". 그러니까 이 대목에 목이 멜 때마다 나는 사실 그 철길의 시간으로 돌아가고 싶었던 것이다. 「비녀산」의 타는 듯한 비극적 서정, 그로부터 서서히 스스로의 운명을 낯선 길 위에 세우는 의지는 전혀 내 몫이 아니었다. 나는 이 시를 오독함으로써만 내 것으로 만들 수 있었다. 김지하의 시에서 철길은 '그리고'를 통해 고향, 익숙한 것과의 결별을 깊고 단호하게 선언하고 수락하지만, 내게 철길은 그때도 지금도 귀향, 돌아감의 이미지로 남아 있는 듯하다. 그러니 그것은 낯설고 머나먼 곳을 향해 뻗어 있지 않다. 떠나온 곳을 향한 그리움, (상실했다고 믿는) 안온한 품에 대한 동경 속으로, 그리하여 과거의 시간과 내 몸속으로 접혀 있을 뿐이다, 나의 철로는.

2009년 경의선(지금은 경의중앙선)이 수도권 광역전철로 편입되면서 내 출퇴근길은 많이 편해졌다. 집에서 일산역까지는 걸어서 10분 거린데, 길도 호젓하다. 경의선 옆으로 일산 신도시의 북쪽 한 변을 길게 잇는 자전거 도로를 짧게나마 밟을 수도 있다. 맞다. 김소진의 단편소설 「자전거 도둑」에 나오는 그 길이다. 일산 주민이던 작가가 일찍 세상을 뜬 뒤, 시에서 '소진로'라는 이름을 붙여주기도 했다. 호수공원에야 비할 수 없지만 길을 잘 가꾸어놓아 산책로로도 꽤 괜찮다. 이른 아침이나 저녁이면 운동하러 나온 주민들을 만날 수 있다. 마라톤에 빠졌을 때 나도 많이 달렸던 길이다. 신록의 5월과 성하(盛夏)에는 양쪽으로 높이 자란 나무가 하늘을 얼추 가리기도 한다. 가을이면 단풍도 예쁘다. 스마트폰 카메라로 나뭇잎 사이 하늘을 찍고, 운이 좋으면 아침 까치들의 분주한 모습을 담기도 한다. 경의선은 일제강점기까지 거슬러 오르는 오랜 역사의 철도이기도 하거니와, 지금도 서울 시내 지하철과 연계되는 일부 구간을 제외하면 모두 지상이다. 플랫폼에 서면 일산시장 쪽 구일산의 모습이 한눈에 들어오는데 신도시의 정형화된 풍경과 많이 다르다. 무당집 깃대 같은 것도 보이고, 오래된 초등학교의 교실 유리창도 보인다. 내가 다녔던 황령산 아래 성동초등학교가 딱 저랬으리라. 그러고 보면 나는 아침마다 내 고향 동네 철둑길에 오르고 있었던 것일까. 그런 걸 일일이 의식했을 리야 없겠지만 술이 덜 깬 아침엔 그 풍경 앞에서 아무 이유 없이 가슴 한쪽이 아려오기도 한다. 주로 서울 방향 앞쪽 칸을 이용한다. 열차시간이 조금 남았으면 플랫폼 끝, 서울 방향 철로가 뻗어 있는 난간으로 간다. 전기장치로 연결된 직사각형의 구조물들을 위에 두고 여러줄의 철로가 저 멀리 소실점을 향해 달려간다. 끝은 살짝 오른쪽으로 곡선을 그리며 사라진다. 가끔은 문산행 열차가 그 끝을 다시 물고 나타나 이쪽으로 달려오기도 한다. 해나 구름이 이루는 하늘의 풍경이 다를까, 늘 같은 구도이건만 스마트폰을 꺼내들고 사진을 찍어 자전거도로 쪽 풍경과 함께 트위터에 올린다.

오즈 야스지로오의 영화에 나오는 키따 카마꾸라역. 토오꾜오로 출근하는 아버지나 딸이 열차를 기다리는 곳. 카마꾸라 주변 정경을 배경으로 등장하는 그 역의 표지판은 내게 오즈의 세계에 도착했다는 신호 중 하나다. 플랫폼에서 오즈의 사람들은 나란히 서서 열차가 달려올 방향을 같이 바라본다. 이 형식은 슬프다. 시간이 되면 열차가 오고 나뭇잎이 만춘 혹은 만추의 계절을 맞듯 오즈의 사람들 역시 그렇게 질서 있게 줄을 맞춰 어딘가에서 올 제시간들을 기다리고 있다.

경의선 수색역은 열차 기지창을 겸하고 있다. 한국영상자료원이 근처에 있어서 가끔 늦은 밤 수색역에서 일산행 열차를 기다릴 때가 있다. 기지창 쪽 철로는 몇개나 될까. 넓고 큰 밤의 기지창에는 텅 빈 열차들이 띄엄띄엄 멈추어 있다. 불을 반쯤 밝힌 객차도 보인다. 두량 정도의 짧은 열차도 있다. 간혹 서서히 움직이는 경우도 있다. 그렇게 철로와 함께 열차들도 쉬고 있다. 밤 11시 반쯤인가, 능곡까지만 운행하는 열차를 탈 때도 있다. 능곡역에 내려 10여분 문산행을 기다린다. 멀리 자유로 쪽 밤의 지평선이 점점이 불빛과 함께 낮게 누워 있다. 취한 내 눈에도 무언가가 점멸한다.

김우창 선생의 강연 동영상에서 '성스러움의 유보'(하이데거)라는 말을 들었다. 성스러움은 스스로를 아낀다는 의미라고. 꼭 쏟아지는 밤하늘의 별 아래에서가 아니더라도 우리는 우리를 넘어서는 어떤 시간, 공간, 지평의 느낌 앞에 설 때가 있다. '유보' 때문인지는 몰라도 우리는 그 느낌만을 희미하게 감지할 뿐 그것에 다가갈 수도, 그것을 소유할 수도 없을 테다. 하이데거에 따르면 고향에는 신의 부재를 오래 견디고 기다리는, '긴 참을성의 사람들'이 살고 있다고 한다. 철로를 보고 있으면 내 마음에도 조그만 공간, 길이 열리는 듯하다. 그 길은 그 기다림의 인간들을 향해 열려 있는 것일까.

　나뽈리에서 뽐뻬이로 향하다 기차를 잘못 탄 걸 알고 내린 자그마한 역. 비가 세차게 내리고 있었다. 추웠다. 작은 플랫폼에는 비를 가릴 곳도 없었다. 건너편 역사에서 역무원이 우리를 향해 무슨 말인가를 외쳤다. "프레도 프레도." (며칠 뒤 선배가 아이스커피를 마시다가 아, 하고 말했다. "그게 '춥지 않나?' 하는 뜻이었구나.") 역 주변은 퇴락한 공장지대였다. 우리가 달려갈 철로 저쪽으로 베수비오산이 보였다. 비바람은 더 세지고 있었다. 낯선 땅에서 우연히 마주친 그 오래된 풍경을 한동안 잊을 수 없을 것 같다.

사람들은

1부 —————————

살아가고버텨낸다

명절을 별 설렘 없이 맞게 된 건 이제 아이가 아니라는 우쭐한 자각을
마음 한쪽에 여투는 일이기도 했다. 화학섬유 냄새 물씬 나는 새 바지
나 스웨터를 입고 설날 아침 동네 아이들과 은근히 겨뤄보는 일도 초
등학교 몇년이 지나자 조금은 시들해졌던 것 같다. 그런 일들이 왠지
유치하게 느껴질 무렵, 여드름이 나면서 괜히 목소리도 굵게 만들고
그랬을 테다. 왜 그리 어른이 되고 싶었던 걸까. 그리고 정말 나는 이제
어른이 된 걸까.

　얼마 전 트위터를 들여다보다 황현산 선생이 올리신 글을 보고 아,
했던 기억이 있다. 신선한 충격이었다고 말한다면 선생께 무례를 범하
는 일이 될까. 트위터라는 게 그때그때의 생각을 툭툭 말로 털어놓는
공간이라, 인용이 조심스러운 측면도 없지 않으나 나중에 단단히 야단

맞을 각오를 하고 여기 옮겨본다.

"내가 살면서 제일 황당한 것은 어른이 되었다는 느낌을 가진 적이 없다는 것이다. 결혼하고 직업을 갖고 애를 낳아 키우면서도 옛날 보았던 어른들처럼 우람하지도 단단하지도 못하고 늘 허약할 뿐이었다. 그러다 갑자기 늙어버렸다. 준비만 하다가."

말의 제대로 된 의미에서 '어른'이 귀한 세상이라고들 하지만, 얼치기로나마 문학 동네를 기웃거리며 글공부를 하고 있는 내게 황현산 선생은 그저 우람한 산이다. 많지는 않지만 뵐 기회도 있었다. 글에서 배운 두텁고 깊은 지혜와 통찰, 기품이 그대로 당신의 모습이었다. 전혀 내세울 뜻이 없는 따뜻하고 겸손한 권위 앞에서 '어른'이라는 말이 절로 내 마음에서 솟았다. 선생이 내신 책에 대한 독자들의 반응과 태도에서도 지금의 내 어설픈 느낌을 확인하는 건 어렵지 않을 듯하다. 그런 터라 "어른이 되었다는 느낌을 가진 적이 없다는" 말이 충격이 아니었다면 그게 더 이상한 일이었을 테다. 물론 찬찬히 새겨보면 삿되고 광포한 세상의 위세를 어쩌지 못하는 한 지성의 무력감의 토로로 읽을 수도 있다. 서생의 길로 일관할 수밖에 없었던 당신의 삶을 옛 어른들의 강건한 무실역행에 되비추는 겸손과 회한의 마음일 수도 있겠다. 그러나 나는 내심 선생의 말을 있는 그대로 읽고 싶었고, 그렇게 위로받고 싶었던 것 같다.

황현산 선생의 너무도 솔직한 토로에 나의 불안과 허약을 기대겠다고 하면 언감생심일 테다. 다만 나 자신 생물학적 연령의 덧셈과 무관하게 어른이 되었다는 느낌을 가져본 적은 별로 없는 것 같다. 시간이 밀어내는 대로 어, 어 하다보니 여기까지 왔다고 하는 게 가감 없는 진실일 것이다. 어른이 된다는 건 무얼까. 교과서적으로 말한다면 입사 과정(initiation)을 먼저 치른 자로서 공동체에 대한 성숙한 책임과 윤리를 갖는 일, 무언가 들려줄 만한 생각과 말을 마련하는 일이 포함될 수 있을 것이다. 그런 게 전혀 없었다고 한다면 위악일 테지만, 실다운 느낌으로 나 자신의 깊은 곳에서 단단하게 여문 것들은 너무도 빈약했고 언제나 임시방편이 아니었나 싶다. 그러니 언제나 손쉬운 합리화는 다음을, 내일을 기약하는 것이었을 테다. 사실 이제는 솔직해질 때도 되었고, 있는 그대로의 나를 받아들일 때도 되었지 싶다. 그런 내일은 없는 것 같다고 말이다.

선친은 조금 일찍 반백이 되셨는데, 지금 나는 그 설날 아침 무섭게 차례 길을 재촉하던 아버지의 나이를 지나고 있다. 선친 영향인지 나도 머리가 일찍 세기 시작해 지금은 거의 반백이다. 그때 아버지는 어떠셨을까. 당신의 세월로부터 세상을 버텨나갈 말과 걸음을 충분히 여투어두셨던 걸까. 우리 세대의 많은 이들이 그렇겠지만, 야단맞은 기억 말고 아버지와 나눈 대화는 별로 기억에 남아 있지 않다. 엄하기만 한 게 아니라 사랑도 많이 주셨던 듯한데, 그때는 잘 몰랐을 것이다. 아버지는 빨리 늙어가셨고, 그 불같이 호통치는 모습도 더이상 볼 수 없게 되었다.

  이문구 선생의 『관촌수필』(1977)은 여덟편의 중단편 연작으로 되어 있는데, 그 문을 여는 작품이 「일락서산(日落西山)」이다. 『관촌수필』 연작 전체가 그렇듯 이 작품 역시 소설적 허구의 개입이 거의 없는 자전적 이야기로 알려져 있다. 소설의 시대적 배경인 70년대 초, 박정희 정권은 이중과세(二重過歲)를 막는다는 명분으로 음력설을 못 쇠게 했다. 음력설인 구정(舊正)은 한동안 공휴일이 아니었다. 내게도 아침에 잠깐 학교에 가서 출석 확인을 받고 차례를 모시러 갔던 기억이 있다. 신정을 '왜놈 세력(歲曆)'이라고 타기했던 조부의 성품길이었지만, 사정이 그런 탓에 신정 연휴를 끼고 고향 갈머리마을(관촌)을 찾을 수밖에 없었던 작가의 이야기다. 작가의 살과 뼈가 여문 마을이지만 옛 모습을 제대로 지키고 있는 것은 거의 없다. 더구나 작가의 집안은 한국전쟁 발발과 함께 쑥밭이 되고 만 터였다. 비 내리는 정월 초사흗날 오후 작가는 실향민이 된 듯한 쓸쓸한 마음으로 조부의 가묘(假墓) 자리와 옛 고향집을 더듬으며 어린 시절을 회상한다. 그 회상의 태반은 고색창연한 이조인(李朝人)이었던 할아버지에게 바쳐지고 있는데, 어린 시절 할아버지에게 받은 사랑과 영향이 절대적이었던 것 같다. 반면 해방공간의 좌익운동에 뛰어들었던 아버지는 어렵고 멀게만 느껴지는 존재로 묘사된다. 그런데 이 소설의 가장 가슴 아픈 대목은 아버지에 대한 거리감을 확인했던 어린 시절의 삽화 한 토막에 있다.

전쟁 전 작가의 아버지는 예비검속 되어 읍내 유치장에서 달포 가까이 구금생활을 한 적이 있다. 어린 아들은 조석으로 어머니가 싸주신 뜨겁고 무거운 찬합 보따리를 들고 경찰서를 오간다. 어린 마음이지만 아버지에 대한 외경심을 품고 있었기에 나름 자부심도 느끼며 힘든 줄 모르고 한 일이었다. 그런데 출감하던 날 아버지는 짐짓 아들의 손목을 잡아주며 이렇게 물을 뿐이었다. "그새 할아버지 말씀 잘 들었니?" 애썼다는 말 한마디가 없었던 것이다. 작가는 아버지에게 느꼈던 거리감에 대해 이렇게 술회한다. "아버지한테서 차갑고 무정한 거리감, 아니 공포감을 느끼기 시작한 결정적인 계기가 있었다면 나는 그때를 지적하는 데 주저하지 않는다." 이 대목에서 그 시대 아버지들의 일반적인 훈육 방식을 떠올리는 일은 자연스럽다. 자식에 대한 애정을 호들갑스레 드러내지 않았던 아버지의 엄격함은 당시로선 서운한 일이었으되, 이 회상의 지점에서는 어떤 존경과 그리움의 대상일 수도 있다. 그러나 최근 이 소설을 다시 읽으며 나는 '차갑고 무정한 거리감'이나 '공포감'이란 표현을 글자 그대로 들여다보고 싶었다. 아버지에 대한 존경과는 별도로, 어린 아들은 그때 가혹할 정도의 상처를 입지 않았을까. 그리고 이러한 상처는 '엄격한 훈육'이라는 말로 가려질 수 있는 것일까. 물론 이것은 크게 보아 한국현대사의 파행이나 시대의 한계 속에서 이해할 이야기일 테지만 말이다.

우리 시대 어른 되기의 힘겨움은 조금 사정을 달리하는 측면도 있을 것이다. 그것은 지금 우리 아이들, 젊음들 앞에 닥친 세상의 힘겨움을 덜어줄 별다른 지혜나 충고의 언어를 마련해놓지 못했다는 무력감과도 무관하지 않을 테다. 「일락서산」에서 어린 아들은 어느날 아버지에게 직접 서예 강습을 받게 되는데, 아버지와 함께한 최초이자 최후의 공부시간이었다. 그 공부는 아들의 무딘 재주를 탓하는 아버지의 탄식을 남기며 한시간 남짓 만에 끝난다. 비긋이 웃음을 머금게 만드는 그 삽화는 두루 많은 이들의 기억 속에서 비슷한 풍경으로 재생될 법도 하다. 다만 이제는 무엇을 가르칠 수 있으려나. 설을 지나면 이제 제대로 한살을 더 먹는다. 떡국을 슬그머니 옆으로 밀어내고 싶다.

○ 2015

얼마 전 베이비붐 세대의 은퇴 이야기를 다루는 방송 프로그램에 참여한 적이 있다. 편한 술자리 토크 형식이었는데, 여러 추억담이 쏟아져 나왔다. 부엌에 도시락이 죽 늘어서 있던 풍경, 2부제 수업, 산아제한과 관련된 삽화 등등. 정작 은퇴 이야기는 별로 나누지 못했던 것 같다. 사실 다들 별다른 대책이 있는 것도 아니었을 테다.

　베이비붐 세대는 산업화의 핵심적 시기를 거쳐왔다. 그런데 그날의 이야기에서도 나왔지만 그 세대의 가장 큰 그늘은 여성이었다. 그 시절 많은 여성들에게 대학 진학은 남자 형제들의 후순위이거나 봉쇄되어 있는 가능성이었다. 여공, 여차장, 여행원, 식모 등의 기이한 직업군 호명이 그 그늘을 적시한다. 내 초등학교 급우 중에는 이름에 '말(未)'자가 들어간 여학생도 꽤 있었다. 극단적인 남아선호는 그늘의 또다른 풍경이기도 했다.

세상은 많이 바뀐 것도 같다. 여성의 대학 진학률이 남성을 앞섰으며 확대되고 있는 여성의 사회 진출을 두고는 '역차별' 따위의 소리가 나온 지도 오래다. 무엇보다 가족의 형태나 결혼을 둘러싼 지각변동은 큰 규모로 진행 중이다. 나 같은 베이비붐 세대에게 알게 모르게 주입된 가부장제 기반의 중산층 핵가족 모델은 이제 해체되고 있다. 이 해체는 우리 세대가 내면화했던 성 역할이나 성 위계의 해체를 당연히 동반하고 있다.

그리고 나 자신 이런 세상의 흐름에 떠밀려오는 가운데 (우리 세대가 참여했던 민주화의 기억도 일부 가세하면서) 적어도 남성 중심의 차별적 사회는 어느 만큼은 자동 교정되고 있다는 느낌을 가지게 된 게 아닌가 싶다. 말하자면 나는 내 세대 여성들이 감수해야 했던 억압과 불평등을 '모르지는 않는다'는 정도에서 내 빚진 마음을 적당히 눅인 뒤, 적어도 성 평등의 문제와 관련해서는 점진적인 진보와 개선이 당연하게 진행될 수밖에 없는 일로 치부하고 있었던 것 같다. 물론 그 억압이나 불평등을 강요했던 자리에 구체적으로 나를 놓거나, 그 문제의 한쪽 당사자로서 내가 해야 하는 일 따위는 가급적 생각하길 피하면서 말이다.

리베카 솔닛의 『남자들은 자꾸 나를 가르치려 든다』(김명남 옮김, 창비 2015)에서 '맨스플레인'('man'과 'explain'을 합한 조어)이라는 말을 처음 접했을 때, 내가 심각한 느낌을 가지지 못했던 것은 그러므로 당연한 수순이었는지도 모른다. 내 첫 반응은 아마도 이런 것이었을 테다. '나는 아닌데?'

그러나 문제는 개개 남자의 예의나 교양의 유무가 아니라(가까운 이는 '나'도 그렇다고 말했다), 오랜 남성중심사회가 구조화해온 습속과 관성, 다른 성에 대한 태도의 차원이었다. 솔닛이 이 책에서 말하는 대로 모든 남자가 그런 결점을 가지고 있지도 않을뿐더러, 가끔은 여자들도 남자를 가르치려 들기도 할 테다.

솔닛이 나에게 가르쳐준 것은 그런 행태가 여성들의 발언을 신뢰하지 않고, 여성들에게 암묵적으로 침묵을 강요하는 어떤 거대한 패턴의 일부라는 사실이었다. 솔닛은 그런 침묵의 강요가 미국에서 매일 세 명의 여자가 배우자나 옛 배우자에게 살해당하는 현실, 6.2분마다 한번씩 경찰에 신고되는 강간이 벌어지는 현실의 패턴과 하나라는 (혹은 쉽게 연동될 수 있다는) 사실을 시종 설득력 있게 이야기한다. 타인의 목소리와 신뢰성을 부정하는 일과 타인이 존재할 권리를 통제할 수 있다고 주장하는 폭력 사이의 거리는 생각만큼 멀지 않다. 솔닛은 그것이 거의 모든 여자들이 매일 치르고 있는 전쟁이며 여성 내면에서도 벌어지는 전쟁이라고 말한다.

몰랐다. 나는 그간 한국 여성들의 밤길 공포에 대해서도 막연히만 짐작하고 있었을 뿐인데, 그건 사실 아무것도 몰랐다는 말이 될 테다.

솔닛이 보기에 여성들은 1마일도 채 걷지 못했다. 그 도정은 얼마나 될까. 여기에 고통과 차별의 이야기뿐만 아니라, 인간에 대한 근본적 질문이 있다는 것은 알겠다.

○ 2015

●

문 학 이 라 는
이 름

문학을 정의하기는 쉽지 않다. 문학은 오히려 그 정의를 둘러싼 질문
과 대답이 일어나는 공간이다. 작가나 시인은 그 질문과 대답의 모험
을 통해 선행 작품의 영향과 압력에 시달리면서도 그 바깥의, 다른 질
서의 언어를 꿈꾼다. 그러나 이런 소리는 얼마나 한가한가.

　오늘의 우리 이야기로 당겨오면 당장 눈앞에 존재하는 것은 특정한
문학출판사들을 통해 드러나는 문학출판의 제도와 현실일 뿐이다. 그
리고 그 중심에 이들 출판사가 펴내는 문예지가 있다. 다른 경로가 없
는 것은 아니지만 대개 한국에서 작가가 되고 작가로 산다는 것은 이
들 문예지의 문학적 평가와 협력을 필요로 한다. 사실상 매호 문예지
를 편집할 때마다 선택과 배제를 동반한 가혹한 인정투쟁의 장이 펼쳐
진다.

그 결과 어떤 작가에게는 청탁을 하고, 어떤 작가는 밀려난다. 어떤 작품은 좀더 집중된 조명의 대상이 되고, 어떤 작품은 아예 다루어지지 않는다. 이때 문예지 편집위원들은 자신들의 문학적 안목이나 문학관에 비추어 온당하고 합리적인 결정을 한다고 믿고 그렇게 할 테지만, 실제 그 결정이 한쪽으로 구부러져 있을 가능성은 언제든 존재한다. 문예지와 문학출판이 연동되고 결속되어 있는 시스템은 그 결정의 합리성을 의심할 중요한 근거로 거론된다.

당장 질문이 제기될 수 있다. 합리성 운운 이전에 그들은 무슨 권리로 그런 힘을 행사하는가. 기실 그 문예지들의 힘은(이때 '힘'은 그 층위나 양상이 제각기 다를 수 있지만) 한국문학의 장(場), 한국 문학출판의 시장 안에서 형성되어온 것이다. 또 바로 그런 만큼 그들의 결정은 언제든 기각되고 비판받을 수 있다. 그것은 한낱 의견이고 주관성일 뿐이다. 그러나 어떤 식으로든 그 힘이 받아들여지고 장기간 영향력이 지속되면서 부정적 의미의 '권력'으로 경화된 측면을 무시할 수는 없다.

문제는 그 힘의 행사가 실제 문학 장의 현실에서 안팎의 비판에 얼마나 열려 있는가 하는 점일 테다. 생각해보면 그 힘의 사회적 지분은 지속적으로 약화되어왔다. 이 힘의 약화가 문학출판의 외형적 성장, 몇몇 문학출판사의 대형화(이조차 이미 변곡점을 지난 일인 듯하고, 출판 환경의 변화를 함께 고려할 일이겠지만) 속에서 진행되었다는 사실은 반드시 상충되는 이야기가 아닐지도 모른다. 그러나 이 문제는 또

다른 논의의 차원을 요한다.

　신경숙 씨의 단편소설 「전설」을 둘러싼 표절 논란이 이미 2000년에 제기되었고, 그럼에도 별 후속 논의 없이 묻혀버렸다는 사실은 그 비판과 검증이 기존의 문학제도 안에서 제대로 작동되지 않았다는 유력한 증례일 수 있다. 나 자신 그 무렵 제기된 '문학권력 비판'이 추측이나 억견, 독단의 거친 방식으로 진행된 데 대해 심한 거부감을 느낀 바 있지만, 그런 거부감이, 제기된 문제를 진지하게 검토하고 토론할 의무를 면제해주는 것은 아니었을 테다. 그리고 나의 그런 거부감은 당시 내가 몸담고 있던 문학적 관계, 그 속에서 형성된 편견과 전혀 무관한 것도 아니었을 것이다.

　이런저런 논의와 토론의 장이 마련되리라는 소식이다. 당연히 문예지들의 자기점검과 자기비판, 시스템의 변화를 위한 움직임도 뒤따르리라 예상된다. 비평가 중심(여전히 남아 있는 '비평 우위'의 여러 관성도 생각해보자)의 문예지 운영 시스템이 지금의 문학 현실에 맞는건지, 작가들의 자율성에 더 힘을 실어줄 섬세한 대안은 없는지 반성도 필요하리라 본다. 최근 젊은 문인들의 자발적 연대, 독립잡지와 같은 형태로 일고 있는 새로운 모색들은 이미 오래전에 시작된 커다란 변화의 일부일 가능성이 높다.

　문학은 그 자체 제도이기도 하지만, 그 자신의 제도를 포함해서 항상 제도의 바깥을 성찰하고 꿈꾸는 한에서 생명력을 유지해왔다고 할

수 있다. 필요한 것은 그 부정성을 품은 성찰과 상상의 공간이지, 문학
이라는 이름은 아닐 것이다.

○ 2 0 1 5

●

기 억 해 두 고   싶 은
사 람

장편소설『네메시스』(정영목 옮김, 문학동네 2015)에서 필립 로스는 2차 세계대전 막바지인 1944년, 미국 뉴어크시의 위퀘이크라는 유대인 동네를 무대로 폴리오(급성회백척수염, 흔히는 척수성 소아마비)와의 싸움에서 패배한 한 남성 영웅의 이야기를 전한다. 50년대에 예방 백신이 나온 이래 지금은 거의 사라진 질병이 되었지만 20세기 초중반, 감염원과 감염경로가 밝혀지지 않은 채 주로 어린이들을 덮쳤던 폴리오는 실로 무서운 유행병이었다.

초등학교 체육교사이자 놀이터 감독으로 갓 부임한 '캔터'라는 젊은 이는 전쟁터로의 징집을 면제받을 정도의 지독한 근시이긴 해도(그는 이 때문에 '남자로서' 나라를 위해 마땅히 할 일을 못했다는 죄책감에 시달린다), 투창과 역도로 단련한 강인한 체력에 책임감과 정의감이 넘치는 사려 깊은 인물이다. 그는 폴리오를 퍼뜨리겠다고 위협하며 유대인 혐오를 공공연히 드러낸 이딸리아계 불량배 무리를 제압하며 동네의 영웅으로 떠오르지만, 사실 그전부터 아이들은 그를 존경하고 있던 터였다. 매사 정직과 책임감으로 스스로를 규율하고 단련하는 굳센 캔터의 모습은 그것이 평생 반유대주의와의 전투 속에서 삶을 지켜온 할아버지의 훈육 덕분이든 자신의 태생적 불우와 싸운 '미국적 꿈'의 투영이든, 아름답다. 그런데 캔터는 그 자신을 강건한 인물로 만든 바로 그 바탕때문에 삶을 망가뜨리는 역설에 이른다. 캔터 역시 폴리오에 감염되어 불구의 몸이 되기도 하지만, 그는 자신이 놀이터의 아이들과 인디언 캠프의 아이들에게 폴리오를 감염시켰다는 죄책감에 빠져(만에 하나 그가 그랬다고 한들 누가 그를 비난할 수 있겠는가) 그가 누릴 수 있었던 다디단 사랑과 행복의 가능성을 거절하고 고독과 회한, 고통과 좌절의 좁은 울타리 안에 스스로를 가두어버린다. 그의 정직과 책임감은 너무 높은 기준점을 갖고 있었던 셈이다. 놀이터의 아이로 자라났고 그해 여름 폴리오의 피해자이기도 했지만, 캔터 선생과는 달리 장애를 딛고 세상 속으로 나온 이 소설의 화자 메스니코프는 27년 만에 만난 자신의 우상에게 말한다. "혹시라도 선생님이 범인이었다 해도, 선생님은 전혀 책임이 없는 범인이었다고요." 그러나 그는 또 안다. "다른 사람들의 고통에 체념하는 것을 허락하지 않는 엄격한 선(善)을 천성적으로 짊어지고 있는" 캔터 선생 같은 이는, "자신에게 어떤 한계가 있다는 것을 인정하면 반드시 죄책감을 느낀다"는 걸.

　어떤 사람에게는 치유의 길을 찾을 수도 있는(이것이 쉽다는 말은 아니다. 메스니코프는 자신이 '엄청 운이 좋았다'고 말한다) '사회적 비극'이었던 일이 어떤 사람에게는 도무지 그 답을 찾을 길 없는 '원죄의 드라마'가 된다. 캔터의 투명한 정신 안에는 자신과, 그 무구한 아이들에게 닥친 재앙의 정의롭지 못함, 그 잔혹한 우연을 납득할 수 있는 자리가 없다. 그는 전능하든가 아니면 무능할 수밖에 없었다는 점에서 그 자신이 그렇게 비난하던 '하느님'의 자리를 내면화하고 있었는지도 모른다. 여기에는 지난 세기, 실패한 거대 담론의 그림자가 어른거린다. 필립 로스는 노련한 작가답게 이 두사람의 태도 중 어느 쪽에도 손을 들어주지 않는다. 그는 질문만 던져놓는다. 캔터에게 알게 모르게 주입된 남성적 영웅주의나 도덕적 결벽성이 얼마나 위험하고 억압적인 결과를 초래할 수 있는지는 그 자신의 텅 빈 삶이 증명한다. 그러나 이 소설의 마지막은 캔터 선생의 투창 모습, 그 찬란했던 무적(無敵)의 기억으로 끝난다. 자신의 삶을 형성하려고 한 모델은 분명 낡은 도덕적 틀과 시대적 한계에 갇혀 있었는지 모르지만 사실 캔터는 나무라기 힘든 사람이다. 생각해보면 그는 그 자신에게 엄격했을 뿐이다. 타인에 대한 도덕적 단죄와 평결은 난무하나 정작 책임과 약속의 윤리는 점점 얇아져만 가는 시절에 버키 캔터라는 인물은 기억해두고 싶은 사람이다.

　　　　　　　　　　　　　　　　　○ 2015

●

상 투 적 인   것 에
대 하 여

머리카락이 빠지는 일을 편하게 받아들이기는 쉽지 않다. 그런데 이렇게 생각하는 이도 있다.

> 살아생전 유난히 꽃을 좋아하시던 어머님이 하늘 정원에 꽃나무를
> 심으시나보다
>
> 자꾸
> 내 머리카락을 뽑아 가신다.
> ──고영 「탈모」 전문(『딸꾹질의 사이학』, 실천문학사 2015)

머리카락이 빠지는 일이 돌아가신 어머님과 연결되면서 전혀 다른

생각과 느낌의 테두리 안으로 옮겨간다. 디른 예도 있다.

> 코를 골았다고 한다. (…) 그럴 리 없다. 허술해진 푸대자루가 되어 시
> 끄럽게 구는 그자가 바로 나라니, 용서할 수가 없다. 도대체 몸을 여기
> 놓고 어느 느티나무 그늘을 거닐었단 말인가.
> ── 최정례 「코를 골다」 부분(『개천은 용의 홈타운』, 창비 2015)

슬그머니 웃음이 나온다. 이런 '유체이탈 화법'은 얼마든지 권장할
만하지 싶다.

'클리셰'라는 말이 있다. 인쇄의 연판(鉛版)을 뜻하는 프랑스어인데,
거기서 연원하여 판에 박은 문구, 진부한 표현이나 생각을 가리키는
용어로 자리 잡았다. 시인은 이 클리셰, 상투어로부터 가장 먼 쪽에서
말을 찾고 생각의 길을 여는 사람들이다. 진부한 표현에 의존하는 순
간 현실의 생생함과 풍부함, 사실에 충실한 언어를 찾는 일은 중단된
다. 상투어는 현실로부터 우리를 차단하면서 생각으로부터도 우리를
차단한다. 우리의 일상이 어느 만큼 상투어에 의존할 수밖에 없는 측
면은 그것대로 이해한다 하더라도, 그 상투어들의 울타리 바깥에서 생
각과 말의 길을 찾는 노력을 아끼지 않아야 하는 것도 그 때문이리라.

한나 아렌트는 1961년 예루살렘 법정에서 열린 아돌프 아이히만의
재판을 방청하면서 그의 말과 생각이 온통 상투성으로 뒤덮여 있다는

사실에 주목한 바 있다. 아이히만은 나치에 의해 주입된 선전 문구나 관청 용어 같은 공허하고 판에 박힌 말들을 지겹도록 반복하면서 자신은 유대인 절멸 정책의 한 톱니바퀴였을 뿐이었다고 강변한다. 심지어 그는 교수대 앞에서까지 자신의 생각, 자신의 느낌으로 이루어진 말 대신 언젠가 남의 장례식장에서 들었을 법한 언설을 늘어놓는다. 지금 닥친 일이 자신의 죽음, 자신의 장례식이라는 사실조차 잊어버린 듯이 말이다.

한나 아렌트는 여기서 '어리석음'과는 구별되는 '순전한 무사유'를 보며, 악과 사유할 능력을 잃어버린 무사유 사이의 이상한 연관성이야말로 아이히만 재판에서 끌어내야 할 역사적 교훈이라고 이야기한다. '사유할 능력'이 인간 내부의 또다른 영역인 자아와의 대화이자 타인의 입장에서 생각하는 능력이며, 말의 능력으로서 인간의 인간다움이 여기에 기초한다는 사실은 굳이 어려운 논의를 필요로 하는 것도 아닐 테다. 아렌트의 『예루살렘의 아이히만』(1963)의 부제는 '악의 평범성에 대한 보고서'인데, 흔히 '평범성'으로 번역되는 'banality'가 진부한 말과 생각을 가리키기도 한다는 것은 기억해둘 만한 지점인 것 같다.

얼마 전 미국 싸우스캐롤라이나주 찰스턴 교회의 영결식장에서 오바마 대통령은 증오범죄에 희생된 이들에 대한 추도사를 이어가다 문득 말을 멈추고 고개를 숙였다. 잠시 침묵이 흐른 뒤 대통령은 "어메이징 그레이스"라는 말과 함께 노래를 시작했고, 탄성과 웅성거림 속에서 일어난 참석자들은 흑인 노예무역에 가담했다 회개한 한 영국 사제가 신의 은총을 찬미한 그 노래를 함께 불렀다. 감동적인 호응은 대통령이 희생자 한사람 한사람의 이름을 부르는 동안에도 이어졌다. 인터넷에는 동영상과 함께 "이번 주 내내 저는 은총에 대해 생각했습니다"로 시작하는 추도사가 소개되어 있다.

그 말들에서 나는 슬픔에 슬픔을 포개려는 한 개인의 간절한 생각의 시간과 흔적을 읽었다. 물론 그 추도사는 인종문제에 대한 뛰어난 정치적 호소이기도 했다. 현장의 한 참석자는 "그가 미국 대통령이어서 다행이다"라는 말을 했다고 한다. '존경하는 국민 여러분'으로 시작하는, 규격화된 관제 언어의 복창에 익숙한 귀에는 놀랍도록 신선한 충격이었다.

○ 2015

●

환 대 가

필 요 한   시 간

구로공단은 1964년 조성된 최초의 국가산업단지다. 지금은 구로디지
털단지로 이름이 바뀐 그곳에서 작년에 대통령도 참석한 가운데 50주
년 기념행사가 열렸던 모양이다. 임흥순 감독의 다큐멘터리 「위로공
단」(올해 베니스비엔날레에 영화로는 이례적으로 초대되어 은사자상
을 받았다)은 초반부에 그 장면을 조금 멀리서 보여준다. 그러다 후반
부에 이르러 그날 그 행사장 밖의 또다른 풍경 하나를 삽입한다. 피켓
을 들고 일렬로 늘어선 이들의 모습이다. 노란 손팻말 위의 한 문장이
잊히지 않는다. "50년 전에는 공순이, 50년 뒤에는 비정규직."

　「위로공단」은 70년대부터 시작되는 우리 누이들의 이야기다. 흐릿
한 형광불빛 아래 환기도 안되는 좁은 다락방 먼지 속에서 타이밍이라
는 각성제를 먹으며 열네시간씩 일해야 했던 평화시장 봉제공장의 어

린 소녀들, 구사대로부터 똥물을 뒤집어쓰고 끌려가야 했던 동일방직 여성 노동자들의 참혹한 이야기가 이제는 5, 60대의 나이에 이른 바로 그이들의 증언으로 화면에 등장한다. "배고파 못 살겠다고 외쳤죠." "생지옥이었습니다."

그리고 가리봉 오거리 일대에 모여 있던 닭장집. 발도 제대로 뻗기 힘든 그 좁은 방에서 밤늦은 퇴근 후 라면을 끓여 먹고, 검정고시를 준비하고, 포개져 쪽잠을 자야 했다. 그러다 폐결핵에 걸린 이들은 그나마의 일터에서도 쫓겨나 더 참담한 곳으로 갔다. 80년대 노조활동을 하다 구속되고 해고되었던 한 여성 노동자는 웃으며, 그 시절 어린 여자 후배가 떠올린 구호를 전한다. "나도 나이키를 신고 싶다."

그러니까, 우리는 혹 이런 것들이 얼마간 지나간 일이라고 생각하지 않았나. 그러나 90년대에도 2000년대에도 이야기는 계속된다. 대기업 반도체 라인에서 일하다 암에 걸려 직장을 떠나야 했던 여성들. 비정규직, 파견직 노동자들의 기나긴 싸움. 콜센터에서 일하는 한 40대 여성 노동자는 적은 용돈조차 부모님에게 보내드리지 못하는 자신의 처지를 이야기하다 결국 흐느낀다. 항공기 여승무원들은 육체와 감정 모두를 바닥까지 쥐어짜는 회사의 가혹한 노동 통제를 증언한다. 베트남 이주 여성 노동자가 서툰 한국어로 읽어나가는 간절한 호소, 캄보디아의 한국 공장에서 일하는 현지 여성 노동자들의 실상은 구로공단의 70년대가 지속되는 또다른 비참의 국면을 보여준다. 여전히 일터를 떠나지 못하는 한 중년의 여성 노동자가 그동안의 세월을 돌아보며 그나마 아이들을 가졌을 때가 살면서 가져본 거의 유일한 휴식이었던 것 같다고 말할 때는 죄스러움과 부끄러움이 온몸을 휘감았다.

다큐 중간중간에는 흰 천으로 눈을 가린 채 공단 이곳저곳을 떠도는 여성, 거울 앞에 선 여성들이 (소녀에서 할머니까지) 등장한다. 그런데 거울은 그이들의 온전한 얼굴을 좀처럼 비춰 보여주지 않는다. 얼굴이 우리의 존엄과 인격이 매 순간 상호 인정되고 교류되는 '신성한' 장소라면, '위로공단'이 환기하는 또다른 차원의 아픈 진실은 그이들의 그 시간이 경제적 물리적 고통과 함께 지속적인 모욕의 시간이기도 했다는 사실이다.

대형마트에서 일하는 한 계약직 여성 노동자는 탈의실 바닥에 앉아 밥을 먹는 시간에 대해 이야기한다. 그 넓은 매장에 그들이 쉴 곳, 그들만의 공간은 없다. 고공의 철탑이 그들의 자리인가. 평화시장 재단사 전태일의 마지막 호소는 바로 그 '사람의 자리'에 대한 것이었다.『사람, 장소, 환대』(문학과지성사 2015)의 저자 김현경 씨는 벌거벗은 생명을 돕는 단 한명의 존재, 그 미약하지만 절대적인 가능성으로부터 사회가 구성되고 정초되는 지평을 상상한다. 그리고 우리를 설득한다. "구성원들을 절대적으로 환대하는 것, 그들 모두에게 자리를 주고, 그 자리의 불가침성을 선언하는 것이야말로 사회가 성립하기 위한 조건이다." 우리 '사회'는 지금 그 환대의 이야기, '사람의 자리'에 대한 관심과 연대로부터 얼마나 멀리 와버린 건까.

○ 2 0 1 5

●

하 지 않 은
일 들

한 사내가 정류장에서 버스를 기다리며 서 있다. 기다리는 버스는 좀 체 오지 않고, 그는 상념에 빠진다. 헤어진 여자들의 기억이 하나둘 두서없이 떠오르는데 회상은 이상하게 과천 언저리를 맴돈다. 지금 그의 인생은 별 볼 일 없는 상태다. 씁쓸하고 무력한 기억들이 꼬리를 물고 이어지지만 소득이 전혀 없었던 것은 아니다. 그는 문득, 함께 버스를 기다리다 차에 먼저 오르는 여고생들이 자신을 스쳐간 '그녀들'일 수도 있겠다는 생각을 한다. 그녀들에게도 저렇게 재잘거리며 밤늦게 버스를 타고 집으로 돌아가는 시간들이 있었을 테니 말이다. 그렇다면 그 시간들은 어디로 갔을까. 생각은 조금 나아간다. 아니, '나'는 어떤 시간들을 지나서 지금 여기 밤의 정류장에 서 있는 것일까. '나'는 지금 어디로 가는 차를 기다리고 있는 것일까. 김종옥의 단편소설 「과천,

우리가 하지 않은 일」(『괴한, 우리가 하지 않은 일』, 문학동네 2015) 이야기다.

제목에 일부 암시되어 있기도 하지만 소설 속 사내의 생각에 기대면, 우리의 현재를 규정하는 것은 '우리가 한 일들'이 아니라 '우리가 하지 않은 일들'일 수도 있다. 과거를 돌아보면 우리가 '한 일들' 옆으로 '하지 않은 일들'이 줄줄이 떠오른다. 다른 선택의 가능성들. 우리는 대개 후회한다. 그때 왜 그러지 않았을까.

그러나 선택의 순간 우리가 하지 않은 일은 확정할 수 없다. 그는 지금 그녀들에게 행하지 못한 무수한 사랑의 가능성들을 떠올리고 있다. "우리는 우리가 하지 않은 일을 후회할 수 있다. 하지만 결코 우리는 우리가 하지 않은 일이 뭔지 모른다. 정확히 말하면 우리가 하지 않은 일이 너무 많은 것이다. 그것을 생각할 때, 그 무한한 일들을 떠올려볼 때, 나는 오히려 이상한 안도감을 느낀다."

'이상한 안도감'은 역설적인 표현일 수도 있겠다. 그게 무엇인지 알지 못한 채로, 하지 못한 일들이 현재의 우리와 연결되어 있다는 생각은 후회의 감정보다 더 큰 쓰라림을 준다. 그러나 쓰라리면 쓰라린 대로 우리가 지나온 시간이 지나오지 않은 시간과 함께 있다는 생각은 해볼 만한 것 같다. 그렇다고 해서 그것들이 모두 온전히 우리의 시간이 될 수는 없겠지만 말이다.

홍상수 감독의 「지금은맞고그때는틀리다」(2015)는 우리의 시간 안에 잠재되어 있는 다른 가능성 안으로 들어가 그 접혀 있는 자리를 펼쳐

보는 영화다. 영화 속 한 영화감독의 1박 2일의 행로는 두번 되풀이되고, 우리는 '지금'과 '그때' 사이에서 미묘하게 반복되고 어긋나는 행동과 말을 보고 듣는다. 영화가 시작되고 한시간쯤 뒤 우리는 화성 행궁 앞에서 서성거리는 주인공을 다시 만나고 그의 시간을 다시 따라가게 된다.

전작인 「북촌방향」(2011)을 떠올릴 수도 있겠지만, 「북촌방향」이 시간 안에 포박된 우리 존재의 안쓰러움에 초점이 맞춰져 있었다면 이번 영화는 조금 다른 것 같다. 제목의 '지금은 맞고 그때는 틀리다'를 곧이곧대로 받아들일 일은 아니겠지만, 어쨌든 이번 영화의 인물은 두번째 되풀이되는 시간의 행로 안에서 앞서 '하지 않은 일들'을 조금은 한다. 그것이 눈앞의 여인에 대한 사랑이나 스스로에 대한 정직함이라는 측면에서 조금 더 '맞는' 행동이라는 느낌을 주기도 한다. 영화의 마지막에 찾아오는 축복 같은 장면은 조금은 나아진 시간에 대한 선물인 듯도 하다.

그러나 이 영화를 이렇게 두 파트로 나누어 반복되는 시간 안에서 드러나는 행위의 '맞고/틀림'을 생각해보는 것이야말로 우리의 흔한 실패일지도 모르겠다. 기실 '그때'의 시간과 '지금'의 시간은 함께 있다. 그 둘은 서로를 지탱하며 연결되어 있다. 영화는 그 '함께' 안에 사랑의 가능성이 있다고 말하는 것 같다. 영화를 두번째 볼 때에야 나는 그걸 느꼈다. 과천에서든 수원에서든 우리가 하지 않은 일들은 있다. 그게 사랑이면 좋겠다. 우리는 생각보다 조금 더 큰 존재인지도 모른다.

○ 2015

●

행 복 한

숨 쉬 기

사무실이 한강변에서 가깝다. 틈이 나면 점심을 먹고 한시간 남짓 강변을 걷다 온다. 한동안 다니다보니 자주 가는 길이 생겨났다. 망원시장을 지나 성산나들목 쪽에서 한강변으로 들어가 절두산성당이나 상수나들목 쪽으로 나오는 길. 성산나들목 쪽에서 난지캠핑장 방향으로 걷는 길도 좋다. 돌아올 때는 월드컵경기장 앞 평화공원을 지나거나 홍제천변을 거슬러 오르기도 한다.

어느 길을 잡든 탁 트인 한강과 함께 걷는 길은 상쾌한 기운을 몸과 마음에 불어넣는다. 잠시나마 서울이라는 도시가 살 만한 곳이라는 생각이 들기도 한다. 간혹 자전거 길과 보행자 길이 좁게 엉키거나 이런저런 공사 탓에 불편을 겪는 경우가 있었지만 이제는 웬만큼 정비되어 걷기의 즐거움을 방해받는 일이란 거의 없다.

가끔 마주치는 공사는 자칫 지루해실 수 있는 산책길의 좋은 구경거리가 되기도 한다. 상수나들목에서 서강대교 방향 초입에 홍제천에서 내려오는 큰 하수관구가 있고 그 사이를 건너는 낡은 다리가 있었다. 아주 예전에 만들어진 터라 폭이 좁아 자전거를 타는 사람들과 도보 산책자들이 서로를 피하느라 꽤 신경을 써야 했고, 폭우라도 쏟아지면 잠기기 일쑤였다. 다리가 잠긴다는 것은 거기서 한강길이 끊어진다는 걸 뜻한다.

4, 5년 걸렸으려나. 지금은 아주 근사한 다리로 바뀌었는데, 공사에 따른 약간의 불편만 감수한다면 아주 더디게 조금씩 진척되는 공사 과정을 지켜보는 것은 한강 산책의 숨은 재미였다. 어떤 때는 포클레인의 능란한 기예를 한참 넋을 잃고 구경하기도 했거니와, 이 역시 한강 산책이 주는 선물의 일부였다. 강변의 풍경을 더하고 산책자들을 위로하는 한강길의 각종 꽃과 수목이 하나하나 사람의 손길로 심어지고 관리된다는 사실을 알게 된 것도 그런 시간을 통해서였다.

훼방꾼조차 선물이라면, 준비된 선물은 훨씬 많다. 가는 길의 망원시장은 어릴 적 어머니를 따라갔던 시장의 기억만으로도 마음의 풍경을 바꾼다. 무 한단, 고등어 한마리, 어묵 한덩이, 내복 한벌이 살아가는 것이다. 사람들은 제각기 바쁘거나 느긋하고 시장길은 언제든 환하다. 오가는 길에 책방에 들르기도 한다. 동네 서점들이 사라지기 시작한 것은 오래된 이야기지만, 그런 흐름을 거슬러 일종의 작은 문화공간으로 특색 있는 '동네책방'이 하나둘씩 새로 출현하고 있기도 하다. 망원시장 근처에도 그런 곳이 있다. 자그마한 공간이지만 책방지기가 밝은 눈으로 골라놓은 책들을 구경한다. 차도 한잔 마신다. 절두산 성지는 봄가을 꽃과 단풍이 이루는 풍경이 근사하다. 초를 켜고 기도를 올리는 이들을 가만히 바라보기도 한다. 성지 옆 외국인선교사묘원의 묘비들은 거기 적힌 이름과 생몰연대만으로도 많은 이야기를 전해준다. 당인리발전소 근처의 미로 같은 골목길과 오래된 집들은 일대의 개발과 함께 사라질 것이다.

그러나 무엇보다 최고의 선물은 한강변을 따라 걷는 시간 그 자체다. 봄가을이 가장 좋지만, 여름과 겨울의 한강변 풍광은 또 그것대로 각별한 운치가 있다. 흐르는 강물은 세상의 잡답을 조금은 씻어준다. 서울의 찌든 공기로부터 완전히 면제된 공간이야 없겠지만, 탁 트인 너른 강물과 사철 강변의 수목들은 확실히 공기와 바람의 맛을 달리 전해준다. 멀리 보이는 선유도와 밤섬, 여의도의 빌딩들도 한강의 풍광에 합류하며 걷기의 지루함을 달랜다.

어떤 이들에게는 한가한 이야기일 수도 있을 테다. 하루하루는 너무 버겁고 세상은 점점 더 강퍅하고 가팔라진다. 행복은 광고 속 판타지나 행복 전도사들의 구호 속에만 존재하는 듯하다. 그러나 걷다보면, 아주 가끔은 지금 이 순간을 붙잡고 싶다는 생각이 들 때도 있다. 행복한 숨쉬기를 부끄러운 권리로 만드는 억압과 기만은 강 저쪽에도 있고 이쪽에도 있다. 할 일은 헤야 할 테다. 그러나 행복한 숨쉬기는 유예할 일도, 부끄러운 일도 아니어야 한다.

○ 2 0 1 5

●

우리는　너무
함부로　침범한다

아직 한 해가 다 가지는 않았지만, 내게 '올해의 책'은 김현경의 『사람, 장소, 환대』다. 저자는 현대 사회이론에 대한 어빙 고프먼의 주된 공헌이 사회구조에 종속되지 않고 그 자신의 고유한 논리를 따르는 독자적인 영역으로서의 상호작용 질서를 발견한 데 있다고 말한다.

고프먼에 따르면 이 질서는 개인들이 대면접촉 상황에서 수행하는 상호작용 의례(儀禮)를 통해 표현되고 유지된다. 인간의 존엄과 인권이 헌법적 가치로 선언되는 문명적 차원이 분명 존재함에도, 우리의 나날은 차별과 모욕, 굴욕에 점점 더 많이 노출되고 있다. '자존감'은 '정신승리법'이라는 자조적 역설을 통해서 확인되기 일쑤다.

한동안 한국소설은 무력하고 왜소한 주체의 자기방어술을 다양한 정신승리법의 유머와 비애로 표현해야 했다. 너무 쉽게 말해지는 느낌은 있지만, 이른바 '신자유주의 시스템'이 여기에 작동하고 있다는 사실을 부인할 수는 없을 테다. 자본에게는 무한한 자유와 힘이 주어지는 반면, 노동에게는 극도의 순응이 요구되는 구조 말이다. 우리는 이상하게 분열된다. 우리는 문자메시지 한통으로 해고를 통고받기도 하지만, 대형매장 노동자들이 서비스라는 이름으로 수행하는 굴욕적 노동에 무심하다. 우리는 쉽게 무릎 꿇지만, 또 아무나 무릎 꿇린다.

김현경의 책에 기대면, 상호작용 의례를 통해 우리가 경의를 표하는 대상은 개인이 아니라 그의 인격이다. 그런데 이 인격은 안정된 실체로 존재하는 것이 아니라, 상호작용의 흐름 속에서 그때그때 타인들의 협조에 힘입어 표현되고 확인되는 그 무엇이다. "상호작용에 참여하는 개인은 그러므로 다른 참가자들의 사람다움을 확인해주고, 사람이 되려는 그들의 노력을 지지해줄 도덕적 의무를 갖는다. 역으로, 그는 남들이 자신을 사람으로 대우해주기를 기대할 도덕적 권리를 갖는다."

이렇게 인용하고 보니, 지금 우리 사회가 얼마나 이 의무와 권리를 기억하기 힘든 장소인지 실감이 난다. 문제는 구조와 상호작용 질서는 개념적으로 구별될 뿐, 현실에서는 결합되어 나타난다는 사실이다. 신자유주의든 퇴행적 민주주의든(다시 국정교과서라니) '신분제 사회'로의 회귀든("한국사회가 신분제로 회귀하고 있다는 증거는 많다"는 저자의 분석과 예견이 빗나간 것이기를 바란다) 전체적 안목에서 사회의 향방에 관심을 가지는 만큼, 오늘 만나는 관계에서 서로를 '사람'으로 확인하고, 사회적 성원으로 대접할 도덕적 의무와 권리를 끊임없이 환기하는 일은 더없이 중요하다.

연전에 노벨문학상을 받기도 한 앨리스 먼로의 단편소설 「자존심」(『디어 라이프』, 정연희 옮김, 문학동네 2013)은 인간 각자가 지켜나가고자 하는 자존감에는 발설되기 힘든, 타인이 결코 이해할 수 없는 영역이 존재한다는 사실을 감동적으로 전한다. 소설의 화자는 '언청이'라는 이유로 2차 세계대전 징집에서 면제된다. 그것은 그에게 부끄러운 일이었던 듯하다. 그는 겨우 이렇게 말한다. "나는 어머니에게 어떤 문제에 대해서는 이야기하지 말아달라고 부탁했다." 그에게도 결혼하고 싶은 여성은 있었다. 어느날 그녀는 요즘은 얼굴을 더 괜찮게 고칠 수 있다고 알려준다. "그녀의 말은 사실이었다. 하지만 내가 어떻게 설명할 수 있었겠는가? 병원으로 찾아가 지금껏 내게 없었던 것을 바란다고는 도저히 말할 수 없다는 것을."

소설의 마지막, 화자인 '나'는 친구인 오나이다와 함께 뒷마당의 오래된 물통을 찾아든 스컹크들을 구경한다. "얼마나 아름다운가. 여기서 번쩍 저기서 번쩍 춤을 추듯 움직이지만, 서로의 길을 방해하지는 않는다. 몇마리나 있는지, 한마리의 몸이 어디에서 시작해 어디에서 끝나는지도 절대 알 수 없다." 영락한 부잣집 딸 오나이다와 화자의 모호한 관계가 자연의 우연한 질서와 마주 서 있는 장면인데, 작가는 결코 더 묻지 않는다. 그게 그이들의 '자존심'일 테니까 말이다. 우리는 너무 함부로 침범한다.

◯ 2015

●

우 리 는

만 날 수 있 을 까 ?

간혹 강남 쪽을 지날 때면 그 가방이 생각난다. 입주과외를 소개받고 찾아간 집은 논현동 어디였다. 일주일 남짓 머물렀을까. 학교를 마치고 그 집으로 가야 하는데, 버스를 타기 싫었다. 옷가지와 책 몇권이 들어 있던 보스턴백은 거기 남았다. 전화 한통 넣을 주변도 없었으니, 두고 두고 부끄러운 기억이다.

황석영의 장편소설 『해질 무렵』(문학동네 2015)의 주인공 박민우는 명문대에 입학하여 '달골'이라는 산동네를 벗어날 계기를 만든다. 그는 이성 장군의 집에 입주과외 자리를 구했고, 믿음직한 선생 노릇으로 그 집의 신뢰를 얻는다. 70년대 격변기였지만, 한눈 팔지 않고 공부해서 성공적으로 한국사회의 메인스트림에 진입한다. 장성의 집에서 다리를 놓아준 결혼은 그의 계층 상승을 반석에 올린다. 그렇긴 해도 그 과정에 _그가 버린 것, 잃은 것, 망각하고 배반한 것들이 왜 없겠는가. 소설은 그의 사회적 성공이 가려주지 못하는 공허와 실패, 착잡한 회한을 파고든다. 그리고 그것은 아마도 어떤 세대의 이야기가 될 것이다. 건너뛴 시간은 어떻게든 돌아온다. 어떤 이들에게는 박민우의 돌아봄이 소위 '산업화-민주화 세대'의 변명쯤으로 읽히기도 하겠다. 그러나 어떤 변명은 들어줄 필요도 있다. 거기 얼마간 정직한 자기성찰이 담겨 있다면 더욱 그럴 테다. 박민우는 이렇게 말한다.

"억압과 폭력으로 유지된 군사독재의 시기에 우리는 저 교회들에서, 혹은 백화점의 사치품을 소유하게 되는 것에서 위안을 얻었을지도 모른다. 아니면 온갖 미디어가 끊임없이 쏟아낸 '힘에 의한 정의'에 기대어 살았는지도 모르겠다. 결국은 너의 선택이 옳았다고 끊임없이 위무해주는, 우리가 함께 만들어낸 여러 장치와 인물들이 필요했을 것이다. 나도 그런 것들 속에서 가까스로 안도하고 있던 하나의 작은 부속품이었다."

세대간 갈등은 어느 시대 어느 사회에나 있게 마련이다. 그러나 지금 우리가 겪고 있는 사태는 그런 일반적인 수준을 넘어선 듯하다. '무슨 포 세대'라는 명명의 가벼움과 무책임함은 그 갈등의 정치경제학과 역사적 국면을 은폐하면서 불신과 경멸, 단절의 감정만을 교묘하게 부추기고 있다. 젊은 세대는 앞선 세대의 이야기를 들으려 하지 않으며, 있을 수 있는 경험과 지혜의 전수마저 거부한다. 앞선 세대는 그들이 지나온 구간이 특별하다고 믿었지만, 정작 도착한 곳이 허방이라는 사실 앞에서 어쩔 줄 몰라하고 있다. 무책임하달 수 있겠지만 정말 몰라서일 수도 있다. SNS에서 접하는 세대간 골의 깊이는 합리적인 대화의 가능성조차 봉쇄하고 있다는 느낌이 들 정도다.

그래서일까, 황석영의 『해질 무렵』에서 이루어지고 있는 세대간 대화의 이상한 방식은 현실의 곤란과 곤경을 비스듬하게 투영하면서 철문이 닫히기 직전의 짧은 온기나마 붙잡아두려는 작가의 안간힘처럼 느껴지기도 한다. 소설에는 박민우 외에도 한명의 화자가 더 등장해 장(章)을 바꿔가며 자신의 이야기를 들려주는데, 정우희라는 스물아홉살 여성이다. 그녀는 소극단에서 일하는 초짜 극작가 겸 연출가다. 밀리기 일쑤인 반지하방 월세며 생활비는 주 닷새 편의점 야간 알바로 메워나간다. 당장의 하루하루가 버겁지만, 또 나름대로 살아간다. 정우희는 어쩌다(피하고 싶지만 우리는 얽혀 있다) 박민우와 그의 '달골 시절' 첫사랑이었던 한 여인 사이에서 메신저를 자임하게 되고, 두 사람은 이메일로 연결된다. 물론 메일의 발신인은 그 여인으로 되어 있다. 세대를 격한 두 사람은 그렇게 박민우 세대의 그늘이기도 했던 한 여인의 아픈 생애를 매개로 희미하게 접속된다. 두 사람은 스치듯 두번 만난다. 정우희는 말한다. "그는 과거를 향하여 앉아 있었고, 그의 과거가 나의 현재라는 생각이 들었다." 어쩔 수 없는 풍경일 테지만, 아프다. 두 사람은 아직 그들 각자의 이야기로는 만나지 못했다. 소설은 여기에서 멈추어 있다. 아마 멈추어야 했으리라.

○ 2 0 1 5

●

문 학 이 란
정 말   뭘 까 ?

보들레르에게 세상은 기본적으로 악과 불행으로 점철된 곳이었다. 현실은 지옥이었다. 그에게는 '아름다움'만이 그 악과 불행의 무게를 떨치고 인간의 정신을 무한으로 열 수 있는 문이었다.

그런데 그 '아름다움'은 선으로부터도 악으로부터도 쏟아진다. 그는 「아름다움에 바치는 찬가」에서 쓴다. "그대 하늘에서 왔건, 지옥에서 왔건 무슨 상관이랴?/오 '아름다움'이여! 끔찍하되 숫된 거대한 괴물이여! (…) 운율이여, 향기여, 빛이여, 오 내 유일한 여왕이여! ──/세계를 덜 추악하게 하고, 시간의 무게를 덜어만 준다면!"(『악의 꽃』, 윤영애 옮김, 문학과지성사 2003)

처절한 느낌마저 주는 이 '미의 왕국'에 대한 꿈이 단순히 불행한 현실에 대한 보상의 차원에서만 구상되었을 리는 없다. 보들레르에게서 그 정점을 찍은 예술지상주의의 추구는 언어예술의 능력에 대한 낭만적 환상에 얼마간 기대었을지언정, 쉬운 오해처럼 현실로부터의 도피라기보다는 속악한 현실에 대한 거부에 더 강조점이 주어져야 할 테다. 그것은 언어와 정신의 가능성을 믿는 가운데 새로운 현실의 창조와 구축을 바로 그 언어의 미학적 질서 속에서 실현해보려는 불가능한 꿈이었다.

그리고 보들레르가 말하는 '악'은 아마도 그 자신의 방랑과 탕진, 타락의 유한한 삶을 포함하는 19세기 중반 프랑스 제2제정기의 구역질 나는 현실의 다른 이름이었을 것이다. 그는 환멸과 분노 속에서 자신의 마지막 동지라고 믿었던 '구제불능의 여인들'과 '버림받은 자들'로부터도 배신당하자 그가 그렇게 찬미했던 '군중'이라는 존재와 맞서 싸우는 쪽을 택한다. 그러면서 그 무력하기만 한 싸움을 위해 스스로 시인의 '후광'을 벗는다.

30년 가까이 문학판 언저리에서 살아왔다. 그동안 문학을 둘러싼 환경도 많이 바뀌었다. 몇몇 문학출판사는 꽤 큰 규모로 성장했다. 서양 근대문학에서는 보들레르라는 이름이 자주 상징적 예시가 되기도 하거니와, 문학의 자율적 공간에 대한 신화는 그 추구의 정점에서 가장 극적이고 진실한 균열을 드러냈다. 그런데 한국 근현대문학의 짧지만 굴곡 많은 시간을 돌아보면, '자율성의 신화'는 때론 오해되고 남용되기도 하며 문학사의 무대에 출현하기도 했지만 전체적으로는 '문학이란 무엇인가'라는 질문을 끈질기게 이어가면서 시대 현실을 포함하는 좀더 온전한 인간 진실의 탐구에 시인·작가들의 노력이 집중되었던 것 같다.

1960년대 중반 이후 한국문학은 '창비'와 '문지'라는 두 문학 그룹 간 비판적 대화와 긴장이(물론 다른 많은 지성과 지혜의 실천도 더해지면서) '문학과 현실'의 균형추를 모색하는 데 창조적으로 기여하면서 한국문학의 자립과 풍성함을 이끌었다. 이 시간들을 어떤 깊은 감회나 감동 없이 돌아보기는 쉽지 않다. 보들레르가 벗어버리고자 한 '후광'이 전혀 다른 맥락에서 한국문학에 드리워졌다면 바로 그 때문이리라. 문학을 부수어서라도 세상을 바꾸어보려 했던 80년대가 있었다. 그리고 90년대 이후 '시장'이라는 현실이 문학과 문학제도 속으로 한층 깊숙이 들어오면서 한국문학의 전선은 더욱 복잡하고 착잡해졌다.

다 아는 이야기다. 그러나 누군가 쓰고, 누군가 읽고, 누군가 생각하는 자리에 '문학'이라는 행위가 있는 거라면, 그리고 거기 한국문학의 지난 시간들이 여전히 흐르고 있다면, 그리고 변화와 모험, 이질적인 것들과의 뒤섞임이야말로 문학의 역사라는 사실을 다시 새긴다면 착잡함을 눅일 이유는 많다. 올 한 해 한국문학을 향해 쏟아진 많은 고언들도 같이 되새길 일이겠다. 그러게 문학동네 20주년 자리의 뭉근한 감회가 떠오르는데, 창비는 50주년이고 문지는 40주년이란다. 긴 세월이라는 생각이 든다. 문학 하는 일에 의미가 있다면 그건 다른 모든 세

상의 일들에 의미가 있는 것과 똑같은 지점에서 그러하리라. 한 해가
저물고 있다.

○ 2 0 1 5

●

무 명 씨 들 이   이 루 는

역 사 의   시 간 을   생 각 하 며

한창 산에 다닐 때는 새해 아침을 산에서 맞기도 했다. 새 달력의 첫날, 차고 상쾌한 아침 산의 공기 속에서 하늘 한쪽을 물들이며 올라오는 해를 바라보면 '새해'라는 말이 새삼 벅차게 느껴지곤 했다. 오늘도 많은 이들이 그렇게 새해를 맞으리라.

이즈음은 가끔 친구들과 인왕산을 찾는다. 잘 단장된 인왕산 성곽길은 가벼운 산책의 느낌도 주지만, 정상 쪽은 꽤 가팔라서 잠시 본격적인 등산 기분도 난다. 해발 338미터의 정상에 오르면 북악산을 기점으로 청와대, 경복궁을 거쳐 세종로로 이어지는 선이 반듯하게 눈에 들어온다. 그 선을 더 이으면 한강이다. 북적이는 도심을 차로, 전철로 오갈 때는 보이지 않던 선이고 길이다. 경복궁, 비원, 덕수궁, 북촌 한옥이 이루는 차분하고 정갈한 스카이라인 덕분인지 남산을 등에 진 고층 빌딩들도 나름의 조화 안에 들어와 있다. 억압적인 느낌이 없다. 조망의 높이도 적당해서 너무 멀지도 너무 가깝지도 않게 서울 시내가 한눈에 감싸인다. 서울생활이 30년이 넘었지만 정겹다는 느낌은 거의 가져보지 못했다. 지금도 광화문 사거리에 서 있으면 낯설고 남의 동네에 와 있는 기분이다. 인왕산에서 바라보는 서울 시내의 정경에는 메트로폴리스의 잡답과 위압이 얼마간 가셔 있다.

1916년생인 선친은 일제강점기에 중동고보를 나오셨다. 세종로 이순신 장군 동상 옆으로 수송동이 있고, 거기 당신의 모교가 있다는 이야기를 들었다. 저녁의 서울 거리를 한참 헤맸지만 동상은 보이지 않았다. 버스를 잘못 내려 종로2가 쪽에서 찾았던 탓이다. 길을 물어볼 주변머리도 없었던 나는 그날 그냥 기숙사로 돌아오고 말았다. 서울에서 갓 생활을 시작한 때의 이야기다. 선친은 잠자리에서 다리를 심하게 떠셨다. 그게 고문 후유증이란 건 나중에 알았다. 선친의 정강이뼈는 양쪽이 다 뭉개져 있었다. 보도연맹 학살 때는 지인의 도움으로 목숨을 건졌다고 했다. 1년에 두세차례 사복 입은 경찰이 집으로 찾아오곤 했다. 선친은 평생 이렇다 할 생업 없이 무력하게 지내다 내가 대학 다닐 때 돌아가셨다. 아들이 가정을 이루는 것도, 당신의 손자 손녀도 못 보셨다. 이제는 서울이 고향인 친구들보다 내가 서울 시내 지리에 더 밝은 줄도 모르실 테다. 사실 이런 일은 너무 흔하며, 이렇게 드러내 말할 이야기가 아니라는 것도 잘 안다.

자유와 평등의 인간 문명, 비판적 인간 이성과 민주주의에 대한 냉정하고도 격정적인 변론서인 칼 포퍼의 『열린사회와 그 적들』(1945)은 나치라는 전체주의의 야만과 광풍이 세상을 휩쓸던 암울한 시절에 구상되고 쓰였다. '유토피아적 사회공학'에 맞서 '점진적 사회공학'을 옹호하는 가운데 포퍼는 예언과 역사적 필연의 법칙에 인간을 굴복시키는 '역사주의(historicism)'에서 전체주의의 철학적 뿌리를 발견하고, 이에 대한 격렬하고 감동적인 싸움을 전개한다. 그것은 '민주주의가 언제까지라도 존속할 것이라고 그렇게 순진하게 믿을 수 있느냐'고 묻는 끈질긴 냉소와의 싸움이기도 했다. 이 긴 저작의 마지막 장 제목은 '역사는 도대체 의미를 가지고 있느냐'다. 당연히 그는 역사는 그 자체로 절대적인 목적이나 의미를 가지고 있지 않다고 주장한다. 역사에 의미를 부여하는 것은 인간 개개인의 결단과 선택일 뿐이다. 우리가 '역사의 심판'이나 '역사의 보상'과 같은 기만적 어휘에 휘둘려서는 안되는 이유도 그 때문이다. 우리가 하는 일의 정당성은 그 일 자체에서 온다. 그것은 나 자신, 그리고 무엇보다도 무명(無名)과 익명의 다른 사람들의 양심을, 좌절과 무상(無償)의 희망을 믿는 일이다. 포퍼는 말한다. "잊혀진 사람들과 이름이 알려지지 않은 사람들의 삶, 그들의 슬픔과 기쁨, 그들의 수난과 죽음, 이것이 오늘에 이르기까지 이루어진 인간 경험의 참된 내용이다." 있다면, 이것이 역사일 테다.

○ 2015

자 명 한 실 패 들 의
바 깥

"헐, 난 말이지. 소학교 5학년이 되도록 모택동의 이름이 모주석인 줄 알았지 뭐니." 조선족 출신으로 중국과 한국 양쪽에서 활동하는 소설가 금희의 단편소설 「봉인된 노래」(『세상에 없는 나의 집』, 창비 2016)에서 외삼촌이 조카인 소설화자 '나'에게 하는 말이다.

외삼촌의 이름은 이념(李念)인데, 1976년 마오 쩌둥이 세상을 떠난 다음 날 태어났으니 그 뜻을 잊지 말라는 부친의 마음이 담겨 있다. 이 대목을 읽는 순간 나는 씁쓸한 웃음을 머금고 말았는데, 기시감 때문이었을 테다.

1961년 쿠데타로 권력을 장악한 박정희 소장이 대통령으로 재임한 18년의 기간은 1963년생인 내 성장기와 고스란히 포개진다. 내 세대에게 '대통령은 박정희'였다. 대통령 앞의 인명이 다른 누군가의 이름으로 대체될 수 있다는 사실을 의식하기 시작한 건 나도 '국민학교' 고학년이나 되어서지 싶다. 하긴 그 시절은 국무총리나 국회의장, 문교부장관도 늘 같은 사람이긴 했다. 고등학교 1학년 늦가을 아침 교실에서 '대통령 유고(有故)'라는 말의 의미를 서로 캐어묻던 광경이 떠오른다. 그 유일무이한 절대적 대통령이 죽을 수 있으리라고는 누가 생각이라도 했으랴. 「봉인된 노래」에도 비슷한 이야기가 나온다. "일개 대국의 강력한 리더이자 전국민의 유일한 이념적 기둥이었던 모, 말년의 모가 친히 일으켰던 문화대혁명의 붉은 풍파가 수습되기 전의 얼떠름한 분위기 속에서 사람들은 그렇듯 강대한 그들의 정신적 지주도 보통의 사람들처럼 죽을 수 있다는 사실에 얼이 반쯤 나간 상태로 눈물을 흘렸다."

'문혁'이라는 역사적 재앙을 불러온 마오 쩌둥 사후 중국이 개방개혁의 이름 아래 자본주의 시장경제를 적극 수용하는 길로 나아간 것은 두루 아는 일이지만, 오늘날의 중국만 보고 그 과정이 순탄했으리라 짐작하기에는 '얼떠름한 분위기 속에서 흘린 눈물'이 만만치 않았을 테다. 이념적 기치를 내건 정치적 반발 말고도, 뼈대만 남은 이념의 향수나 우상의 그림자를 벗어나지 못한 구세대의 지체나 부적응은 충분히 예상할 수 있는 일이다. 그런데 금희가 소설에서 그리고 있는 외삼촌 '이념'이란 인물은 묘한 지점에서 그런 패배한 역사적 흐름의 잔영 속에 웅크리고 있는 '인간에 대한 질문'을 떠올리는 힘이 있다.

한때의 사회주의 이념조차 허물지 못한 봉건적 가부장제의 구습이 외아들에 대한 과잉보호와 과잉 기대로 번갈아 나타나는 가운데 외삼촌은 대학 때까지 우수한 학생이자 집안의 총아로 자라나지만, 어쩐 일인지 번번이 좋은 직장도 걷어치워버리고 결국은 매사 '세상 탓'만 하는 독선적인 얼치기 주정뱅이로 가족의 짐이 되고 만다. 화자인 조카는 외삼촌을 일러 "고집스러운 성격에다 특이한 가치관"을 가진 이라고 말을 해놓고 있기는 하다. 그러나 가족의 희생은 나 몰라라 하고, 도박 빚에 허우적거리다 출가한 누이에게까지 수시로 손을 벌리는 이 인물은 그저 유아적이고 무책임한 실패한 인간이라고 해도 지나치지 않아 보인다.

외삼촌의 실패를 단정하는 것은 쉬운 일이다. 문혁 세대 부모의 과보호가 있었고 마오 쩌둥 사후 엄청난 세상의 변화가 있었대도, 결국 그는 자기연민에 빠진 무능한 인간일 뿐이다. 그리고 이렇게 말해버리고 말 때 그의 실패는 단순하고 자명한 실패가 된다. 그러나 조카에게 포착된 어느 밤의 한 장면을 우리는 말하지 않았다. 설날 밤 우연히 북한 혁명가극의 노래를 듣다 멍하니 황홀경에 빠져들던 외삼촌의 설명할 길 없는 신비스러운 표정. 그 집단적 호소의 노래는 왜 그를 사로잡았는가. 그는 혁명 세대도 아니지 않는가. 알 길 없는 대로 이 순간, 그의 실패는 조금 더 복잡한 인간과 역사의 실패가 된다. '단 하나의 역사'를 기술하려 하고 역사의 의미를 독점하려 할 때 이 착잡한 실패들

은 계속 망각되고 버려질 수밖에 없으리라. 누구에게나 '봉인된 노래'
는 있다.

○ 2 0 1 6

●

부 끄 러 움 의
계 산   방 식

꽤 긴 명절 연휴가 지났다. 연휴 앞뒤로 두번 문상 갈 일이 생기기도
했다. 내가 찾았던 병원의 다른 한쪽에서는 새로운 생명들이 태어나기
도 했을 테다. 생사의 일은 하염없이 진행된다. 이럴 때 명절과 같은 방
식으로 사람들이 마련해둔 특별한 기림과 중단의 시간이 새삼 소중하
게도, 덧없게도 느껴지는 것은 어쩔 수 없다.

　우리처럼 음력으로 설을 쇠는 대만에서는 춘절 연휴가 시작되는 날
대규모 지진이 발생해 많은 사람들이 죽고 다쳤다. 순식간에 가족과
삶의 터전을 잃어버린 사람들은 앞으로 어떻게 살아가나. 지난달 4차
핵실험에 이어 설 전날 발사한 북한의 장거리 로켓은 남북 관계를 극
도로 경색시켰고 정부는 개성공단의 가동을 전면 중단한다고 선언했
다. 이 조치가 북한에 대한 제재와 압박 수단이 될 수 있을까. 다른 복

잡한 이야기는 접어두고라도, 당장 짐을 싸서 철수하게 된 개성공단 입주업체들과 거기서 일하는 남북 노동자들에게는 날벼락이 아닐 수 없겠다. 지금의 경색(폐색이 더 맞는 말일 테고, 그나마 개성공단이 거의 유일한 숨통이지 않았나) 국면이 쉬 풀릴 것 같지도 않은데 말이다. 명절이건 말건 세상은 역시 제 갈 길을 가는 것인가. 질주의 끝은 천길 벼랑 같은데 '에비에비' 소리를 내는 이들은 정작 곶감 팔 궁리뿐이고, 그러면 그럴수록 당장의 하루가 벼랑인 사람들은 점점 더 마음을 닫아걸게 되는 듯하다. 지금 정치가 소통과 신뢰, 이해세력의 대변에서 심각한 문제를 안고 있다는 것은 많은 이들이 지적하는 일이지만, 그런 한계 안에서라도 나름 정확한 사실과 정보에 근거한 최소한의 위기 대비와 관리가 있어주었으면 하고 바라는 것은 국민의 당연한 권리일 것이다. 그러나 이즈음 여러 사태에서 우리가 거듭 확인하는 것은 허둥지둥 그냥 무능한 모습이며, 그럴수록 '단호한'과 같은 진부한 수사를 거느린 강경 구호가 정책의 이름으로 나올 수밖에 없는 것인지도 모른다. 다들 자조적으로 조금씩 되뇌기 시작한 '각자도생'은 점점 유일한 삶의 방책이 되어가고 있는 듯하다.

이런 상황이 큰 틀에서만 우리의 삶을 옹색하고 궁핍하게 만드는 것은 아니다. '각자도생'은 결국 마음을 닫아거는 일이다. 조금씩 그러더라도, 그 조금씩만큼 우리는 윤리적 도덕적으로 가난해진다. 우리 마음의 계산서에는 자꾸 '부끄러움'의 항목이 늘어간다. 그것은 또한 '부끄러움'의 능력을 잃어기는 일이기노 하다. "문학은 배고픈 거지를 구하지 못한다. 그러나 문학은 그 배고픈 거지가 있다는 것을 추문으로 만들고, 그래서 인간을 억누르는 억압의 정체를 뚜렷하게 보여준다. 그것은 인간의 자기기만을 날카롭게 고발한다."(김현 「문학은 무엇을 할 수 있는가」) 자기기만을 의식한다는 것은 부끄러움의 출발일 테다. "'강한 자는 살아남는다'/그러자 나는 자신이 미워졌다"(「살아남은 자의 슬픔」)라고 아프게 고백한 브레히트의 널리 알려진 시를 덧붙일 수도 있겠다. 생각해보면 민주주의의 안착과 발전은 부끄러움을 더는 일이다. 그것은 얼마간 형식적인 수준에서 그러하겠지만, 그것이 형식적이라는 점은 우리의 짐작 이상으로 중요하다. 개인의 자유의 공간에 대한 존중, 타자에 대한 개입의 적절한 중단이야말로 민주주의의 양보할 수 없는 미덕이기 때문이다. 진리나 정의를 독점한 듯, 타인들의 삶을 규정하고 재단하는 일은 정치의 타락과 무능이 불러온 우리 시대의 또다른 병폐일 수 있다. 그렇게 할 때 그들은 그것이 얼마나 부끄러운 일인지 모르는 것 같다. 최근 읽은 김광규의 시는 '부끄러움'에 대한 가혹할 정도로 엄격한 계산의 방식을 보여준다. 온갖 부끄러움을 속속들이 아는 친구가 세상을 떠났다. 그렇다면 그만큼 '나의 부끄러움'은 가려지려나. 시인은 답한다.

아니다

이제는 그가 알고 있던 몫까지

나 혼자 간직하게 되었다

내 몫의 부끄러움만 오히려 그만큼 늘어난 셈이다

——「부끄러운 계산」 부분(『오른손이 아픈 날』, 문학과지성사 2016)

◯ 2 0 1 6

●

일 상 을

견 딘 다 는   것

이청준의 단편소설 「벌레 이야기」(1985)에서 아이를 납치해 살해한 끔찍한 가해자가 이미 신에게서 용서를 얻은 평온한 얼굴로 피해자 어머니를 대하는 대목은 지금 돌이켜도 섬뜩하기 그지없다. 그런데 소설에서 펼쳐진 기막힌 상황이 더 전율스럽고 견딜 수 없게 느껴진 것은, 작품이 발표된 1985년 당시 한국의 정치 현실이 이 소설의 숨은 맥락을 이루고 있었기 때문인지도 모른다. 그때는 전두환의 집권기였다. '땡전뉴스'의 시절이기도 했지만, 권력을 장악한 학살 주역들의 얼굴 어디에서도 죄의식과 가책의 흔적은 찾아볼 수 없었다. 그들은 너무도 당당했고 오히려 피해자들이 피해자라는 사실을 숨겨야만 살아갈 수 있는 시절이었다. 도대체 그들은 언제 누구로부터 용서를 얻었던 것일까. 아니, 용서를 구하기라도 했을까. 사법적 단죄는 1996년에야 뒤늦게 이루어졌지만 학살 주역들의 입에서 진실된 참회의 말이 나왔다는 이야기를 나는 접한 적이 없다. 어쩌면 그들에게 사람살이의 도리는 다른 차원의 세상과 언어를 구성하고 있는지도 모르겠다. 그런데 그들이 다시 얼굴을 들고 나와도 이상하지 않겠다 싶게 세상 돌아가는 형편이 정말 수상하다.

그렇긴 해도 세상이 조금씩이라도 나아져온 것은 사실이다. 퇴행의 조짐이 있고 더 악화된 지점이 없는 것은 아니지만, 우리는 이 사실을 부인하지 말아야 한다. 좀더 강하게 주장할 필요도 있다. 테러방지법 처리를 막기 위해 192시간여 진행된 필리버스터가 국민들에게 작지 않은 감동을 주었다면, 거기 이만큼의 민주주의에 도달하기까지 여러 사람들이 함께 흘린 피와 눈물의 벅찬 확인과 교감의 순간이 있었기 때문일 테다. 그리고 그 과정의 힘겨운 진퇴가 실은 거창한 대의명분이나 정의의 이름만으로 채워져 있는 것은 아니라는 사실도 새삼 느꼈기 때문일 거다. 다리가 후들거리는 긴 토론의 시간에서 의원들은 결국 자신이 살아온 이야기를 토해낼 수밖에 없었고, 국회의원이든 누구든 민주주의가 결국 사람살이의 문제라는 공명을 낮지만 깊이 불러내지 않았나 싶다.

황석영이 오랜만에 발표한 단편소설 「만각 스님」(『창작과비평』 2016년 봄호)은 광주민주화운동 후 이태가 지난 1983년 담양의 작은 암자 '호국사(護國寺)'가 이야기의 배경이다. 누군가는 밀항을 하고 누군가는 정신병원에서 도청이 진입되는 시간을 되풀이 살고 있다. 소설 집필을 위해 암자를 찾은 화자는 고용 주지로 있는 예순 어름의 스님을 만난다. 마흔에 늦깎이로 출가한 '만각'이다. 작가는 툭툭 건너뛰는 듯 어섯어섯 한 인간이 묵묵히 감내해온 참회와 용서의 시간으로 우리를 데려간다. 담양은 빨치산 사령부가 있었던 곳으로 인근 영광과 함께 대대적인 양민학살이 벌어졌던 지역이다. 만각은 영광 불광산 공비토벌로 훈장까지 받은 전직 경찰이었다. 만각은 호국사에서 현충일이면 올리는 경찰 위령제 다음 날, '산사람들'을 위한 별도의 조촐한 재(齋)를 지내오고 있었다. 이게 대단하다는 이야기는 아니다. 만각은 별 법력도 공부도 없는 스님인데, 사형수한테 맡아서 키우게 된 아이를 야단칠 때 보면 그의 온전치 못한 성품도 그대로 드러난다. 곡절 많은 가족사도 그렇지만 그의 삶은 온통 회한투성이인 듯하다. 그렇다고 해서 그가 이 '호국'의 절에서 무슨 대단한 일을 하는 것도 아니다. 큰 깨달음도 그의 몫은 아닐 테다. 다만 그는 매일 새벽 예불만은 빼먹는 법이 없다. 작가는 이렇게 쓰고 있다. "그러고 보면 하루도 빠짐없이 날마다 새벽 예불을 올리는 일이 별것 아닌 것 같지만 누구나 할 수 있는 일은 아니다. 누구에게나 일상을 견디는 일이 쉽고도 가장 어려운 것처럼." 회환은 이런 견딤의 다른 이름일지도 모른다. 앨리스 먼로의 이야기도 있다. "사람들은 말한다. 우리 자신을 결코 용서할 수 없다고. 하지만 우리는 용서한다. 언제나 그런다."(「디어 라이프」, 『디어 라이프』) '언제나'는 무서운 말이다. 만각 스님은 알고 있었던 걸까.

◯ 2016

●

변 화 ,

그 리 고   쓸 쓸 함 에   대 하 여

사람들이 제조한 '의자와 슬픔' '가위, 바이올린, 자상함, 트랜지스터,
댐, 농담, 찻잔' 등등의 물목으로 꽤나 풍요로운 '여기 지구', 그러나 주
로는 '전쟁, 전쟁, 전쟁'이고 잠시의 휴지기에 얼마 안되는 '선함'을 동
원해 집을 짓고 살아가는 지구의 슬픈 시간을 아이러니한 어조로 개관
한 뒤, 시인 비스와바 쉼보르스까는 조금은 단호하게 말한다.

 "여기 지구에서는 그 무엇도 작은 흔들림조차 허용되지 않아."(『충분
하다』, 최성은 옮김, 문학과지성사 2016) 1923년에 태어나 한세기 가까이 이
행성에서 보내다 2012년 세상을 뜬 시인은 생전의 마지막 시집 『여기』
(2009)의 표제작에서 이렇게 쓴다. '다른 곳'은 결국 없었던 셈인가.

 시인은 지금 자신의 서재에서 시를 쓰고 있는 모양이다.

가까이 와서 이것 좀 보라고.

탁자는 본래 있던 그 자리에 정확히 서 있어.

책상 위에는 본래 있던 그대로 종이가 놓여 있고,

반쯤 열린 창으로 한줌의 공기가 스며들어오지,

벽에 무시무시한 틈바구니 따위는 없어.

혹시 널 어디론가 날려버릴지도 모를 틈바구니 따위는 말이야.

─「여기」 부분

시의 마지막이다. 컴퓨터는 쓰지 않았던 것일까. 시집에는 아주 작은 글씨로 쓴 원고가 실려 있다. 생각해보면 시인이 보낸 한세기 동안 지구는 얼마나 많이 흔들렸나. 말 그대로 전쟁, 전쟁의 연속이었다. 시인의 조국 폴란드는 아우슈비츠의 땅이었고, 또 한동안은 구소련의 위성 국가여야 했다. 자유노조의 민주화운동과 쏘비에뜨 블록의 해체까지 다시 한번 격동의 역사가 흘렀다. 노년의 시간이었을 테지만, 전자정보 혁명이 열어놓은 새로운 세상도 지켜보았을 것이다. 그런데도 시인이 "벽에 무시무시한 틈바구니 따위는 없어" 하고 말할 때, 적어도 이 시의 진실과 기운 안에서라면 나는 충분히 설득되고 있었던 것 같다.

쉼보르스까의 시를 변화에 대한 환멸이나 거절로 읽는 것은 서툰 독법일 테다. 변화는 불가피하다. 시인의 말대로 "여기서 지속적인 건 아무것도 없"다. 그리고 '여기' 아닌 '다른 곳'을 향한 인간 열망의 기차가 멈춘 적도 없는 것 같다. 다만 시인이 그 열망을 모르지 않은 채로 "여기 지구에서는 그 무엇도 작은 흔들림조차 허용되지 않아"라고 말할 때, 우리는 그 변화라는 것에 대해 겸허해질 수 있는 시간을 얻는다. 변화라는 말은 우리 시대의 지상 명령이 되어 있다. 변화에 대한 홀림과 강박은 거의 우리의 존재 양식이 된 느낌이다. 시인은 말해준다. "여기서 무지(無知)는 과로로 뻗어버렸어,/끊임없이 뭔가를 계산하고, 비교하고, 측정하면서/결론과 근본적 원리를 추출해내느라." 세상은 '휴지기'를 잊어버린 듯하다.

집에는 오래된 바둑판이 있었다. 선친이 동네 목수에게 부탁해서 짠 것으로, 다리까지 갖춘 제대로 된 바둑판이었다. 그 바둑판으로 선친에게 바둑을 배웠다. 바둑판 위에서 숙제도 하고 밥도 먹었다. 선친이 세상을 뜨고 서울로 집을 옮겨야 했을 때도 바둑판을 들고 왔다. 어머니는 조선간장을 챙겨 오셨던가. 그 바둑판으로 아이에게 바둑을 가르치고 싶다는 생각을 했을 수도 있겠다. 그러지는 못했고, 그후 여러차례 이사 와중에 버렸던 것 같다. 이세돌 9단과 알파고의 대국을 보면서 그 바둑판 생각이 났다. 중학교 때였나, 존경하는 인물을 적는 난에 김인 국수의 이름을 쓰기도 했다. 컴퓨터가 전문 기사를 이긴다는 것은 나의 머릿속에는 없는 그림이었다. 미지의 영역이 존재한다는 사실이 바둑을 계산 이상의 인간 표현으로 만든다고 생각해왔다. 그러나 결과는 우리가 본 대로다. 이런 것도 결국은 감당해야 할 변화일 테다. 그러나 뭔가 허전하고 쓸쓸한 것은 또 어쩔 수 없는 일인지도 모른다. 생각해 보면 탁자와 종이가 본래 있던 그대로 거기 놓여 있다는 사실은 시인에게 은밀한 기쁨이자 위안일 수도 있었겠다. 갈라지고 희미해져가던 그 바둑판이 그립다.

○ 2 0 1 6

●

'자 존 심',
김 소 진 을 생 각 하 는 시 간

며칠 별것 아닌 몸살을 앓는데도 '아픔'이라는 목적어를 함부로 써서
는 안되겠다는 생각이 절로 난다. "좁힐 수 없는 거리가 세상에 존재하
듯/아프고 안 아프고의 차이는 아픈 차이"(김희업 「통증의 형식」, 『비의 목
록』, 창비 2014)라는 한 시인의 통찰이 거저 얻어진 것은 아닐 테다. 어제
는 아침 일찍 투표를 하고 용인으로 갔다. 소설가 김소진이 세상을 뜬
것이 산매화 흩날리던 4월의 봄이었다. 벌써 19주기다. 몇몇 친구들과
매년 4월이면 꽃구경 가듯 용인의 산소를 찾아왔다. 몇해 전이었나, 누
가 사진이라도 찍어두자고 제안을 했다. 어느 순간부터 우리가 나이
들고 늙어가는 게 보였던 것이다. 다들 반백을 넘어선 지 한참이었다.
그는 서른다섯 나이에 영원히 머물러 있게 되었지만, 우리는 한살 한
살 나이를 먹는다. 그러긴 해도 다시 만나기만 하면 언제든 그 시간의

차이란 한순간에 백지가 될 것 같은 느낌이다. 가령 이번 총선 이야길 꺼낸다 하더라도 소통에 전혀 어려움이 없지 않을까. 몇몇 정당 이름만 익숙해진다면 말이다. 소설가답게 세상사에 시시콜콜 관심이 많았고, 사안마다 자신의 의견을 정확히 간추리려고 애쓰던 게 기억난다.

아무래도 무리였는지 집에 돌아오자마자 약을 먹고 쓰러져 잠이 들었다. 한밤중에 깨어나 TV를 켜니 예상 밖의 상황이 펼쳐지고 있었다. 기실 아침에 투표를 할 때도 그리 기운 나는 상황이 아니었다. 용인 가는 차 안에서도 친구랑 비슷한 이야기를 했던 것 같다. 그럴 수밖에 없는 것이, 선거를 앞두고 언론을 통해 끊임없이 주입된 프레임은 '야권 분열, 여당 압승'이었다. 그러나 박근혜 정권과 집권 여당이 그동안 국정 운영에서 보여준 오만과 무능, 퇴행의 정치가 합당한 민의의 심판을 받지 않는다면 그거야말로 이상한 일이지 않는가. 지역구도나 콘크리트 지지층 같은 말에 한국 정치의 착잡한 역사가 담겨 있는 것은 어느 만큼 사실이라 하더라도, 그 부정되고 극복되어야 할 도그마를 지치지 않고 써대는 작태는 개개 시민들의 분노, 변화 가능성을 깡그리 무시하는 오만과 무례의 극치일 테다. 야권에 대한 적절한 견제와 경고의 메시지까지 포함해서 이번 총선의 결과는 민의라고 하는 것이 그렇게 고정될 수 없다는 것, 생생하게 살아 있는 것일 수밖에 없다는 사실을 극적으로, 아니 지극히 상식적으로 보여준 게 아닌가 싶다.

김소진은 1980년대 초반에 대학을 다닌 소위 '운동권' 학생으로, 그에게도 운동의 지속 여부는 만만찮은 갈등과 고민을 안겨주었을 것이다. 어쨌든 그는 소설 쓰기 쪽으로 방향을 잡았고, 생업으로 기자생활을 병행했다. 그러다 마지막 2년은 아예 전업으로 글을 썼다. 그에게도 '좋은 세상'에 대한 꿈은 있었겠지만, 그는 리얼리스트였던 것 같다(물론 이 둘이 반드시 배치되는 것은 아니다). 그는 '있는 그대로' 세상을 보려고 노력했다. 사실 이것처럼 어려운 일도 없다. 그는 좀 집요하다 싶게 묻고 또 물어오는 버릇이 있었는데, 그러다보면 이쪽에서도 무언가 사태가 명료하게 정리되는 느낌을 받곤 했다. 어쩌면 그에게 대화는 자신이 가진 틀이나 굳은 개념, 편견을 깨는 과정이었는지도 모르겠다. 김소진의 소설은 분명하고 정확했다. 그 '정확함'은 '있는 그대로'를 향한 거리감을 포함한 것이었다. 그는 그가 80년대로부터 입은 이념의 세례를 인정하고 받아들이는 한편, 거기에 대해 비판적 거리를 두려고 부단히 노력했다. 그것은 자신의 태생이기도 한 미아리 산동네 사람들에 대해서도 마찬가지였다. 내가 좋아하는 소설의 한 대목이 있다. "그랬을 때, 즉 좋은 세상은 오지 않는다, 그런데 지금 이 세상은 충분히 나쁘다 하는 비극적 상황에서 우리들 삶을 버티게 하는 건 뭐지?/그건…… 자존심 같은 게 아닐까요?"(「그리운 동방」) 그래, 자존심 같은 거.

○ 2016

\,

●

5 월 의
달 력

화원 출입문에는 꽃을 선물하는 날이 잔뜩 적혀 있었다. 로즈데이, 부부의 날 등 처음 보는 기념일이 많았다. 하긴 조금 억지스러우면 어떠랴. 꽃을 주고받는 것은 언제든 즐겁고 기쁜 일이다. 진은영 시인이 쓴 기념일에 관한 시가 생각난다.

> 진희영 생일 3월 15일
> 윤정숙 결혼기념일 3월 16일
> 진은영 생일 3월 17일
> 그러니까 동생이 출생하고 나서
> 엄마가 결혼하고
> 나 태어나게 되었지

—「푸른색 Reminiscence」 부분(『일곱 개의 단어로 된 사전』, 문학과지성사 2003)

그러니까 기념일은 시간의 좌표에서 지긋지긋한 하나의 축을 슬그머니 지우는 일이기도 하다. 갑자기 공평해지면서 뒤죽박죽 새로운 시간의 질서가 생겨난다. 시인은 이어서 쓴다. "다트 화살을 힘껏 던지면/시간의 오색판이 빙그르르 돌아간다"고.

시인의 상상력에 기대어 어린이와 어버이와 석가와 스승을 같은 달의 친구처럼 생각하며 5월의 달력을 읽을 수도 있겠다. 나이 듦이 성숙이나 지혜와 그다지 상관없는 일이라는 생각을 여투게 된 것은 언제부터였을까. 물론 역사나 사회 전체적으로는 단절과 부정을 포함하며 진행되는 성숙과 전승(傳承)의 자리는 분명 존재할 것이고 존경할 만한 '어른들'도 적지 않을 테다. 그러나 어린이(청소년)/어른의 위계나 '나이 듦'의 권위를 둘러싼 서사가 설득력을 잃고 있다는 방증은 많다. 가령 조금은 극단적인 이야기일망정 '어버이연합'이라는 이름의 집단이 그간 보여온 행태는 '어버이'라는 말의 가장 무참한 용례로 기록되어 마땅하다. 청와대의 기획과 개입을 말해주는 최근의 폭로는, 그 위계나 권위의 서사가 반동적이고 퇴행적인 이데올로기의 잔재와 언제든 연루될 수 있다는 유력한 증거일 테다. 어린이가 마냥 순수할 리도 없지만, 어른 역시 특별히 지혜롭고 성숙한 존재가 아니라는 사실을 받아들이는 것은 어쩌면 인간 진실에도 맞고 민주주의의 성숙에도 도움이 되는 일일지 모른다. 한국소설에서 전통적인 의미의 성장서사가 사라진 지는 이미 오래되었다.

윤성희의 소설에서 나이에 따른 위계의 목소리를 찾아보기는 쉽지 않다. 인물들의 말과 목소리는 아이, 어른, 노인의 규범화된 자리를 비켜 종종 자유롭게 발화된다. 윤성희 소설의 유난한 생기를 이 지점에 국한해서만 말할 수는 없겠지만, 그 자유가 윤성희 소설이 놓지 않는 인간 진실의 특별한 이해 방식이라는 점은 분명하다. 양말 회사 임원으로 있는 한 사내가 몸살로 이틀을 결근한다. 아내와는 사별했고, 딸은 아버지를 떠났다. 그의 생활은 코드를 빼버린 커다란 양문형 냉장고 옆에 들여놓은 소형 냉장고가 말해준다. 「이틀」(『베개를 베다』, 문학동네 2016)이라는 소설 이야기다. 혼자 약국에서 돌아오다 작은 공원에 들른 그는 양말을 벗고 발지압용 자갈길을 걸어본다. 몇걸음 걷자 너무 아프다. 앞으로 갈 수도, 돌아갈 수도 없다. "아무도 보는 사람이 없었기 때문에 나는 엄살을 부리고 싶었다. 그래서 아파, 아프다고, 하고 혼잣말을 했다." 아프다고 하는 말을 근사하게 하는 사람은 없다. 누구나 엄살을 부리고 싶을 때가 있다. 이틀째 그는 우연히 트럭 아래 누워 있던 할머니를 만나는데, 정말 어린애 취급을 받는다. "그럼 내가 저녁이라도 사줄까?" 할머니 밭일을 도와주고 얻어먹는 짜장면과 소주 한잔. "내일은 출근해. 땡땡이는 딱 하루면 좋아." 그는 사실 이틀째라고 고백하고 내일도 또 땡땡이를 치고 싶을까봐 무섭다고 말한다. "양말 만드는 게 뭐 무서워. 가서 만들면 되지." 그렇지만 그는 지금 내일이 무서운 것이다. 소설은 다시 한번 자갈길을 걷는 사내의 모습으로 끝난다. 누군가 자갈 위에 벚꽃을 뿌려놓았다. "자꾸 걸으니 어제보다는 덜 아픈 것 같았다. 그래도 아파, 아프다고, 하고 엄살을 부려보았다." 그러고 보니 엄살을 부린다고 야단맞은 기억밖에 없다. 근엄한 가면들이 안쓰럽다.

○ 2016

●

멈 춤 의

시 간

세상이 딱딱 인과의 사슬로만 굴러가는 것은 아닌 듯하다. 전보다는 더 틈과 우연, 공백이 눈에 보인다. 소설을 읽을 때도 작가가 인물이나 이야기를 너무 틀어쥐고 있다는 느낌이 들면 불편하다. 자신이 창조한 허구의 세계일망정, 작가는 인물들과 인물들의 이야기에 대해 어느 정도까지 알고 있는 것일까. 좋은 문학작품이라면 인간이 가진 불가피한 무지 앞에서 물러설 줄 알아야 하는 것이 아닐까.

'등불 밝힌 더블린 세탁소'는 윤락 여성의 보호를 위해 개신교단에서 운영하는 기관이다. 마리아라는 40대 여성은 그곳 주방에서 일하며 혼자 살고 있다. 제임스 조이스의 소설 『더블린 사람들』(진선주 옮김, 문학동네 2010)에 나오는 「진흙」이라는 작품 이야기다. 가난과 무기력이 지배하던 20세기 초 아일랜드 더블린이 배경이다. 만성절 전야(켈트력으로는 섣달 그믐날)의 만찬에 초대받은 마리아는 지금 한껏 들떠 있다. 자신이 유모처럼 키운 조의 집에 가서 송년 모임을 가질 생각에 '세탁소'의 저녁 준비를 하면서도 마음은 바쁘기만 하다. 소설에 묘사된 그녀의 용모는 볼품없다. 착하고 수줍기만 한 그녀가 결혼 이야기처럼 당황스러운 화제가 나올 때 보이는 반응은 "코끝이 거의 턱 끝에 닿도록" 웃는 것인데, 사람들의 수군거림 속에서 정형화되었을 그 마녀의 이미지는 그녀의 심성과도, 그녀의 성스러운 이름과도 너무 대조적이다. 그러나 작업복을 벗고 준비해둔 블라우스를 입고 거울 앞에 서자 스스로가 보기에 "아직도 멋지고 깔끔하고 아담한 몸매"가 눈앞에 있다. 아껴둔 얼마 되지 않는 돈으로 조네 아이들에게 줄 과자를 한봉지 산 뒤 제과점을 나섰지만, 그녀는 근사한 무언가를 더 사고 싶어 한참을 궁리한다. 다시 제과점에 들어가 건포도 케이크를 한덩어리 산다. 케이크는 깜짝 선물이 될 것이다. 그러나 조의 집에 도착하고 보니 케이크가 없다. 전철에서 자리를 비켜준 뒤 이야기를 걸어오던 술 취한 신사가 생각나지만 알 수 없는 일이다. 조금씩 안 좋은 일들이 만성절 전야의 시간 안으로 끼어든다. 조는 호두까기가 안 보이자 버럭 화를 낸다. 사이가 안 좋은 동생 이야기가 나오자 소리를 지르기도 한다. 만성절 전야 놀이에서 이웃집 소녀가 접시 하나에 진흙을 놓아두고(진흙을 집으면 곧 죽게 된다는 속설이 있단다) 마리아가 그걸 집는 바람에 작은 소동이 일어나기도 한다. 조의 부탁으로 마리아는 아일랜드의 유명한 오페라 아리아 「내 살고 싶은 곳 꿈꾸었네」를 부르는데 2절을 불러야 할 때 다시 1절을 되풀이해 부른다. 가사의 마지막은 이렇다. "그보다 날 더 기쁘게 하는 꿈이 있었으니/그것은 그대의 늘 변함없는 사랑이어라." 아무도 그녀의 실수를 지적하지 않는다. 사실, 이것이 실수인지도 알 수 없다. 노래를 듣다 자기감정에 겨워진 조의 두 눈에는 눈물이 한가득 차오르고, 흐려진 눈 탓에 이번에는 병따개를 찾을 수가 없다. 소설은 여기에서 끝난다.

한껏 즐거워야 할 마리아의 저녁을 조금씩 흔들어놓는 이 작은 불운, 소동들이란 무엇인가. 생각해보면 그것들은 그냥 언제든 있을 수 있는 일들이기도 하다. 그것들이 마리아의 고단한 삶을 특별히 더 암담하게 만드는 것도 아니다. 거기에 무슨 암시가 있는 것 같지도 않다. 작가는 마리아의 심경을 거의 보여주지 않는다. 작가로서도 어쩔 수 없는 지점일지도 모르겠다. 그러니까 삶의 어떤 광경 앞에서 작가는 가만히 멈추어 서 있다. 우리도 그럴 수밖에 없다. 그러나 머릿속으로 질문과 생각들이 쏟아지고, 가슴속으로 어떤 느꺼움이 일어나는 것을 막을 수는 없다. 우리가 공동체의 성원으로서 마땅히 감당하고 지켜나가야 할 윤리라는 게 있을 것이다. 그 윤리를 서로에게 요구하기 전에, 타인에 대한 거리를 포함하는 이 멈춤의 시간을 스스로에게 요청할 수는 없을까.

2016

●

아 득 하 고
불 가 촉 한   거 리

.

'보바리즘'이라는 말이 있다. '스스로를 있는 그대로의 자신과 다르게 상상하는 것'을 일컫는데, 플로베르의 소설 『마담 보바리』(1857)에서 연유했다.

수도원 기숙학교 시절 값싼 낭만주의 소설에 심취했던 주인공 엠마는 끝내 이 환상의 질병에서 헤어나지 못하고 스스로를 파멸의 길로 몰고 간다. 플로베르가 이 인물의 심리와 행동에 준 언어적 표현의 생생함과 적확성, 거의 완벽에 가까운 문학적 스타일의 구축은 널리 알려진 이야기이기도 하다. 결혼생활에 대한 낭만적 환상과 실제 현실 사이의 간극을 끝내 성숙한 눈으로 수습하지 못하는 엠마의 비극은 작가가 그녀에게 넘겨준 원숙하고 냉철한 언어적 표현의 힘 때문에 더욱 도드라진다. 플로베르가 구사한 정밀한 언어적 표현은 엠마라는 인물의 구체적 현실과 느낌 안에서 자라나온 것이되, 그녀의 미숙한 지성으로는 결코 도달할 수 없는 지점에 있다. 이것은 지독한 아이러니다. 비판적 검토와 숙고를 거친 그 언어들이 진정 엠마의 소유일 수 있었다면, 그녀는 스스로를 파멸의 길에서 구할 수도 있었을 테니 말이다.

그런데 작가는 무슨 권리로 이런 일을 하는가. 남의 불행을 내려다보며 말이다. 한가지 답은 플로베르가 직접 우리에게 주었다. "엠마 보바리는 바로 나 자신이다." 엠마의 저 환상병(幻想病)은 바로 플로베르 자신이 혹독하게 앓고 있던 낭만적 질병이기도 했던 것이다. 그리고 초라한 현실을 외면하고픈 우리의 자기기만 안에 엠마의 이야기가 언제든 끼어들 수 있는 한, 우리 모두는 얼마간 엠마 보바리이기도 하다. 우리가 작가들에게 인간 불행의 관찰자 자리를 선뜻 내어주고 그것을 기리기도 하는 이유를 이런 지점에서 생각해볼 수도 있지 싶다. 그렇다는 것은 문학이 타인의 삶 속으로 들어가서 타인의 이야기를 전개할 권리가 그리 허투루 얻어질 수 없다는 말도 된다. 그런데 우리가 문학작품에서 남의 불행을 읽을 때 우리 역시 근본적으로는 비슷한 질문을 떠안고 있는 것은 아닐까.

권여선의 단편소설 「이모」(『안녕 주정뱅이』, 창비 2016)에 나오는 50대 후반 윤경호라는 여성의 인생은 쓰라려서 옮기기가 저어될 정도다. 그녀는 가족이라는 덫의 희생양이 되어 자신의 인생을 고약한 운명의 여신에게 저당 잡힌다. 얼마 안되는 사랑의 기회조차 그녀를 이상한 방식으로 모욕하며 비껴간다. 그러나 그녀는 나름대로 몹쓸 인생에 대한 반격을 준비해왔는데, 최소한의 자립 기반을 마련한 뒤 가족과의 절연을 선언한다. 그녀 나이 55세 때다. 그리고 2년 뒤 병에 걸린 몸으로 나타나고 곧 죽음을 맞는다. 그런데 그 2년 동안 그녀가 누린 자유조차 그리 대단한 것은 아니다. 한달 35만원으로 생활하며 매일 도서관에서 책 읽기. 하루 네대의 담배, 일주일에 한번의 음주. 사실 이 소설의 핵심은 그렇게 규칙적인 삶을 결심하게 된 어느 겨울날 하루에 있을 것이다. 그날 하루 그녀의 내부에서 끓어올랐던 세상에 대한 증오와 적의, 격렬한 자기응시의 드라마는 이 소설의 백미인데, 그 전율스러운 음미는 독자의 몫으로 남겨두자. 죽기 직전, 그녀는 스스로를 아무에게도 가닿지 못했던 불가촉천민으로 칭한다. 그녀 이야기의 청자이자 소설의 화자인 조카며느리 '나'는 그녀의 유산으로 입금된 통장의 숫자를 오래 들여다본 뒤 이렇게 말한다. "그 숫자들은 그녀와 세상 사이를, 세상과 나 사이를, 마침내는 이 모든 슬픔과 그리움에도 불구하고 그녀와 나 사이를 가르고 있는, 아득하고 불가촉한 거리처럼도 여겨졌다." 생각해보면 이 '아득하고 불가촉한 거리'는 우리가 모든 불행의 이야기를 관전한 댓가로 돌려받는 냉혹한 심문이자 탄식은 아닐 것인가. 물론 그것은 문학이 주는 또다른 아이러니한 선물이기도 한데, 인간의 윤리가 개시되는 자리가 그 언저리에 있을 것이기 때문이다.

◯ 2 0 1 6

●

천 사 의

몫

요즘 씽글몰트 위스키 이야기를 많이 듣게 된다. 나 자신 술에 특별한 취향을 가진 적이 없는 편인데도, 최근 몇년 사이 공항 면세점에서 챙기게 되는 게 씽글몰트다. 가족 중 누가 외국여행을 간다고 하면 몇몇 라벨을 적어서 두세차례 다짐을 주기도 한다. 간절히 바라면 하늘도 감응한다고 했나. 하늘에서 뚝 씽글몰트 위스키가 떨어지기도 한다. 비슷한 시기에 씽글몰트 세계에 입문한 친구와 선배가 있어서 다들 이런 식으로 모으면 연중 아쉬운 대로 틈틈이 맛을 볼 정도는 된다. 뭐가 그리 좋으냐고? 숙성 과정에 스코틀랜드의 자연이 스며들며 만들어내는 풍미, 이탄 향의 강렬함 운운…… 해봤자 대개는 딴 곳을 쳐다보고 있기 일쑤다. 어쨌든 스페이사이드 강변이나 아일레이 섬의 풍광 속에서 그 지역 씽글몰트를 두루 맛보는 여행은(가능할까?) 생각만으로도 즐겁다.

씽글몰트를 알리는 데 한몫한 영화가 켄 로치 감독의 「엔젤스 셰어」
(2012)일 것이다. 묵직한 사회적 의제를 투박할 정도의 정공법으로 화
면에 담아온 켄 로치 감독의 이력에서는 조금 예외이다 싶게 이 영화
는 얼마간 가볍고 동화적이고 유머러스하다. 물론 영화 속에 등장하는
스코틀랜드 하층 젊은이들의 현실은 암담하다. 대물림되는 가난, 실업
과 범죄의 악순환은 이들에게서 내일을 앗아가버렸다. 사회의 조력은
멀고, 세상의 시스템은 점점 더 이들 '루저들'을 버리는 쪽으로 치닫고
있다. 켄 로치 감독은 영화의 제목이기도 한 '천사의 몫'에서 이들에
게 줄 희망의 몫을 구한다. '엔젤스 셰어'는 캐스크 안의 숙성 과정에
서 증발하는 2, 3퍼센트의 위스키를 일컫는다. 불가피한 손실을 천사
의 몫으로 돌린 농담의 담대함이 그럴법하면서 애틋하다. 하긴 천사야
말로 이 귀한 술을 마셔야 하지 않겠는가. 세상의 숱한 슬픔과 비참을
건사하자면 말이다. 그러니 그 농담은 기도이자 기원이기도 했을 테다.
켄 로치 감독은 법원의 사회봉사 명령을 수행하는 4인조 루저 패거리
에게 씽글몰트 경매에 나온 엄청난 고가의 위스키를 '아주 조금' 훔칠
수 있는 기회를 부여하고 끝내 그의 영화에서 한번도 보여준 적 없는
할리우드식 해피엔딩까지 선사한다. 이제 차까지 마련한 주인공 로비
는 아내와 아이를 키우며 얼마간은 그럭저럭 살아갈 수 있을 것이다.
그들이 훔쳐낸 그 소량의 위스키가 바로 '천사의 몫'이라고(어차피 그

정도는 증발할 것이라는 의미에서도 그렇지만, 사실 버림받은 '루저들' 이야말로 천사가 깃들 자리라는 의미에서도 그렇다) 우기는 감독의 유머는 따뜻하다. 아니, 그래서 더 아프다.

은희경의 소설집 『중국식 룰렛』(창비 2016)의 표제작에서도 씽글몰트와 천사의 이야기는 계속된다. 한밤의 술집에서 네 사내가 씽글몰트를 마시면서 미묘한 '진실게임'을 벌인다. 인생이 건네는 오래된 악의와 불운의 서사를 배경으로 '천사의 몫'을 갈구하는 진실의 회전판이 느릿느릿 돌아간다. 정직성 또한 베팅이라는 점에서 이 게임은 비밀과 거짓말의 미로 속에 있다. 진실은 술의 향기처럼 남는다. 다들 취했고 돌아갈 일만 남았다. 다만 이런 말이 위로가 될 수 있을까. "천사들은 술을 가리지 않아요. 모든 술에서 공평하게 2퍼센트를 마시죠. 사람의 인생에서 자기도 모르는 사이에 증발되는 게 있다면, 천사가 가져가는 2퍼센트 정도의 행운이 아닐까요." 사정이 그렇다면, 우리는 다들 "단지 조금 운이 없을 뿐이다. 불행하다고 생각하는 사람이 단지 조금 불행한 것처럼, 그래서 단지 약간의 행운이 더 필요할 뿐인 것처럼. 우리에게 주어진 불운의 총량은 어차피 수정될 수 없는 것이니까". 가혹하다. 하지만 이것은 조금 슬픈 농담일 테다. 단지 조금 말이다. 하긴 씽글몰트만 그러랴. 공평한 천사라면 소주에도 깃들겠지.

○ 2016

●

우 리 는

알 지 못 한 다

2002년 6월 한일월드컵 마지막 날 밤 19세 여고생이 살해된다. 같은 반 남학생 두명이 용의 선상에 떠오르고 알리바이를 분명하게 입증 못한 한만우라는 학생이 집중적인 수사 대상이 된다. 그러나 결정적인 증거가 나오지 않으면서 사건은 미제(未濟)로 남게 된다. 권여선이 『창작과비평』 2016년 여름호에 발표한 중편소설 「당신이 알지 못하나이다」는 사건 이후 14년이 지난 시점에서 주변 인물들의 끝나지 않는 고통을 이야기한다. 당연히 가장 큰 상처는 가족의 몫이다. 엄마와 동생 다언은 그 횡액 이후 현실로 돌아오지 못한다. 죽은 딸의 개명(改名)에 집착하는 엄마나 여러차례 성형수술까지 하면서 언니의 빈자리를 대신하려는 동생의 욕망과 복수심은 처절하다. 어쨌든 고통의 당사자가 아닐 때 우리는 지켜볼 수밖에 없다. 그러나 두 모녀가 끝내 저지르는 복수의 범죄까지 받아들이기는 쉽지 않다. 이 대목은 논쟁적인데 여기서는 일단 말을 아끼기로 한다.

살아남은 자의 이야기, 실패한 애도의 이야기는 많다. 애도의 시간을 모욕하는 일이 공권력의 이름으로 아무렇지도 않게 자행되는 이즈음의 현실에서라면 이 문제는 더 많이 발화되고 질문되어 마땅하다. 그러나 그런 가운데 애도 자체가 어느 면에서 정형화되거나 준비된 해답의 자리로 바뀌고 있지는 않은지 성찰도 필요한 것 같다. 애도해야 할 죽음이 있고, 그렇지 않은 죽음이 있는 것은 아닐 테다. 그럼에도 알게 모르게 우리는 그 가름선을 조금씩 갖고 있는지도 모른다. '개돼지'라는 선은 사실 너무 공공연한 것이기도 했던 터라 다들 그리 놀라지도 않았을 테지만, 그 외설적 누설을 통해 우리가 딛고 있는 민주주의의 지반이 얼마나 허약하고 위태로운지 새삼 확인시켜준 공로는 있는 듯하다. 보다 중요하기로는 애도란 결국 살아남은 자의 몫이라는 점을 인정해야 한다는 사실이다. 상실은 철저히 살아남은 자의 시선이다. 타인의 고통과 희열이 어디에 있는지 우리는 끝끝내 모른다.

그러니 상상할 수 있을 뿐이다. 그런데 상상은 어떻게, 왜 하는가. 권여선의 소설은 세사람의 시점으로 진행되지만, 동생의 시점이 핵심이라 할 수 있다. 한만우의 경찰 조사 과정을 낱낱이 복원하는 다언의 상상이 사건의 진실에 도달하고자 하는 의지 말고도 복수심과 은밀한 개인적 욕망에 의해 추동되고 있다는 사실은 의미심장하다. 어쩌면 공감의 상상력이라는 중립 지대는 없으며, 여기에도 '주고받기'의 계산서는 치열하게 작동하는 것인지도 모른다. 이 구도는 다언의 시점 뒤에서 이야기를 기술하는 작가의 자리 역시 질문에 부친다는 점에서 좀더 철저하다. 그런 가운데 소설은 마침내 한 인간의 진실을 상상하는 값진 순간에 도달한다. 어느 면에서는 사건의 가장 가혹한 피해자라고 할 수 있는 한만우('난쟁이' 엄마와 대형마트에서 일하는 의붓동생이 한가족이다)는 한창 젊은 나이에 골육종을 앓다가 죽는다. 다언은 그가 일하던 세탁공장을 찾아간 적이 있다. "혹시라도 살아 있다는 것, 희열과 공포가 교차하고 평온과 위험이 뒤섞이는 생명 속에 있다는 것, 그것 자체가 의미일 수는 없을까. 왼쪽 겨드랑이에 목발을 끼고 오른손에 긴 스팀다리미를 쥐고 시트를 다림질하던 그는, 이 세상 어느 누구보다, 심지어 그의 폐에 퍼진 암세포보다 더 펄펄 살아 있지 않았던가. (…) 그것이 삶의 의미일 수는 없을까." 동의하고 싶지만, 쉽지가 않다. 아마도 한만우는 그런 질문조차 하지 않았을 테니까. 아니, 이런 생각 또한 오만일 테다. 우리는 상상할 수 있어야 한다. 사건이 나던 날 치킨 배달 스쿠터 뒷좌석에서 그의 허리 양쪽을 가볍게 붙들고 있던 어떤 소녀의 손길을. 그때 그가 느낀 낯선 희열과 공포를. 언제나 다 알고 있는 사람은 '한만우'라는 사실을. 알지 못하는 것은 언제나 '우리'라는 사실을.

○ 2016

●

누군가
응답해야 한다

편의점이 도시의 풍경을 바꾸기 시작한 게 언제부터였을까. 1990년대 초반 직장이 있던 홍익대 근처에서 처음 접한 편의점은 투명한 유리 너머 환한 사각의 세계로 기억에 남아 있다. 냉장 칸의 도시락이 신기해서 군이 야식으로 사먹은 적도 많았지 싶다. 김애란의 단편소설 「나는 편의점에 간다」(『달려라, 아비』, 창비 2005)는 바로 그 편의점에서 '평균적인 현대적 라이프 스타일'을 소비하게 된 생활의 변화를 날카롭게 포착하면서 서로 아무것도 묻지 않는 편의점의 "거대한 관대" 뒤에 숨은 현대 도시 속 단절, 비애와 누추함을 이야기한다. "나는 편의점에 간다. 많게는 하루에 몇번, 적게는 일주일에 한번 정도 나는 편의점에 간다. 그러므로 그사이, 내겐 반드시 무언가 필요해진다." 소설의 처음과 마지막에 약간의 변주만으로 반복되는 이 문장들은 앞으로도 오래

서울이라는 도시를 환기하는 표지로 남을 듯하다.

　50대 초반의 한 여성이 서울 외곽, 황량한 신도시 편의점의 밤을 지키고 있다. 그녀의 신분은 '알바'다. 일주일에 세번씩 자정부터 아침 6시까지 편의점 카운터를 지켜온 지 1년째지만 젊은 손님이 편의점으로 들어서면 거의 반사적으로 몸이 긴장된다. 혹 자신을 알아볼까 두려운 것이다. 얼마 전 이효석문학상을 수상한 조해진의 단편소설 「산책자의 행복」(『빛의 호위』, 창비 2017) 이야기다. 그녀는 몇년 전까지 대학에서 강사 신분으로 철학을 가르쳤다. 철학과가 통폐합되고 교양수업이 폐강되면서 대학 울타리 밖으로 밀려났고, 어머니의 병원비와 은행 빚을 감당하지 못해 개인파산을 신청했다. 급전직하. 기초생활수급자가 되고 정부가 지정해준 임대아파트가 있는 신도시로 이주해서 편의점 알바로 하루하루를 버텨가고 있다. 책과 논문을 버린 날도 있고 캄캄한 방에 누워 "가능하고도 합리적인 죽음의 방법"을 고민한 날도 있다. 그녀가 강의실에서 뱉어낸 관념과 추상의 언어들은 한없이 무기력하기만 하고, '불행'이나 '죽음' 같은 철학적 사유의 계기들은 철저히 현실의 비수가 되어 돌아온다. 그녀는 아내와 사별한 편의점 사장의 품 안을 잠시 꿈꾸어보기도 하거니와, 그 새벽의 짧은 욕망과 상상은 정녕 쓰라리다. 그러거나, 사장과 교대해 편의점을 나서면 "쓰라림도 회한도 없는 초라한 사랑이 지나가고 대신 기초생활수급자의 하루가 다시 시작"된다.

조해진 소설의 인물이 겪는 추락의 현실이 전혀 과장되거나 낯설게 느껴지지 않는 것은 "내딛는 곳이 곧 나락이 될 수도 있다는" 실감을 누구나 얼마만큼은 갖고 있기 때문일 테다. 이런 불안의 현실은 그녀의 마지막 제자인 중국인 학생 메이린이 유학지인 독일의 소도시에서 보내오는 이메일 편지에도 담겨 있다. 그곳에는 난민의 유입을 반대하는 거리 행진 뒤로 극우 세력의 난동이 이어지기도 하고, 시민권을 가진 쿠르드계 이민자 젊은이가 어느날 거리의 노숙자로 전락해 있기도 한다. 강단에서 내몰린 한국의 라오슈(老師, 스승)에게 계속 응답 없는 편지를 보내는 메이린 역시 모를 리 있겠는가. 세계에 편재한 불안의 지반이 실존의 차원에서도, 정치와 경제의 차원에서도 쉬이 개선되기 힘든 일이라는 것을. 바로 그렇기에, 그녀가 스스로의 불안 앞에서 거듭 환기하는 '살아 있는 동안엔 살아 있다는 감각에 집중하라'는 라오슈의 가르침은 무력함의 역설로 그녀를, 우리를 얼마간 위로한다. 그러나 그녀의 라오슈가 불안에 지친 새벽길 한가운데에서 내뱉는 절규, "살고 싶어. 미치도록…… 살고 싶어"에는 도대체 누가 응답한단 말인가. 김애란의 '편의점' 이야기에도 한 소녀의 처참한 사고사가 나오거니와, 지금 조해진의 '편의점'에서는 '살아 있음'이 죽음이 되고 있는 것인가. "사는 게 원래 이토록 무서운 거니, 메이린?" 답이 잘 보이지 않는 대로, 이 편지에는 누군가 응답해야 한다.

◯ 2016

●

우 리 는 이 야 기 를 만 들 면 서
이 야 기 안 에 있 다

이야기를 해보면 알게 된다. 자기도 모르게 과장이 생기고 거짓이 끼어든다는 걸. 있는 그대로 이야기하기는 정말 쉽지 않다. 이건 단순히 정직성의 문제만은 아니다. 하려는 이야기는 말로 정확히 옮겨지지도 않거니와 대개 그것들은 우리가 기대하는 매끈한 질서 속에 있지 않다. 앞뒤가 안 맞기 일쑤고 튀어나온 데를 맞추자면 곁가지들이 자꾸 생겨난다. 그러다보면 로렌스 스턴의 소설 『트리스트럼 샌디』(1767)의 예처럼 이야기가 두권 이상 진행되었는데도 주인공은 아직 태어나지 못한 상태일 수도 있다. 부모님의 잠자리로 거슬러 올라가 시작되는 주인공의 자서전적 고백은 중요한 순간 남편에게 시계 밥을 주었는지 물어본 어머니의 한마디에서부터 샛길로 미끄러진다. '트리스트럼 샌디'의 경우는 그 작정한 혼돈으로의 미끄러짐이 일관되고 유기적인 서사에 대한 조롱을 넘어(그러나 이 역시 결국은 이야기의 '질서'다) 그 자체로 상당한 웃음과 즐거움을 주기도 한다. 그런데 우리의 이야기에 불순물 혹은 윤활유가 섞이는 일차적 이유도 재미, 쾌락과 무관하지 않을 테다. 우리는 그 근원적 욕망에서 얼마간은 '호모 나랜스(Homo Narrans, 이야기하는 인간)'인지도 모른다.

'흰 거짓말'이라는 말도 있다. 단답의 말조차 순간을 모면하려는 작은 거짓과 너무도 쉽게 공모한다는 걸 우리는 안다. 그것은 때로 인간 관계의 피로를 줄이려는 방어기제 같은 것이기도 할 테다. 김종관 감독의 영화 「최악의 하루」(2016)는 그렇게 별것 아닌 작은 거짓말이 쌓이고 얽히면서 곤경에 빠지는 은희라는 젊은 여성의 하루 이야기다. 서촌의 골목길과 남산 숲길이 주요 장소로 등장하는 영화는 보행의 시선과 리듬으로 섬세하게 드러나는 서울의 '낯선' 풍경만으로도 충분히 즐겁다. 홍상수 감독의 영화가 종종 좁게 포착된 도시의 풍경들로부터 우리 쪽을 응시하는 듯한 '낯섦'을 안긴다면, 김종관 감독의 카메라는 순하고 맑은 호기심으로 우리가 이 도시에서 놓치고 있던 것들을 되돌려주려는 것 같다. 그런 감독의 태도는 인물의 소극(笑劇)을 지켜보는 카메라의 시선에도 일관되게 담겨 있어 시종 기분 좋은 미소를 머금고 영화를 따라가게 만든다.

그런데 은희에게 '최악의 하루'를 선사하는 '작은 거짓말'은 영화의 이야기를 전개하는 모티브이기도 하지만 영화가 스스로를 가리키고

의식하고 있다는 신호이기노 하다. 은희가 서촌에서 만나 길을 안내하는 일본인 소설가 료헤이는 도입부 내레이션을 감안하면 영화 속 이야기를 만들어낸 화자로 볼 수도 있다. 그는 영화의 말미에 남산에 홀로 남은 은희 곁에 다시 나타나 하루의 마지막을 함께한다. 사실 자신의 책을 번역 출간한 한국 출판사의 무성의한 태도로 황당한 일들을 겪는 료헤이의 하루도 은희의 '최악'에 못지않다. 물론 두 사람 다 김종관 감독이 만들어낸 허구 속 인물들이고 그들이 겪는 곤경도 그렇다. 은희는 연기 공부를 하고 있는데, 그녀가 이날 하루 쏟아낸 거짓말들은 삶이라는 '이야기' 속 무대에서 벌인 연기일지도 모른다. 그것은 우리들 누구나 하고 있는 일이다. 이런 겹의 이야기 구조와 '거짓말'을 진실과 섞이고 진실을 매개하는 '허구'로 은유하는 방식이 반드시 새로운 것은 아닐 테지만, 김종관 감독은 자신의 영화를 세상의 이야기 속에 겸손하게 포함시키는 자리를 아는 것 같다. 료헤이와 은희가 몸짓과 외국어의 소리로 소통하며 어두운 남산길에서 찾고 만나는 판타지는 우리를 위로한다. 그들은 이야기 속 인물들이면서 여기 보잘것없는 현실의 우리다. 이야기의 바깥에서인 듯 조금은 느닷없다 싶게 료헤이의 입을 통해 '해피엔딩'이라는 말이 도착할 때, 이 말을 이야기의 일부로 만들어야 하는 것은 두 사람만이 아니다. 우리가 이야기 속에 있는 것은 우리가 이야기를 만들기 때문일 것이다.

○ 2016

●

온 전 히   받 아   안 을   수
없 었 던   감 동

클린트 이스트우드 감독의 「설리: 허드슨강의 기적」(2016)은 미국 뉴욕
에서 일어난 실제 항공 사고를 다룬 영화다. 2009년 1월 15일 150명의
승객을 태우고 뉴욕 라구아디아 공항을 출발한 미국 국내선 항공기가
이륙 직후 뉴욕 상공에서 새떼와 충돌하여 양쪽 날개의 엔진을 잃는다.
40년 경력의 기장 설렌버거(설리)는 관제소와 교신하며 회항을 시도하
지만, 곧 라구아디아공항은 물론 인근 공항으로의 회항 역시 불가능하
다는 판단을 내린다. 부기장과 함께 그가 내린 선택은 허드슨강으로의
비상 착수(着水)였다. 기적이었다. 조종사와 승무원 포함 155명 전원이
생존했다. 승무원 한명이 열상을 입은 것 말고는 부상자도 없었다. 금
융위기의 어두운 소식과 함께 새해를 시작해야 했던 미국민들은 환호
했고, 설리는 '영웅'이 되었다.

영화를 보며 뒤늦게 떠올리게 된 거지만 당시 뉴스로 접하며 내게도 얼마간 기억에 남아 있는 사건이기도 하다. 그러나 사고 당시의 정황이나 구조 과정 등 절박했던 시간에 대해서는 이번에 처음 알게 되었다. 무엇보다 클린트 이스트우드 감독이 7년 전 사건의 단순한 재현을 넘어 전해주는 세상과 인간에 대한 근심과 통찰은 깊이 마음을 흔들었다. 비행기가 뉴욕 고층 빌딩숲에 부딪치며 추락하는(설리의 악몽) 오프닝 크레디트 화면이 말해주듯 이 영화는 9·11 이후를 사는 미국인들을 향한 깊은 위무의 시선을 내장하고 있는 것 같다. 감독은 질주하는 세상의 시스템 아래에서 갈수록 왜소해지고 납작해지는, 더 자주는 서로에게 의심과 불신의 대상으로 전락하고 있는 인간이라는 존재 안에 그래도 여전히 소진되지 않는 가능성이 남아 있다고 믿는 듯하며, 어쩌면 낡았을 그 믿음을 그날 허드슨강의 사람들에게서 끌어내고 보여주는 방식으로 우리를 설득한다. 그 믿음은 흔들리고 회의하는 믿음이며, 성찰하고 완보하는 영화의 리듬에 실려 다시 우리를 흔든다. 영화는 그냥 하나의 전체로, 이음새를 의식할 수 없는(사고 순간으로 돌아가는 플래시백도 이 영화에서는 믿을 수 없을 만큼 현재와 하나다) 강물 같은 흐름으로 묵직하게 우리를 향해 밀고 들어오는데 그 감흥을 설명할 말을 나는 가지고 있지 못하다. 단지 허드슨 강변을 헉헉대며 달리는 설리의 늙은 육신과 클로즈업으로 잡히는 조종석의 손 등 어느 장면에서든 군더더기 없이 그 핵심에서 인간의 현존과 이야기를 느끼게 만드는 그의 화면에 경의를 표할 뿐이다.

　그렇긴 해도 이 자리에서는 영화를 보며 나도 모르게 울컥 치솟았던 울음에 대해서 말해야 할 것 같다. 기장은 비상 착수를 결정한 뒤 '충돌에 대비하라'는 기내 방송을 내보낸다. 세 명의 여승무원은 공포에 질린 승객들을 안심시키며 침착하게 비상 매뉴얼을 가동한다. 그리고 "머리를 숙이고 엎드리라"는 승무원들의 단호한 구호가 반복된다. 이 구호는 나중에 국가운수안전위의 공청회 자리에서 조종실 음성을 청취할 때 기장과 부기장의 긴박한 대화 사이로 희미하게 들려오기도 하는데, 이 순간 나는 거의 아무런 비상 매뉴얼도 작동하지 않았던 세월호의 시간이 내 몸을 향해 밀려오는 것을 막을 수가 없었다. 강 위로의 착수 후 날개 쪽 양 문을 열고 비행기 밖으로의 탈출을 인도하는 기장과 승무원들, 물이 차오르는 객실 안에서 마지막 한 명의 승객까지 확인하는 기장. 허드슨강의 통근 배들과 구조대의 헬기가 불시착한 비행기를 향해 다가가는 순간의 감동을 나는 온전히 받아 안을 수 없었다. 155명 전원이 구조되는 데 걸린 시간은 24분이었다. 결국 이렇게밖에 말할 수 없겠다. 어떤 영화는 그 궁극적 향유와 소유에서 공동체의 경계를 넘어오지 못한다. 그 구조의 순간을 보며 흘린 눈물은 쓰라리고 서러웠다. 그것이 기적이기에 더욱 그러했다. 155명은 결코 숫자가 아니다.

○ 2016

●

사 람 들 은 살 아 가 고
일 상 을 버 텨 낸 다

대통령이 무시로 범법과 부정을 자행하고 국가의 자원이 그 수단으로
동원되어온 기막힌 상황 앞에서 무슨 말을 할 수 있겠나. 세월호의 생
명들조차 한갓 추악한 정치 공학의 대상이었다니 말문이 막힐 뿐이다.
참담한 시절이다. 다만 광화문 일대를 가득 메운 이들의 얼굴이 마냥
어둡기만 한 건 아니었던 것 같다. 처참하게 망가지고 짓밟힌 정의와
민주주의를 회복시킬 의지와 활력을 서로에게서 확인하고 있는 듯했
다. 분노의 목소리 한편으로 밝게 안부를 묻는 모습은 지금 이 참담한
시절의 또다른 삶의 국면일 테다. 사람들은 살아가고 일상을 버텨낸다.
  '기억의 작가'로 불리는 조르조 바사니는 이딸리아 북부의 소도시
페라라를 무대로 한 일련의 작품으로 유명하다. 유대인으로 바사니가
페라라에서 보낸 성장기는 파시스트 세력의 발흥과 겹친다. 파시즘과

전쟁의 광풍이 시시각각 덮쳐오는 암울한 시대의 분위기를 섬세하게 돋을새김하는 가운데 작가는 페라라의 거리와 광장, 성벽과 들판 그리고 거리의 사람들을 되찾아오는 기억의 행로를 연다. 담장의 쐐기 하나, 구름 한점 없이 새파란 페라라의 6월의 하늘까지 되살려놓은 묘사의 놀라운 생생함은 바로 그 때문에 그것들이 이미 다시는 되찾을 수 없는 시간의 저편으로 사라졌다는 사실을 너무도 쓰라리게 증언한다. 그의 기억의 언어는 온통 사라지고 상실되고 죽어간 것들에 바치는 애가(哀歌)다. 가령 작가의 대표작 『핀치콘티니가의 정원』(이현경 옮김, 문학동네 2016)에서 수만평의 정원을 가진 대저택에서 은둔의 삶을 살았던 유대계 귀족 핀치콘티니가의 사람들을 포함해 소설의 주요 인물들은 대부분 주인공의 회상이 시작되는 시점에 이미 세상에 없다. 핀치콘티니 가문이 마련해놓은 위풍당당한 가족묘가 있었지만 병사한 큰아들만이 그곳에 묻혔을 뿐이다. "반면 그의 여동생 미콜, 아버지 에르만노 교수와 어머니 올가 부인, 고령에 중풍을 앓던 올가 부인의 어머니인 레지나 부인 모두는 1943년 가을에 독일로 강제 이송되어, 그들의 무덤이 있는지 없는지조차 아는 이가 없다."

인종법이 통과된 직후이자 2차 대전 발발 직전인 1939년 유월절 만찬 풍경은 또 어떠했는가. 대학 졸업반의 주인공 '나'는 그날의 식탁을 "절망적이고 기괴한 유령들의 모임"으로 기억한다. "삼촌과 숙모들, 사촌들을 차례로 보았다. 그들 대부분을 몇년 뒤 독일 화장장의 소각로가

집어 삼켜버렸다." 실제에서도 그러하지만 소설이 회상의 불꽃으로 타오를 때 다른 한쪽에서 쌓여가는 것은 유령의 시간이며, 그 시간의 재(灰)다. 그렇게 해서 종종 소설은 살아남은 자의 의무가 되기도 한다.

아니다. 반드시 그런 것만은 아닐지도 모른다. 그러기에 이 소설은 너무도 화사하고 빛나고 가슴 설렌다. 여기에는 핀치콘티니가의 소녀 미콜이 일컫은 '철없는 사랑의 푸르른 낙원'이 있다. 열두살 소년 시절 '나'는 핀치콘티니가의 '신성한 담장'에서 영원히 멈춰 있을 것 같은 뜨거운 하늘 아래 미콜을 만났거니와, 10년을 격해 점화된 둘의 사랑은 쓰라린 상처와 환멸만 남겼을지언정 아름답다. 다만 아들의 상심을 아는 아버지는 말한다. "다 지나갈 거다. 다 지나갈 거야." 그러면서 늙어서 세상을 이해한다는 것의 쓸쓸함과 무력감에 대해 토로한다. "우리 세대는 너무나 큰 실수들을 많이 했다. 어쨌든 하느님의 가호가 있기를, 넌 이렇게 젊으니!" 이것은 지혜의 전수일까, 다가올 끔찍한 불행을 직감하던 스스로에 대한 간절한 호소였을까. 에트루리아인의 묘지에서 한 꼬마가 일깨워주었듯, 까마득히 먼 과거의 사람들도 언젠가 산 적이 있다. 이 사실은 이상하게 우리를 위로하고 격려한다. 반파시스트 투쟁을 하다 투옥되기도 했던 작가도, 소설의 주인공도 이제 이 세상 사람은 아니다.

○ 2016

●

강 물 은
언 제   흘 러 가 나

아르바이트 끝나고 새벽에 들어오는 아이의

추운 발소리를 듣는 애비는 잠결에

귀로 운다

— 김주대 「부녀」 전문(『그리움의 넓이』, 창비 2012)

이 짧은 시가 강렬하게, 그리고 아프게 환기하는 현실의 한 장면에
서 시인이 말하지 않은 몸의 기관은 눈과 목울대다.

눈은 젖고 목으로는 무언가가 솟구치지만 눌러야 한다. 사실은 아이
의 발소리도 그다지 크게 들리지 않았을지 모른다. 새벽 냉기를 떠올
리는 아비의 마음속에서 그 소리는 증폭되었으리라. 그렇다면 정작 시
의 언어로 발화되지 않은 것은 어떤 행동일진대, 우리는 그 무력함에

대해 오래 생각하게 된다.

광장의 촛불이 뜨겁게 타오르는 특별한 연말이지만, 다들 당장의 생활전선에서야 하루하루의 고단함을 감내해야 할 거고 궁벽하고 외진 자리들의 막막함은 또 그대로 남아 있을 테다. 불공정하고 불평등한 사회구조를 정색하고 따지기에도 남세스러운 범죄 집단과 그 방조 세력이 국가 시스템의 중심부에서 이 정도로 활개 치고 있을 줄은 정말 몰랐다. 분노한 민의에 의해 뒤늦게나마 그 무리에 대한 퇴출 작업이 진행되고 있는 것은 다행이다. 문제는 이들이 사익을 챙기며 국가 시스템을 유린하는 사이 더 악화한 영역은 그것대로 바로잡으면서, 불공정과 불평등을 구조화하며 점점 더 승자 독식의 세계로 치닫는 사회 전반을 근본적으로 점검하고 바꾸어나가는 일일 텐데 쉽지 않은 과제임은 분명하다. 아르바이트 끝나고 새벽에 들어오는 아이가 있을 수도 있다. 아이의 추운 발소리에 귀로 우는 아비가 있을 수도 있다. 그런 안쓰러움이 없는 세상이 어디 있으랴. 다만 내일에 대한 기대를 아예 내려놓게 만드는 세상, 그 기대를 서로 접게 만드는 세상은 이제 멈추어야 한다.

부산의 한 대학에서 마련한 출판 편집자 취업 특강에 다녀왔다. 방학을 이용해 모두 8회의 프로그램으로 준비된 것인데 신청 학생들이 예상 인원을 많이 넘어섰고 경상계 이공계 학생들도 꽤 신청했다는 전언이다. 학생들의 취업에 무슨 실질적 도움을 줄 처지는 아니지만, 편집자로 일해온 이력으로 몇마디 말 정도는 보탤 수 있겠다는 생각이었다. 두시간 남짓한 시간 동안 학생들은 진지하게 들어줬고 이런저런 질문도 있었다. 그런데 내려가는 열차 안에서 강의 내용을 간추리면서도 결국 막혔던 대목이지만, 문제는 말 그대로 취업이 아닌가. '해방 후 출판계의 최악의 불황'은 아무도 웃지 않는 농담이 된 지 오랜데, 매체 환경의 급격한 변화 등을 감안할 때 적어도 지금은 규모나 양적 성장에서 변곡점을 지났다고 보는 게 옳을 것이다. 변화하는 세상에 맞춰 출판의 개념과 영역을 새로이 만들어가려는 다양한 노력이 있고, '독립출판'과 '독립서점'처럼 새로운 출판 생태계가 조금씩 모습을 드러내고 있는 것도 사실이다. 그런 흐름들을 적극적으로 고려하더라도 출판계가 열어줄 수 있는 진입의 문이 그다지 밝지도 많지도 않다는 게 냉정한 평가일 테다. 더구나 다른 부문도 그렇겠지만 지방은 그 자체로 큰 핸디캡이다. 느슨한 시절에 출판계에 들어와 지금까지 운 좋게 밥을 벌어온 선배 편집자로서는 젊은 학생들을 마주한 두시간이 정말 고역이었음을 이제야 고백한다.

그러거나 세상은 흘러가고 움직인다. 올해 촛불광장에서는 학생들과 젊은이들이 유독 눈에 많이 띄었다. 다들 밝고 힘찬 모습이었다. 백무산 시인은 "강물은 어떤 경우에만 흘러서 간다"고 하면서 그 흐름을 가능하게 하는 '축(軸)'을 생각한다.

강은 하구의 뿌리에서 상류의 가지와 잎새까지
역류하는 힘이 강의 뒤쪽에 있다
역류하는 탄생의 힘은 어둠속에 있다
　　―「축을 생각한다」 부분(『그 모든 가장자리』, 창비 2012)

이 쉽지 않은 시적 발견 안에서 끌어올리고 흘러가게 하는 힘의 축
은 거스르는 데 있다. "흐릿하고 지리멸렬하고 누락되고/배제되고 재
갈 물린 것들이……" 말이다. 다시 새해다.

○ 2016

●

나의 대만,
그리고 펑쿠이의 아이들

어릴 적 동네에 화교가 운영하던 중국집이 있었다. 둥그런 얼굴의 말
없는 부부가 있었고 장성한 아들이 일을 도왔던 것 같다. 손님이 집에
오면 냄비를 들고 가서 간짜장을 받아온 기억도 있다. 고등학생이 되
면서 용돈을 모았다가 가끔 간짜장을 먹으러 갔다. 볶은 양파랑 고기
가 듬뿍 들어 있고 계란프라이가 올려져 있는 간짜장은 세상에서 제일
맛있는 음식이었다. 그때는 자유중국이라고 불렸는데, 붉은 바탕에 푸
른 하늘의 흰 태양을 빛 줄기와 함께 그려놓은 대만 국기와 군복을 입
은 장 제스 총통의 사진이 식당 안쪽 상단에 나란히 걸려 있었다. 당시
한국은 자유중국과 수교하던 많지 않은 나라 중의 하나였다. 올림픽
에서 자유중국이 중국의 압력으로 자신들의 국기를 사용하지 못하는
걸 보고 마음이 아팠던 기억도 있다. 같은 분단국가인데다 오랜 군부

독재와 일본 식민지 경험도 공유하고 있는 터라 동병상련의 마음으로 특별히 가깝게 느낄 요인도 많았던 것 같은데 그때는 그런 것까지 생각은 하지 못했고, 그저 늘 옆에 있는 이웃처럼 친숙하게 여겼지 싶다. 1992년 '죽의 장막'이라 불리던 대륙의 중국과 전격적으로 수교하고 대만과 단교하게 되었을 때 대만 사람들의 배신감이 유독 컸다고 하는데, 국익 운운하는 국제정치의 질서는 사람살이의 도리 따위와는 별 상관이 없는 일이었을 거다.

대만을 다시 만나게 된 것은 허우 샤오셴, 에드워드 양 등이 중심이 된 80년대 대만 뉴웨이브 영화를 뒤늦게 접하게 되면서였다. 흔한 홍콩영화인 줄 알고 아무 생각 없이 극장에 들어가서 보았던 허우 샤오셴 감독의 「비정성시」(1989)에 본성인과 외성인의 갈등으로 촉발된 '2·28사건'이라는 대만 현대사의 참혹한 역사가 배경으로 깔려 있다는 걸 알게 된 것도 한참 뒤의 일이었다. 무엇보다 성장기 4부작으로 일컬어지는 허우 샤오셴 감독의 「펑쿠이에서 온 소년」(1983), 「동동의 여름방학」(1984), 「동년왕사」(1985), 「연연풍진」을 뒤늦게 보면서 만난 대만의 풍경과 사람살이의 모습은 내게 잃어버린 시간을 되찾아주는 듯한 착각마저 주었다. 겉치레의 예술적 장식 없이 대만인이 살아왔고 살아가고 있는 시간을 사실과 시정(詩情)이 어우러진 진실의 이미지와 이야기로 포착해낸 그 영화들에서 나는 나 자신의 부서지고 단절된 시간을 위로받는 느낌을 받았고 동아시아 공통의 역사적 시간과 경험, 그리고 풍경을 가슴 저리게 다시 만났다.

　정초에 며칠 대만 여행을 다녀왔다. 처음이었다.「비정성시」의 촬영지로 알려진 타이베이 북동쪽 해안 고산의 금광마을 지우펀과 진과스를 찾았고 핑시선(平溪線) 협궤 열차를 타고 아열대 삼림과 산중 터널을 달려「연연풍진」의 소년과 소녀가 학교에서 돌아와 내리던 스펀역에도 가보았다. 가오슝(高雄) 남쪽에 있는 줄 알았던 펑쿠이는 대만 서해 펑후 제도의 작은 어촌 마을이었다. 배로는 대만 남부 항구도시 가오슝까지 아홉시간이 걸린다고 했다. 타이베이에서 비행기를 타니 50분 남짓 걸렸다. 펑후섬 안에서도 펑쿠이는 한참 외곽이었다. 아버지가 의자에 앉아 바다를 바라보던 마당, 펑쿠이의 소년이 살던 집은 세월을 비껴 그대로 있었다. 옆집 사이로 난 골목에서 가족이 밥을 먹던 장면이 떠올랐다. 집 앞 바닷가에 한참을 앉아 있었다. 망망대해였다. 바다를 보며 소년들은 무슨 생각을 했을까. 가오슝은 얼마나 먼가. 그들이 바다를 건너 가오슝으로 다시 타이베이로, 그렇게 세상을 향해 갔던 길은 무엇인가. 그 소년들도 지금은 내 나이쯤 되었으리라. 펑쿠이에서 마궁(馬公)시까지 버스를 타고 나오는데 토요일 오후여서 그런지 시내로 놀러 나가는 아이들이 많았다. 아이들의 손에는 휴대전화가 들려 있었다. 이럴 때는 살아가는 일이 그냥 느꺼워지고 기적 같게만 여겨진다. 벌써 대만에서의 며칠이 꿈같다.

2 0 1 7

●

'자 연 인'을
보 는 새 벽

두 명의 개그맨이 번갈아 리포터로 등장해서 산에서 혼자 사는 중노년 남성들을 찾아가는 TV 프로그램이 있다. 리모컨을 돌리다보면 어딘가에서는 꼭 재방영을 하고 있다. 종편 최장수 교양 프로그램이고 시청률도 아주 높단다. 나도 자주 본다. 이승윤, 윤택 두 리포터는 예의 바르고 인정스럽다. 도시에서 찾아간 자가 가질 법한 호기심 말고도 낯섦과 불편함도 솔직하게 드러낸다. 1박 2일의 짧은 시간이지만 땔감을 장만하거나 약초를 캐는 등 주인공들을 도와 산생활에 필요한 일을 열심히 한다. 소찬이어서 더 특별한 저녁을 앞에 두고 빨리 찾아드는 산중 어둠속에서 이런저런 사연을 듣는다. 밥도 참 맛있게 먹는다. 좁은 방에서 한 이불을 덮고 잔다. 떠나오는 발길은 정말 아쉽고 미안해 보인다. 입고 있던 옷을 벗어주기도 하고 오래 뒤를 돌아본다. 이 프로그램이 시청자들을 편하게 해주는 데는 두 리포터의 몫이 크지 싶다. 그이들은 이 프로그램이 '자연'이라는 말로 가리고 있는 불편한 현실에 대해 시청자들이 감당할 수 있는 맞춤한 거리 같기도 하다. 말의 좋은 의미에서 그이들은 그 거리를 정말 잘 '연기'해준다.

사연을 들어보면 거기 사는 분들이 프로그램의 제목처럼 적극적으로 '자연'을 선택한 것 같지는 않다. 사업의 실패나 직장 문제 등 경제적 이유가 많고 그 와중에 겪게 마련인 인간관계의 환멸 같은 것도 말의 행간에서 충분히 짐작할 수 있다. 대개 이혼을 했거나 가족과는 떨어져 있다. 산속에서 혼자 사는 자유로움이나 맑은 공기와 물 등 이런 저런 자연의 혜택을 말할 때보다 리포터의 질문에 마지못해 답하는 "외롭지요" 한마디가 가슴에 와 닿는다. 한눈에 봐도 불편한 것투성이이고 누추함을 감수할 수밖에 없는 생활이다. 잘 적응한 분들도 있고 약초나 버섯 등속이 적으나마 생활의 밑천이 되는 경우도 있는 듯하지만 어쨌든 최소한의 경제 문제는 계속 따라붙을 테다. 제작진과 리포터를 떠나보낼 때 그이들이 애써 담담하게 손을 흔드는 모습을 보고 있으면 이런 프로그램이 정작 그 당사자들에게는 너무 잔혹한 일이 아닌가 싶은 생각마저 든다.

귀농이나 귀촌이 적극적인 삶의 선택 방식이 된 지는 이미 오래다. 선배 한 분은 그렇게 생활의 터전을 바꾼 지 20년 가까이 되어간다. 어려움이야 오죽했을까만, 아이들도 잘 크고 잘 정착한 경우일 테다. 그 선배는 자신의 선택에 아무런 말도 덧붙이려 하지 않았지만, 잃어버린 삶의 가치에 대한 일군의 세대적 지향이 하나의 대안적 흐름으로 존재했던 시절이 분명 있었던 것 같다. 요즘은 새로운 라이프 스타일을 추구하고 설계하는 방식으로 이른바 '고학력 엘리트 귀농'이 늘어나는 추세라는 말도 어디선가 본 듯하다. 이들은 아마도 운 좋게 능력껏 탈출하는 경우일 테다. 그거야 어쨌든 극히 일부를 제외하고 한국사회에서 배제와 탈락의 불안에 시달리지 않는 이들이 있을까. 진입조차 쉽지 않지만. 지난해 가을부터 이어지고 있는 촛불집회의 열기는 비단 박근혜 정권의 부패와 무능에 대한 분노 때문만은 아닐 것이다. '4차 산업혁명 시대'의 대비책을 근사한 도상의 언어로 떠들기 이전에 지금 이 공동체가 함께 갈 수 있는지부터 묻고 또 물어야 하는 것 아닐까.

아내의 병사 등 설상가상으로 덮친 서울생활의 고난을 뒤로하고 산속으로 들어와 병든 아들과 함께 사는 '자연인' 편을 본 적이 있다. 서울생활에서 그이를 가장 부끄럽고 힘들게 한 것은 그 자신의 문맹이었다. 그는 이제 산속에서 자유롭다며 환하게 웃었다. 이승윤 씨가 한글을 가르쳐주는 장면은 아름다웠다. 그이가 산비탈에 심어둔 묘목은 2, 30년 후에나 성목이 되어 아들의 약재가 되어줄 터였다. 생각해보면 「나는 자연인이다」는 참 이상한 프로그램이다. 또 어느 새벽 멍하니 '자연인'들을 보고 있을 것 같다.

◠ 2 0 1 7

●

술 집 ' 소 설 ' 과

작 은   이 야 기

3월이다. 매화나무에는 꽃망울이 차오르고 있다. 봄기운이 반가운 한
편으로 '벌써' 하는 마음이 드는 것도 어쩔 수 없다. 나라 전체로는 중
대한 변화를 향한 카운트다운이 시작되었고 우리 스스로의 선택과 참
여를 포함하는 그 변화의 향방은 개개인의 삶에도 적지 않은 파동을
쟁이게 될 것이다. 그러거나 일상의 시간은 가뭇없이 넘어간다. 그 와
중에 서른 즈음부터 드나들던 오래된 단골 술집 한 곳이 문을 닫기도
했다. '소설'.

  왁자한 종업식이 끝난 지 하루도 지나지 않았건만 이사를 앞둔 어
제도 아쉬움이 남은 몇몇이 '소설'의 목로를 채우고 있었다. 주인장 염
기정 누이의 마음이 밟히기도 했으리라. 빈 테이블이 유난히 휑했다.
90년대 심야영업 단속 시절을 지나며 달게 된 '전과 11범'('식품위생

법 위반'이라는데, 음식에 대한 존중심을 갖고 있는 누이로서는 이 대목이 영 마뜩잖은 듯했다) 이야기서껀 30년 세월이 남긴 잊기 힘든 일들이 조근조근 흘러나왔다. 영업정지를 당한 뒤 라면 박스를 머리에 이고 함께 경찰서를 찾아가준 정 많고 넉살 좋은 단골의 이야기도 있었다. 그 성공한 이야기 안에서 장차의 유명 영화제작자는 부인을 고생시키는 못난 남편 역할을 자임했고 진심이 담긴 연기는 훈계와 성의의 조용한 수용이라는 담당 경찰분의 자연스러운 리액션까지 끌어낸 모양이었다. 5년 뒤 우연히 만난 그 경찰분이 반갑게 남편 잘 계시냐고 인사를 해오지만 않았다면 있지도 않은 남편을 기억에서 찾아내느라 스스로를 의심할 일까지는 없었을 테다. '한번 더 걸리면 끝'이라는 으름장이 정말 심상찮게 들릴 때가 왜 없었으랴. 그런데 바로 며칠 뒤 '심야영업 단속' 시대가 막을 내림으로써 술집 '소설'의 이야기는 또 계속된다. 이렇게 개인의 이야기는 시대와 만나고 역사가 된다.

아직까지 이야기의 주인공이 미지의 인물로 남아 있는 경우도 있다. 세브란스병원 영안실 맞은편 '볼쇼이' 시절, 저녁 느지막이 2층 가게문을 열고 들어갔더니 작은 창이 열려 있고 밖으로 등산용 자일이 내려져 있었다. 화장실에는 무언가가 얼어붙어 있고 말이다. 도둑이 들었나 했지만 없어진 것은 보이지 않았다. 이틀 뒤 배달 온 석유집 아저씨가 기름을 붓다 말고 "왜 사람을 가두어두고 그래요" 하면서 생뚱맞은 표정을 짓기 전까지는 그냥 지나간 일이 되었다. 그제 앞을 지나는데 누가 2층 창밖으로 만원을 흔들며 자기 좀 꺼내달라고 했다나. 전화요금이 체납되어 가게 안 전화도 불통인 때였다. "내가 저 집 사장을 좀 아는데, 저렇게 가두어두었을 때는 그럴 만해서 그랬겠지." 그렇게 생각하며 지나쳐갔다는 이야기. 대개 한두번 이상은 들은 이야기지만 목로의 청자들은 마치 처음인 듯 듣고 있었다.

그러니까 그이는 누구일까. 술에 취해 구석에서 쓰러져 자다가 갇혀버린 그이는. 소심해서 그 허술한 가게문을 부서뜨릴 생각도 못한 그이는. 얼어붙은 용변의 주인공. 등산은 좀 했는지도 모르겠다. 화장실 습관을 떠올리면서까지 몇몇 이름이 거명되었지만 주인공은 어디 있는지 말이 없었다. 그렇게 어떤 이야기는 미지와 공백을 안으며 작은 전설이 되기도 한다.

누가 기타를 들고 노래를 부르기 시작했다. 수없이 들은 노래지만 조금 더 떨리고 낮게 흐르는 듯했다. 주인장도 이어받았다. "사랑이란 즐겁게 왔다가 슬프게 가는 것/홀라춤에 흥겹던 기쁨도/모래알에 새겨진 사연도/파도에 부서지는 이 순간……" 영화평론가 허문영이 "다른 데서 접하기 힘든 온화하고도 구슬픈 습기가 있다"고 한 그 목소리. 바로 그의 기타 반주였고 시계는 다시 12시를 넘어가고 있었다. 피곤이 엄습했다. 집으로 돌아오는 길이 유난히 길고 멀었다. 이런 아무렇지도 않은 일들 가운데에서 우리는 살아가고 또 봄을 맞는다. '소설'은 말 그대로 '작은 이야기'다.

◯ 2 0 1 7

●

비 밀 과

관 대

텅 빈 운동장을 가로지른 뒤 교사 현관 쪽 화단 창가로 다가가는 아이가 있었던 것도 같다. 토요일 오후나 일요일 한낮이었을까. 오그라든 그림자, 머리를 뜨겁게 겨냥하던 해의 눈부심이 기억에 남아 있다. 잠기지 않은 창문을 찾아내 빈 교실로 넘어 들어갔던 아이. 그 아이는 거기서 무엇을 했던가. 아랫배를 찌르면서 몸을 조여오던 죄의식 한편으로 입안을 채워오던 그 이상한 단내. 내 비밀의 지하실에 봉인된 채 남아 있는 '죄(sin)'의 이야기들. 도무지 발설하지 못하겠고, 앞으로도 그럴 것 같다. 므네모시네, 기억의 여신에게 망각과 삭제의 권능을 발휘하도록 요청한 목록도 적지 않으리라. 딱히 구체적 행위로 이어지지는 않았을지언정 내 '마음' 안에서 일어났고 지금도 일어나고 있는 음습한 이야기들은 또 어찌하나.

그런데 많은 문학작품들이 알려주듯이 살면서 얼마간 이런 비밀의 영토를 품지 않는 사람들은 없는 듯하며 그 점은 이상한 방식으로나마 우리를 위로한다. 각박한 세상에 관용의 지대가 들어설 수 있는 가능성도 이로써 조금 확보되는 게 아닌지 모르겠다. 최근 읽은 한편의 매혹적인 소설은 그 비밀이 인간 종의 한계나 결함이기는 해도 때에 따라서는 유한하고 보잘것없는 우리 인간의 운명을 위엄으로 감싸고 고양하기도 한다는 사실을 넌지시 보여준다.

　아일랜드 작가 존 밴빌의 『바다』(정영목 옮김, 문학동네 2016)라는 소설인데, 2005년 맨부커상을 수상하기도 한 이 작품은 한마디로 말해 '요약'할 수 없는 소설이다. 거의 단 한 문장도 쉽게 지나칠 수 없을 정도로 생생한 감각과 사유의 깊이가 작가의 '스타일(문체)'로 정교하게 결정(結晶)되어 있다. 옮긴이의 그만한 수고 덕분이겠지만, 번역된 한국어로도 그 점을 느끼기에 어려움이 없다. 그러면서 그 문장 낱낱과 문장들의 흐름이 쓰라린 상실을 안고 어린 시절의 바닷가(여기에 또 한번의 상실과 비밀이 묻혀 있다)로 돌아온 화자의 현재, 그 불수의적인 회상의 리듬과 맞물리면서 그 자체로 서사가 되고 메시지가 되고, 궁극에는 삶이라고 하는 말하기 힘든 그 무언가에 대한 은유가 된다. 문학이 언어의 예술이라는 정의는 일종의 클리셰 같기도 한데 '바다'의 경우는 오히려 부족함이 느껴질 정도다.

　일견 이 소설에서 '비밀'은 반전이라는 형식으로 소설의 결말에서 쿵쿵 독자를 강타한다. 그러나 비밀이 그렇게 '반전'의 자리에 올 수밖에 없는 것은 정확히 주인공 화자가 그로부터 달아나야 했던 50년의 시간 때문이며, 그런 한에서 비밀은 주인공의 혼돈과 방황 안에 처음부터 함께 있었다는 사실을 독자 역시 뒤늦게 함께 확인하는 절차라고 해야 한다. 물론 이 소설의 가장 큰 비밀은 가난한 하층계급의 아이로 자라난 주인공이 스스로를 '다른' 존재로 상상하고 변환하려다 끝내 실패한 과정이며, 그 자신에 대한 '앎'에조차 이르지 못하게 한 인생이라는 바다의 그 무심한 표정일 것이다. 밴빌이 부리는 언어의 마법도 이 지점에선 무력감을 자인하는 듯하며 끝내 항변과 질문의 너울로만 일렁인다. 그러거나 소설의 마지막에 드러나는 V양의 비밀은 우리가 타인에 대해 얼마나 많은 오해를 품은 채 이 세상의 바닷가를 떠나게 될지 역설적으로 웅변한다. 그것은 동시에 우리 자신에 대한 오해이기도 할 것이다. "그러니까 내가 보던 것은 결코 나에게 보여주려던 것이 아니었던 셈이다." 보려는 자와 보여주는 자의 시선이 엇갈리던 바닷가 실낙원의 이야기를 끝맺는 이 비밀의 종지부는 사실의 교정 이상의 권위로 소설을 닫는다. 마지막 말의 권위. 이때 언제나 우리의 것인 무지와 맹목은 이상하게 사랑스럽고 느껍다. 우리는 무엇보다 우리 자신에 대해 관대해질 필요가 있는지도 모르겠다.

○ 2 0 1 7

●

뒤늦은
'자아' 이야기

우리 세대의 성장기에 '자아'라는 말은 헤르만 헤세의 『데미안』(1919)
과 함께 도착했을 수도 있다. 이 소설은 주인공 싱클레어가 스무살 무
렵 1차 세계대전의 전쟁터에서 부상당해 야전병원에 누워 있는 장면
에서 끝난다. 밝고 안정된 기독교 가정의 모범생으로 자라난 소년은
영혼의 안내인이자 자기 자신 속의 '참된 나'를 은유하기도 하는 데미
안과의 만남을 통해 세계의 어둠과 밝음을 함께 껴안는 성숙한 젊은이
로 성장해 있다. 육신은 신음하고 있지만 그는 한 세계를 깨뜨리고 나
온 것이다. 그는 이제 자기 안에서 우러나오는 내면의 명령을 좇아 자
기 자신만의 길을 가게 될 것이다.

　얼마 전 근 40년 만에 『데미안』을 다시 읽으면서 규율과 강제의 대
상으로 나 자신을 좁혀야 했던 숨 막히는 중고등학교 생활이 떠올랐고,

그런 거라면 그 시절 싱클레어에 대한 턱없는 동일시도 얼마만큼 이해될 수 있는 게 아닌가 싶기도 했다. 그런데 이런 다분히 낭만적인 진정성의 자기서사는 그후로도 꽤 오래 내게 영향을 미쳤지 싶다. 내 대학 시절의 상위 이념은 '존재의 의식 규정성'이라고 할 수도 있을 텐데, 당시의 정치 상황에서 이를 애써 의식화하는 가운데 오히려 '자아'의 공간은 다시 한번 실제 이상으로 과장된 채 남아 있게 되었을 수도 있다. 그 불가피한 간극에 도덕적 윤리적 자기명령이 들어오고 그것이 '실천'이라는 강요 사항이 되면서 사회학자 김홍중이 말한 '진정성의 체제'는 또다른 낭만적 이상화의 댓가를 치러야 했는지도 모르겠다.

말하자면 너무 거창했던 것이 아닐까. 『데미안』도 그렇고 80년대도 그렇고. 그런 점에서는 자아의 신화를 해체하고 인간 주체성에 대한 첨단의 수술로 치달았던 서양의 현대 철학이 지난 90년대 이후 한국사회에 급속도로 유입되어온 과정에도 일종의 '거대담론적' 편향이 존재했다는 느낌도 든다. 그 끝없는 언어와 사유의 반성의 절차 다음에도 남아 있는 실체로서의 자아, 미약한 대로의 주체성을 붙들고 우리는 대낮의 거리에서 만나고 살아간다. 객관적이고 자명한 세계와 현실이 존재한다는 사실을 부정할 수도 없다.

역사학자이자 인류학자인 윌리엄 M. 레디는 『감정의 항해』(김학이 옮김, 문학과지성사 2016)에서 감정 표현이라는 이모티브(emotive)가 가진 '자아 탐색'과 '자아 변경'의 수행적 가능성에 주목하면서 우리의 '자아'를 포스트구조주의가 막다른 골목으로 몰고 간 '주체성'이나 데카르트적 이분법의 틀 바깥에서 재건하고 재개념화할 방법을 찾는다. 기표와 기의의 무한한 미끄러짐 사이, 그 자의성의 감옥에 우리가 갇혀있기만 한 것은 아닐 테다. 우리는 수시로 우리의 느낌을 발화하며 산다. 이때 많은 생각 재료들 중 어떤 부분에 주의를 기울이고 선택하고 활성화하고 배열하는 작업을 우리는 하고 있는 것이다. 언제나 미결정적일 수밖에 없는 그 '번역' 작업은 바로 그 미결정성을 통해 감정의 자유와 감정의 항해를 가능하게 하며, 그런 한 이곳은 주체성이 자신의 장소를 발견하는 장이고, 자유와 역사적 변화가 다시 의미를 획득하는 장일 수 있다. 감상주의라는 감정 체제의 관점에서 프랑스 혁명기 공포정치 전후의 역사를 설득력 있게 재조명하는 가운데 전개되는 그의 '이모티브 이론'이 이렇게 거칠게 요약될 수는 없겠지만, 자유와 주체성의 장소를 인간 개인의 자아 안에서 되찾으려는 그의 이론적 노력은 실질적인 인간 역사와 현실의 감각 위에 있는 듯했고, 그 점이 내게는 인상적이었다. 생각해보면 『데미안』은 유례없는 세계대전의 참화를 겪으며 '자아'의 근거를 한순간에 잃어버린 당시의 독일 젊은이들에겐 너무도 절실한 책이었을 수 있겠다. 싱클레어-데미안 놀이를 하던 시절이 그립기도 하다.

○ 2017

●

5 월 의

날 씨 이 야 기

"5월은 푸르구나. 우리들은 자란다." 푸른 하늘 아래 운동장에 모여 부르던 노래가 귓가에 쟁쟁하다. 하늘 높이 올라가던 맑은 목소리들. 붙잡을 수 없는 것들. 어린이날 버스를 타고 멀리 구덕운동장까지 간 적도 있다. 처음 보는 큰 운동장과 푸른 잔디. 색색의 애드벌룬과 사람들. 먼지와 함께 훅훅 끼쳐오던 더운 열기가 지금도 생생하다.

신록의 계절 5월이 돌아왔다. 이 어김없음, 계절과 날씨의 진행만큼 우리를 설레게 하고 아프게 하는 것이 또 있을까. "아버지는 인간은 자신이 경험하는 기후의 총합이라고 했다." 윌리엄 포크너의 『소리와 분노』(공진호 옮김, 문학동네 2013) 2장에 나오는 대목이다. 죽음을 앞둔 아들 퀜틴의 머릿속에 재생되는 아버지의 말은 무(無)로 이끌리는 인간 존재의 한 측면을 강조하는 가운데 발화된 것이다. '흙과 욕망의 교착 상태'로 인간을 정의하는 허무주의자 아버지의 입장에서 보면, 인간을 둘러싸고 있는 기후는 그 '흙과 욕망'의 우선하는 질료일 수 있다. 동의하든 않든, 다소 냉소적인 기후-인간론은 흥미롭다. 가볍기까지 하다. 하루하루 겪은 날씨를 모아보면 그게 인간이라고?

아버지의 말이 환기되기 직전, 퀜틴이 보고 있는 것은 초여름(2장의 제목은 '1910년 6월 2일'로 퀜틴이 화자다. 그는 이날 자살했으므로 우리는 죽은 자의 시점을 마주하고 있다) 보스턴 교외 시골 냇가의 풍경이다. 그는 고향인 남부 제퍼슨의 여름을 떠올린다. "고향에서 팔월이 끝나갈 무렵이면 이런 날들이 있다. 이렇게 산소가 희박하고 열망으로 가득한 날들이, 서글프고 향수 어린 친숙한 무언가가 느껴지는 날들이."

앞으로 돌아가면 전차에서 막 내려 낯선 고장의 대기를 접한 몸의 감각도 있다. "소리마저 이 공기 속에서는 잦아드는 듯했다. 아주 오랫동안 소리를 실어 나른 나머지 공기가 지쳐버린 듯했다. 개 짖는 소리는 기차 소리보다 멀리 실려간다. 어쨌든 밤에는 그렇다. 사람 소리도 그렇다." 여동생 캐디에 대한 과도한 사랑과 욕망은 지금 스스로를 폭파시키기 직전이다. 그의 지나치게 섬세한 의식은 현재와 과거를 혼란스럽게 오가고, 이미 죽은 자의 시간에까지 이르러 있다. 이 카오스를 지지하기는 어렵다.

그러나 저 희박한 산소와 가득한 열망의 이야기, 소리를 실어 나르는 공기의 이야기에 대해서라면 우리는 잘 알지는 못하는 대로 그 진실을 수긍하고 싶어진다. 그 순간 그는 거의 완벽하게 대기와 교섭하며 깨어 있다. 적어도 내게는 그렇게 느껴진다. 그는 정말 살아 있는 것이다. 대기와 함께 세상의 표면과 딱 붙어버려 상실될 수도 훼손될 수도 없는 기억. 누가 이런 시간, 기억의 총합을 인간이라고 이야기해준다면, 나는 고맙게 그의 인간론을 받아 안고 싶을 것 같다.

지금 서울아트시네마에서 회고전이 열리고 있는 에리끄 로메르 감독은 유독 날씨에 민감한 영화를 찍었다. 그는 "내 영화는 날씨의 노예"라며 기상학이야말로 자신의 영화를 완성하는 중요한 요소라고 강조한 바 있다. 빠스깔의 고향이기도 한 끌레르몽뻬랑의 눈 오는 겨울 하루가 아니라면 「모드 집에서의 하룻밤」(1969)은 그 유혹과 거절, 내기의 이야기가 될 수 없었을 테다. 이때 세상의 공기는 배경이나 리얼리티의 문제가 아니라 인간의 이야기, 마음의 움직임과 함께 존재한다.

「하하하」(2009)의 여름, 「북촌방향」의 겨울이 생각난다. 홍상수 감독의 영화는 언제나 대기의 표면에서 인간의 이야기를 작동시킨다. 영화를 보다보면 아무것도 아닌 그 표면이 사랑스러워지고, 그걸 너와 나의 조건으로 껴안게 될 때가 있다. 날씨는 결국 세상이 선사하는 우연이다. 눈앞의 저 꽃이 세상의 마지막 꽃이라는 걸 우리는 쉽게 망각한다. 오늘 5월의 햇살이 눈부시다.

○ 2017

●

내 가   읽 은

한 권 의   책

며칠 전 반년 가까이 들고 다니던 책 한권을 겨우 다 읽었다. 영국의 문예이론가 테리 이글턴이 2002년에 펴낸 『우리 시대의 비극론』(이현석 옮김, 경성대학교출판부 2006)이란 책이다. 550면가량 되는 두꺼운 책이긴 해도 반년이나 시간이 걸린 데는 다소간 변명이 없을 수 없다.

난 이 책을 모두 네권 샀다. 28,000원이니 가격도 만만치 않은 책을 왜 네권이나 사야 했을까. "비극은 요즘 인기 없는 주제라는 사실이 내가 비극에 관한 책을 쓰게 된 이유 중 하나이다"로 시작하는 이 책은 사실 읽기에 만만한 책이 아니다. 희랍 비극 작품부터 셰익스피어를 거쳐 현대에 이르기까지 무수한 작품들이 인용되고 있는데, 스스로의 빈약한 독서목록을 거듭 확인해야 하는 자괴감이라니! 그럼에도 비극에 관한 기왕의 통념을 하나하나 비판적으로 검토하면서, 지금 우리 시대의 '비극적' 현실을 진단하고 넘어서기 위한 새로운 사유의 틀을 바로 그 낡은 '비극' 내부에서 찾아내는 저자의 언어는 현학적 허세와 무관해서 나 같은 얼치기 독자를 유혹하고 있었다.

　과연 책은 서론부터 우리 시대의 비극적 현실을 사유하는 지혜롭고 명징한 통찰의 언어들로 가득했다. 가령 다음과 같은 대목. "비극이 현대생활의 모든 편리함은 다 누리면서도 그것의 천박성을 개탄하는 속물들에게 일종의 정신적 귀족주의의 대체물과 같은 역할을 해왔다는 것은 사실이다. 그러나 그렇다고 해서 비극과 같이 중요한 개념을 그와 같은 자기기만의 희생자들에게 통째로 넘겨줄 수는 없는 일이다." 나는 흥분했고, 겨우 몇페이지 읽은 걸 가지고 술자리에서 떠들어대기 시작했다. 그렇지만 술자리의 상대방들은 내 얄팍한 지적 허세가 너무도 가소롭지 않았을까. 결국 혼자 흥분해서 가방을 열고는 내가 읽던 책을 강제로 떠안길 수밖에 없었다. 다음 날 쓰린 속을 다스리며 책을 다시 주문했다.

　같은 일이 세번째 반복되었을 때 심각한 고민에 빠졌다. 술자리 틈틈이 조금씩 읽어온 책은 달을 여러번 넘기면서 가까스로 3분의 2 지점에 이른 터였다. 책값도 너무 아까웠고, 지인들의 책장 한구석에서 영문도 모른 채 먼지를 덮어쓰고 있을 내 소중한 책들의 불쌍한 운명이 눈앞을 어지럽혔다. 나는 정말 이번이 마지막이라고 다짐하면서 네번째로 책을 주문했다. 사정이 여기까지 이르렀는데, 책의 마지막 페이지를 넘기지 못한다면 이보다 더한 비극이 어디 있겠는가. 10여 페이지 남았을 때 또 한번의 위기가 있긴 있었다. 정초였다. 술자리가 길어지고 의식이 몽롱해지면서 손이 다시 가방 쪽으로 향하고 있었다. 입으론 비극이 어떻고 저떻고, 나도 모르는 소리를 지껄여대면서. 나는 정말 이를 악물고 참았다. 40킬로미터 지점을 막 통과하고 있는 마당이었다. 저기 골인 지점인 잠실종합운동장이 눈에 들어왔다. 다음 날 쓰린 속을 달래가며 마지막 페이지를 넘기는 순간, 울컥했던가. 잘 기억이 나지 않는다. 다만 결승점을 통과하며 보았던 다음 대목은 그날 이후 머리에서 잘 떠나지 않는다. 그것은 내가 네권의 책과 반년여의 시간을 던져 얻어낸 잊기 힘든 선물일지도 모른다.

　　최근에 소수집단에 대한 관심이 커지면서 중요한 통찰 하나가 퇴색할 우려가 증가하고 있다. 그것은 지구적 자본주의에서 놀라운 사실은 재산을 박탈당한 사람들이 다수라는 통찰이다. (…) 사회 체제가 일정한 소수집단을 경멸하고 배제한다는 생각은 우리에게 이미 친숙할 뿐만 아니라 우리의 눈으로 이러한 배제의 장면을 얼마든지 확인할 수 있는 반면, 계급 분석을 해보면 놀랍고 충격적이게도 사회 체제가 언제나 눈에 보이지 않게 다수를 배제해왔다는 사실을 알게 된다. 우리가 이 사실에 대해서 별다른 충격을 받은 바 없다는 것은 참으로 이해하기 힘들 뿐 아니라 역설적이기도 하다.

　　　　　　　　　　　　　　　　　　　　　　　　○ 2014

●

단 편 소 설

생 각

문예지에 발표되는 단편소설은 대개 200자 원고지 80매 안팎의 분량이다. 이 분량은 문예지 중심으로 전개된 한국문학의 특별한 역사 안에서 형성된 것인데 그 과정에서 서구문학의 노벨레(novelle)나 쇼트스토리(short story)와는 조금 다른 미학적 형식을 이루게 된 것 같다.

엄밀한 이야기는 하기 어렵겠지만, 소설 하면 으레 떠올리는 서사적 흥미와 현실 개관을 어느정도 감당하면서 동시에 언어의 밀도를 상당한 수준에서 유지하는 형식쯤으로 말해볼 수 있을까. 그렇다는 것은 인생의 단면, 단일한 인상과 같은 교과서적 요구 이상의 문학적 기능을 한국의 단편소설이 감당해왔다는 이야기도 될 수 있다. 그러고 보면 문학적 감흥과 울림을 전제로 때로는 현실비판의 과제를, 때로는 언어적 실험을 저 짧은 분량의 서사 안에 담아온 작가들이 정말 대단하다 싶다.

　말을 바꾸면 한국에서 단편소설은 그렇게 녹록하고 편한 읽기의 대상이 아니었다고 할 수도 있겠다. 훈련된 독자라고 할 수 있는 문학평론가 후배가 하루에 읽을 수 있는 단편소설의 최대치를 서너편이라고 말한 것을 기억한다. 실제로도 한편의 단편소설을 제대로 음미하려면 최소한 두번의 읽기는 불가피한 것 같다. 서사 정보의 압축과 지연을 통한 독자와의 머리싸움이 문체의 층위에서 세심하게 의미를 쌓는 작업과 동시에 진행되고 있기 때문이다. 소파에 누워 편히 읽기에는 맞춤한 양식이 아닌 셈이다. 그럼에도 이러한 수고가 문화적으로 당연하게 여겨지던 시기가 곧 한국문학의 황금기였던 것인지도 모르겠다. 지난 90년대 중반까지만 해도 문예지의 단편소설이 일간지의 월평란에서 다루어지며 화제를 생산하곤 하지 않았나.

　그런데 지금 문예지에 실린 단편소설을 찾아 읽는 이가 얼마나 될까. 문학상 수상작품집이나 몇몇 작가의 소설집 말고는 사실상 단편소설은 독자로부터 꽤 멀어진 양식이 된 듯하다. 최근 한국문학을 둘러싼 여러 위기 진단과 더불어 문학출판 시스템에 다양한 혁신이 모색되면서 단편소설의 창작과 수용 양식에도 변화가 일고 있다. 문예지의 경량화와 연성화를 선언한 몇몇 잡지에서 선도하고 있는 방식은 30~40매 분량의 짧은 단편소설이다. 스마트폰이나 태블릿 컴퓨터를 통한 독서 환경의 변화에도 적응하면서 점점 짧아지는 독자들의 독서

호흡에 맞추겠다는 의도이리라. 기왕의 길이에 익숙한 눈에는 다소 어정쩡한 느낌을 주는 것도 사실이다. 그러나 새로운 분량에 맞는 서사의 리듬, 상상력을 기대해볼 수 있는 일이겠다. 문학 역시 변화하는 세상의 일부일 것이다.

"생각보다는 문학의 시대가 빨리 사라지고 있는 것 같아." 얼마 전 한 선배에게서 들은 말에 바로 동의를 표하기는 했다. 그런데 그렇게 사라지고 있는 것은 무엇일까. 그것은 우리 세대의 특정한 문학적 경험이 아닐까. 에리히 아우어바흐의 『미메시스』(1946)는 서구문학에서 리얼리즘의 발전을 검토하면서 그 장구한 흐름이 현실을 좀더 깊고 넓은 시야에서 파악하게 된 인간 인식의 확대와 발전의 역사이며, 동시에 민주주의를 포함하는 인간 현실의 역사적 진전에 포개어진다는 점을 확인한다. 저자가 『오디세이』 이야기를 통해 알려주는 것처럼 서사문학의 원류 하나는 그 스타일에서 의미의 원근법을 모른 채 현실의 명징한 감각적 재현에 충실한 것이었다. 또 하나의 스타일은 『구약』인데, 그것은 "호메로스 얘기와는 달리 우리의 비위를 맞추지 않는다". 여기서는 표현되지 않은 것의 암시와 숨어 있는 배경의 의미가 관건이 된다. 생각해보면 미메시스의 역사, 소설의 발전은 이 두 흐름 사이의 진자운동을 포함하면서 이루어져온 것일 테다. 지금 우리는 이 진자운동의 어디쯤을 지나고 있는 것일까.

○ 2017

●

"노동력을 불렀더니
사람이 왔네"

서울역사박물관에서 열린 '국경을 넘어 경계를 넘어 ― 독일로 간 한국 간호 여성들의 이야기'라는 기획전에 다녀왔다. 전시 기획에 참여한 이희영 교수의 안내로 전시관을 찾았다. 비행기에서 내리는 여성들의 사진이 먼저 눈에 들어왔다. 1966년 해외개발공사 모집으로 처음 선발되어 독일 쾰른공항에 도착한 이들인데, 한껏 부풀게 단장한 머리 모양이 인상적이었다. 설렘과 기대를 안고 독일의 여러 공항에 내린 여성들은 해외공사에서 발행한 명찰 위에 새로 부여받은 번호로 호명되었다. "비행기에서 내리자마자 우리는 이름이 아닌 번호로 분류되어 뿔뿔이 흩어졌다. 나와 함께 열일곱명을 실은 2층 버스는 인적이 드문 베를린 거리를 한없이 달려갔다."(최영숙)

　3년의 단기취업 계약으로 독일 땅을 밟은 간호 여성들의 이주는

1973년 독일이 고용을 중단한 후에도 한동안 더 지속되었고 공식적으로는 1977년 마지막 이주가 이루어진다(계약 연장, 학업, 결혼 등으로 이 무렵까지 남은 만천여명의 여성들이 현지 한인 1세대를 이루게 된다). 전시대에 놓여 있는 낡은 독일어 사전과 『서독 파견 간호원을 위한 독일어』라는 책은 그이들이 초기에 겪었을 어려움을 짐작하게 했다. 주로 간병 업무에 투입되어 거구의 독일인들을 상대해야 했던 곤경에 대해서도 들을 수 있었다. 다달이 일정한 액수를 기입해놓은 송금명세서, 한국에서 가져왔거나 그곳에서의 결혼에 맞추어 가족이 보내준 한복 등은 머나먼 이국 땅에서 그이들을 지탱한 가족이라는 유대, 조국에 대한 상념을 착잡하고 뜨겁게 비추어주고 있었다.

나란히 붙은 두장의 사진이 이상하게 눈길을 사로잡았다. 하나는 겨울 외투를 입은 두 노년의 여성이 손을 잡고 공원에 서 있는 모습이었고, 그 옆의 사진은 바로 그 두 사람이 거실 소파 양쪽에 편하게 앉아 있는 모습이었다. 행복해 보였다. 옆에 있던 이희영 교수에게 눈을 돌리니 "맞아요" 하며 고개를 끄덕였다. 사진 아래 글이 있었다. "김인선 씨와 이수현 씨는 나치에 의해 국가 폭력의 피해를 입었던 동성애자들을 위한 기념비 앞에서 사진을 찍으며 '베를린은 이런 것이 있을 수 있어서 좋다'고 말했다." 지금도 쉬운 일은 아니겠지만, 6, 70년대 한국에서라면 그이들의 성 정체성은 평생 숨겨야 할 고통의 낙인이었을 테다. 그러고 보면 당시 한국 여성들의 취업 이주는 경제적 이유에 의해서만 선택된 것은 아니었다. 개발독재의 정치 사회적 억압이 팽배한 때였고, 특히 여성들의 자기실현 기회가 극히 제한적이었던 상황에서 독일은 기회와 가능성의 땅일 수 있었다. 전후 부흥기의 서독은 여러 측면에서 한국보다 훨씬 열린 사회였으며, 한국의 간호 여성들이 특히 많이 진출한 서베를린의 경우 당시 유럽 전역을 휩쓸던 68혁명의 중요한 진원지이기도 했다. 전시실 한가운데 일기장, 편지, 독일어 교습 노트 등과 함께 놓여 있던 루이제 린저의 『생의 한가운데』와 전혜린의 『그리고 아무 말도 하지 않았다』도 그이들을 이끈 정신적 좌표의 하나가 아니었을까 생각되었다.

1973년 독일 정부가 사실상의 강제송환 정책을 펴자 '서로 돕는 여성회' 중심으로 서명운동에 돌입하여 체류권 투쟁에서 승리를 이끌어내는 과정은 그이들의 존재적 성장과 사회적 각성을 보여주는 예일 것이다. 도록에는 그이들이 그때 만든 구호가 보인다. "노동력을 불렀더니 사람이 왔네." "얼마 동안이나 더 사람들이 물건처럼 이리저리 보내져야 하는가?" 이후 광주항쟁의 진실을 알리는 투쟁을 포함해 한국 민주화 과정에서 고비마다 이들이 보탠 성원과 헌신을 우리는 안다. 이 교수는 이번 촛불항쟁 때 이들이 흘린 감격의 눈물을 전했다. 그 눈물의 순간은 멀고도 긴 여정의 한 쉼표였을까.

2017

내 가   다 닌
편 집 학 교

서점 가는 일이 피하고 싶은 숙제처럼 된 게 언제부터인지 모르겠다. 20년 넘게 책 만드는 일 언저리에 있었으니 서점은 어느 모로 보나 내 일상의 가장 친근한 공간이어야 맞지 싶다. 그런데 실상은 그렇지 않다. 교보문고에 한시간쯤 있다보면 머리가 지끈지끈 아파오고 가슴이 답답해진다. 눈에 띄는 책이 있으면 판권란이나 디자이너 이름에 눈이 먼저 가고, 그 와중에도 내가 만든 책의 행방을 좇느라 마음 한구석으로는 금세 피곤이 쌓인다. 일이 되어버린 것이다. 새로 나온 책을 만나고, 읽고 싶은 책 앞에서 가슴 설레던 그 시간이.

나는 삼중당 문고 세대다. 장정일 시인은 "열다섯살,/하면 금세 떠오르는 삼중당 문고/150원 했던 삼중당 문고"(장정일 「삼중당 문고」)라고 노래했지만, 내 경우 삼중당 문고는 고등학교 시절과 함께 떠오른다.

책값도 300원쯤이었고 해마다 조금씩 올라 대학에 들어간 82년 여름에는 700원 정도 했던 것 같다. 그래도 쌌다. 서점 주인의 눈총이 꼭뒤에 쌓일 때쯤 무수한 망설임 끝에 삼중당 문고 한권을 뽑아들던 순간을 잊기 어렵다. 그런데 그때도 판권란을 들여다보기는 했던 건가. 한자로 쓰여 있던 발행인의 이름이 가물가물 기억 저편에서 떠오르는 걸 보면. 그러나 사정은 많이 달랐다. 그 시절 삼중당 문고의 판권란은 내게 그 책을 만든 출판사나 편집자를 환기하는 사실의 알림판이 아니었다. 중판(重版)이라는 말을 이해하긴 했을까. 한마디로 그때 내게 삼중당 문고나 동서그레이트북스 같은 책들은 막연한 대로 문학의 등가물이었고, 그런 만큼 그 책들은 내가 가닿을 수 없는 '작가'라는 그 절대적 좌표의 다른 이름이었다. 출판사나 편집자의 세계는 거기 없었다.

대학 마지막 학기를 지나고 있던 1987년 가을, 종각 근처 민음사로 면접을 보러 가면서 나는 무슨 생각을 하고 있었을까. 그 무렵엔 제법 출판사가 무슨 일을 하는 곳인지 알았던 걸까. 그랬던 것 같지는 않다. 학교를 먼저 마친 가까운 친구 하나가 이른바 '사회과학 출판사'에 들어갔지만, '운동'의 연장선에서 이루어진 취업이어서 그랬는지 그 친구와 '출판'이라는 일 자체를 두고 진지하게 이야기를 나누었던 기억은 없다. 아마도 교정을 본다는 것 정도가 그 무렵 내 출판사 상(像)의 거의 전부가 아니었나 싶다. 출근 첫날 편집장 이영준 형이 내게 시킨 일은 복사였다. 경향신문사 자료실을 찾아가서 이문열 『삼국지』 연재

분 가운데 스크랩에서 빠진 호를 복사했다. 첫날이면 무슨 회식 자리 같은 게 있을지 모른다 싶어서 퇴근시간에 맞추느라 애를 썼던 것 같은데, 사무실에 돌아오니 6시가 지났고 편집부 사람들은 퇴근한 뒤였다. 물론 교정을 봤다. 사전을 뒤지고 동료 편집부원들에게 이것저것 묻다보면 하루가 다 갔다. 그때 찾던 단어들 중에는 지금도 되풀이해 사전(이젠 인터넷 사전이긴 하지만)에서 찾는 단어들이 꽤 된다. 늘 함께 살아가는 식구 같다고 해야 할까. 글로만 접하던 문인들도 봤다. 어느날인가는 『세계의문학』에 『달궁』을 연재하던 서정인 선생이 사무실로 쑥 들어오시더니 도트프린트에 인쇄된 『달궁』 원고를 건네고는 바람처럼 가셨다. 나는 사무실 한쪽에서 '아!' 하고 말았다. 활판에서 전산조판으로 넘어가던 시기였지만 계간지 『세계의문학』은 꽤 늦게까지 활판으로 찍었다. 재판 찍을 일이 거의 없는 문예지라서 지형(紙型)은 뜨지 않고 활자판에서 직접 박아낸 현판(現版)으로 찍고 인쇄가 끝나면 그 판은 해체했다. 구로동 삼성인쇄소의 나이 지긋한 문선공들이 읽지 못하는 원고는 거의 없었다. 그들도 편집자였다. 활판의 경우 일단 문선과 식자 작업을 거쳐 페이지 별로 조판이 끝나고 나면 필자도 오자나 탈자 정도의 교정만 보는 게 일반적인 관행이었다. 몇문장을 넣거나 빼는 식으로 많이 수정하게 되면 정판(整版) 작업이 조판에 맞먹는 큰일이 되어버리기 때문이다. 그만큼 원고의 완성도가 높았다. 그래도 초교지를 빨갛게 물들이는 필자가 있었다. 편집부와 실랑이가 없을 수 없었고, 그러다 정이 들기도 했다. 김수영문학상 심사가 있던 날, 심사위원 선생들의 말을 들을 수 없을까 해서 사장실 얇은 베니어판에 귀를 대고 있기도 했다. 김우창, 유종호, 황동규 선생이 안에 계셨던 것 같은데, 그해에는 수상자를 내지 못했다. 중앙일보 기자였던 기형도 시인은 이영준 형과 친해서 가끔 사무실에 들렀다. 성석제 형은 그때 소설은 엄두도 못 낼 때라, 어쩌다 운 좋게 시를 한편 완성하면 이영준 형에게 팩스로 초고를 보내고 강평을 듣기도 했다. 아침 일찍 출근하면 한국일보 문화부 기자였던 김훈 선생의 기사를 스크랩하며 설레기도 했다. 강렬한 눈빛이 기억에 남아 있다. 북디자인이 출판의 최전선으로 부상하기 전이었지만 민음사의 분위기는 달랐다. 박맹호 사장님의 선견이 있었고 정병규 선생과 박상순 형이 그 일을 맡았다. 예열 기간이 유독 길었던 정병규 선생의 작업 스타일은 여러 사람의 애를 태웠지만 북디자인의 고유한 자리를 발명하고 찾아가는 데 반드시 넉넉한 시간만은 아니었을 것이다. 한권의 책 전체를 디자인의 대상으로 상상하는 방식이 익숙하던 시절은 아니었다. 모눈 대지 위에 글자와 시각 이미지를 직접 구성하며 작업하는 게 일반적이었는데, 전위적 시를 쓰던 박상순 형은 컴퓨터를 이용한 새로운 작업 방식을 선보여 많은 사람들을 놀라게 했다. 이런 구경들만으로도 하루가 짧았지만 얼마 뒤 주간으로 합류한 최승호 시인을 비롯해서 이영준 편집장, 이동숙 선배, 이진명 시인 등은 책상 너머로 들려오는 그 숨소리만으로도 나의 교사였다. 이들의 편집학교는 술자리에서 끝나는 경우가 많았는데, 프리마와 설탕을 듬뿍 넣고 타 마시던 다음 날 아침의 해장 커피가 생각난다.

그렇게 민음사에서 시작된 내 편집학교 이력은 솔출판사, 문학동네를 거쳐 지금 이 글을 쓰고 있는 서교동의 사무실까지 20년 넘게 계속되고 있지만 난 그다지 괜찮은 학생은 아니었던 것 같다. 특히 세상의 흐름과 변화에 늘 해찰하며 뒤처지는 묵은 버릇이 그 좋은 학교들을 다니고 최량의 선생들을 만났으면서도 점점 개선이 힘든 방향으로 고착되어가고 있는 걸 보면 말이다. 편집 일이란 게 원고를 읽고 원고와 씨름하는 일 이상이란 걸 좀더 분명히 알아버린 이즈음, 새삼 게으른 성정만 탓하기엔 자책과 부끄러움이 넘친다는 걸 절감한다. 그렇긴 해도 한편에선 배짱 같은 것이 생겨버린 건지도 모르겠다. 원고를 빨리 읽는 사람도 있고, 늦게 읽는 사람도 있는 법이니까. 세상의 속도가 어디 한가지일 수 있으랴. 술 덜 깬 눈으로 바라보는 흐릿한 세상의 풍경도 있지 않겠는가. 쓰린 속을 달래며 출근하면 요즘은 원두커피의 향이 좋다. 그러니 내게도 변화가 없는 것은 아니다.

지금은 홍성에서 농사를 짓고 있는 한승오 선배와 함께 강출판사를 막 시작하던 무렵이었다. 작은 사무실에 책상 몇개를 놓고 자리를 잡았으나 당장 할 일이 많지 않았다. 이런저런 책들을 준비하면서 틈이 나면 글을 썼다. 어쭙잖은 독후감 성격의 글이었지만 '김소진론'이라고 제법 근사하게 파일을 만들었다. 내 뒷자리에는 그 무렵 신문사를 그만두고 전업작가의 길로 나선 김소진이 도시락을 싸들고 출근해서 소설을 쓰고 있었다. 그 글이 어떻게 문예지 한구석에 실리게 되었고 그후로 아주 가끔 청탁도 받고, 비슷한 성격의 글을 쓰기도 한다. 생각 해보면, 그 민음사 시절 얼마나 글을 쓰고 싶었던가. 이영준 형을 따라 간 문인들의 술자리 한구석에서 나는 내 오랜 삼중당 시절을 만지작거리고 있지 않았을까. 그러고 보면 내겐 비평적 글쓰기도 20년 편집학교의 수강 과목이었다. 일찍 출근하면 넓은 동소문동 문학동네 사무실은 조용했다. 종각 민음사 사무실도 내가 문을 연 적이 많았다. 그 아침 시간들이 내게는 또 세상에서 가장 근사한 편집학교 교실이었다.

이영준 형이 쿵쿵거리며 계단을 올라오는 소리가 들린다.

○ 2014

이야기가 사라져가는

2부 ———————————

시절에

보 이 지 않 는

사 람 들

H. G. 웰스가 투명인간의 꿈을 꾼 최초의 인물은 아닐 테다. 웰스의 소설에서 투명인간은 결국 혐오와 공포의 대상으로 전락하고 말지만, 다른 사람에게 보이지 않는 존재가 되려는 꿈에는 분명 은밀한 해방의 계기가 있다. 기실 어릴 적 한번쯤 투명인간이 되는 공상에 잠겨보지 않은 사람은 없을 것이다. 『투명인간』(1897)의 괴팍한 과학자 그리핀 이후로도 누군가 세상 한구석에서 그 꿈의 실험을 계속해왔대도 그리 이상한 일은 아니지 싶다.

　그런데 이즈음 우리에게 투명인간의 꿈은 이상한 방식으로 도착하고 있는 듯하다. (얼마간의 비유적 의미를 포함해서) 사실상 보이지 않는다고 해야 할 사람들이 존재하고, 그런 존재의 증가가 뚜렷한 사회적 징후가 되고 있기 때문이다. 하기는 바로 그런 맥락에서 '투명인간'

의 모티브가 한국소설의 중요한 테마로 부상한 지도 꽤 되었다.

황정은의 단편소설 「모자」(『일곱시 삼십이분 코끼리 열차』, 문학동네 2008)에서 집 안 아무 데서나 모자로 변해 가족들의 발에 차이기 일쑤인 무력한 아버지의 존재는 환상의 느낌 없이 담담한 리얼리티 속에 제시된 바 있다. 생일날 장난으로 시작된 투명인간 놀이가 이미 보이지 않는 거나 진배없던 아버지의 '투명'을 섬뜩하게 환기하는 손홍규의 단편소설 「투명인간」(『톰은 톰과 잤다』, 문학과지성사 2012)의 이야기도 있다. 그리고 근자 누구나 공감할 만한 대목이 역시 황정은 소설에 나온다. 이번에는 독거노인의 형상이다.

> 연체금이 있을 때나 호명되는 사람들. 노인은 아마도 그런 사람이었고 죽은 지 몇달 만에 죽은 채로 발견되었다고 뉴스에 나올 만한 사람이란 그런 모습으로 살아가는 사람일 거라고 그녀는 생각했다.
> ─「누가」(『아무도 아닌』, 문학동네 2016)

그런데 소설화자인 '그녀'가 이사 갈 집의 전 세입자로 맞닥뜨리게 된 이 독거노인은 5년간 어떻게 생활한 걸까. 노인은 방 둘에 거실이 있는 조그만 연립주택에서 작은방 하나만 쓰고 나머지 공간은 전혀 사용하지 않았다. 사용하지 않은 방이야 말할 것도 없고 부엌과 거실 바닥 역시 먼지로 덮여 거무스름한 빛을 띠고 있었는데, "잘 보니 현관에서 노인의 방까지 좁다란 길이 나 있었다". 그리고 노인이 5년 동안 머물렀던 방의 벽엔 둥글게 자국이 남아 있었다. "노랗다 못해 붉은색을 띤 기름얼룩." 그녀는 얼룩을 보며 바로 그 자리에 노인이 머리를 대고 앉아 있었을 거라고 생각한다. 텔레비전도 없는 방에서 그렇게 앉은 노인의 시선이 갈 곳이라곤 맞은편 벽감뿐이다. 두개의 문짝이 달린 벽감은 꼭 관처럼 보인다. 딱히 이 '관'의 이미지가 아니라 하더라도 노인은 이미 '살아 있는 주검'(living dead)이며 사회적으로는 보이지 않는 존재다.

물론 황정은 소설은 이 대목에서도 독거노인에 대한 사회적 보고를 보충하는 데 그치지 않고 통상의 사회학적 조망이 포착하기 힘든 지점을 건드린다. 그것은 모종의 죄의식에 대한 환기라고 할 수 있는데, 보통은 그 책임이 사회나 세상의 몫으로 돌려지는 부분이겠다. 그러니까 '그녀'는 정당한 계약에 의해 그 집으로 이사했음에도 자신이 노인을 내쫓은 것 같은 이상한 기분에 사로잡힌다. 노인은 아마 이보다 더 좋지 않은 곳으로 가지 않았을까, 하고 말이다.

그렇다고 하더라도…… 그게 내 탓인가. 내가 내쫓았나. 그녀는 이불을 발로 차며 돌아누웠다. 노인은 방을 유지할 능력이 없었을 뿐이고 내게는 있었을 뿐. 그냥 그것뿐. 만사가 그뿐.

맞는 말이다. 그런 생각에 잠시 사로잡혔다 하더라도 실상은 '그뿐'이다. 더 어쩌겠는가. 그러나 네번의 '뿐'이 반복되는 투정 같은 혼잣말이 '뿐' 이상의 것 — 문제의 사회적 구조와 연관 속에서 '그녀'와 '노인'이 떨어져 있지 않다는 사실 — 을 강박적으로 지시하고 있음을 누가 모를 수 있겠는가. 게다가 비정규직 전화상담원(은행이나 신용카드회사의 연체자에게 독촉 전화를 거는 일을 한다)으로 살아가는 그녀의 '내일'은 또 어떠할 것인가. 사실 조용한 곳을 찾아 이사 온 노인의 집에서 그녀가 겪게 되는 층간소음의 지옥도는 그녀의 현재 역시 벗어나기 힘든 그 사회적 악순환의 굴레 속에 들어와 있음을 알게 하기에 족하다.

성석제의 문제적 장편소설 『투명인간』(창비 2014)에서 '투명인간'이라는 개념은 반드시 부정적 함의로만 쓰이는 것은 아닌 듯하다. 선의의 인간 김만수가 감내하는 경제적 곤경을 포함한 세상만사의 고통이든, 연탄가스중독 이후 가족의 짐으로 살아가는 누이 명희의 고통이든, 자폐와 '틱 장애'를 앓으며 왕따로 괴롭힘을 당하는 아들 태석의 고통이든, 그녀 자신 신장병을 앓으면서 명희와 태석을 건사하는 아내 송진주의 고통이든, 어떤 고통이 극한으로 치달아 견딜 수 없을 때 자신의 몸으로부터 떠올라(혹은 몸을 지우고) 투명인간으로 살아갈 수 있는 능력은 축복이랄 수도 있기 때문이다. 그러나 어떻게 말한다 한들 그들이 자신의 의지나 바람과 무관하게 이 사회에서 버텨내지 못하고 밀려나는 존재, 그렇게 자신의 모습을 지울 수밖에 없는 존재라는 사실은 달라지지 않는다.

『투명인간』론을 쓰는 자리가 아니므로 하나만 덧붙이기로 하자. 소설의 마지막, 투명인간 김만수와 또다른 투명인간(다소 모호하게 되어 있지만 소설의 처음과 끝을 책임지는 이 인물은 동생 석수일 것이다. 세상의 악마적 시스템에 적응하기 위해서라면 영혼까지 내줄 작정으로 살다―이게 우리 평균적 모습이 아니고 무엇일까―사라진 석수. 소설의 마지막 절규, "형. 만수 형"은 석수의 자책과 개심을 말해주는 걸까) 이 나누는 대화 한토막. 투명인간 이전의 삶도 긍정했듯 투명인간 이후의 삶도 긍정하는 듯한 김만수에게 상대는 망가진 세상의 시스템을 거론하며 반문한다. "나 혼자 깨끗하게 산다고 문제가 해결되지는 않는다"라고. 그러자 김만수가 답한다.

지금 이 세상이 이렇게라도 굴러가는 것이 그냥 저절로 되는 것이라고 생각하는가? 누군가는 노력하고 있다. 어떤 식으로 그렇게 하는지는 말하지 않겠다. 당신도 잘 알고 있을 것이다.

당신은 혹 알고 계신가. 이 소설을 읽으며 늘 세상의 좋은 쪽만 보는 선의의 인간 김만수를 사랑하지 않을 도리가 없기에 나도 물을 수밖에 없다. 결국 이 방법뿐인가, 하고. ○ 2014

●

문 학 의   자 리 를
생 각 한 다

'밤 의   맨   가 장 자 리' 와
'팔 꿈 치 들 의   간 격'

『눈먼 자들의 국가』(문학동네 2014)에는 세월호참사에 대한 시인, 소설가들의 발언이 실려 있다. 소설가 김애란은 '세월호'가 갈라버린 세상의 시간을 생각하며 말한다. "앞으로 '바다'를 볼 때 이제 우리 눈에는 바다 외에 다른 것도 담길 것이다. '가만히 있어라'는 말 속엔 영원히 그늘이 질 거다. 어떤 이는 노트에 세월이란 단어를 쓰려다 말고 시간이나 인생이란 말로 바꿀 것이다. 당분간 '침몰'과 '익사'는 은유나 상징이 될 수 없을 것이다. 우리는 우리가 본 것으로부터 벗어나지 못할 것이다."

시인 김행숙은 "아직은 어디서 날이 밝아온다고 말할 수 없는 밤입니다"라고 절망하는 밤의 시를 들려주면서도 "잃어버리면 안되는 것, 잃어버리면 안되는 것들을 찾아 어둠속으로 파고들어가야" 한다고 말한다. 소설가 김연수는 『오이디푸스 왕』을 다시 읽으며 "우리의 망각과 무지와 착각으로 선출한 권력은 자신을 개조할 권한 자체가 없다. 인간은 스스로 나아져야만 하며, 역사는 스스로 나아진 인간들의 슬기와 용기에 의해서만 진보한다"라고 한다.

소설가 박민규는 "이것은 국가가 국민을 구조하지 않은 '사건'"이라고 사태의 꼴을 명확히 한 뒤, "이것은 마지막 기회다. 아무리 힘들고 고통스러워도 우리는 눈을 떠야 한다"라고 말한다. "우리가 눈을 뜨지 않으면 끝내 눈을 감지 못할 아이들이 있기 때문이다." 소설가 황정은은 4월 16일 이후 "말이 부러지고 있"다면서 "말을 하든 문장을 쓰든 마침에 당도하기 어렵고 특히 술어가 잘 떠오르지 않는다"고 고백한다. 소설가 배명훈은 '우리'라는 말 자체를 지탱하고 있는 사람들의 존재에 대해 언급한 뒤, 이렇게 말한다. "그런데 그런 사람들이 점점 줄어들고 있다. 존경받지 못하고 침묵을 강요받고 있다. 그렇게 '우리'가 사라져간다."

시인 진은영은 이후에 전개된 사태를 예견이라도 한 듯 말한다. "그들의(세월호 유가족들의 ─ 인용자) 정당한 싸움이 '몹시 가여운 사람'이라는 사회적 온정주의의 선을 조금이라도 넘어가면 그들은 곧바로 시체장사꾼으로, 혹은 불온세력으로 매도되며 사회적 폭력에 노출될 것이다. 세월호 이후의 문학은 이러한 온정주의의 금지선들, 그리고 시혜의 논리를 반동적으로 활용하는 감성정치들이 정당한 싸움을 마비시키지 못하도록, 고통받는 이들의 표상을 여러 방식으로 균열시킬 수 있어야 한다."

하나같이 한두문장의 인용으로 그칠 수 없는 숨 막히는 글들이다. 슬픔과 분노, 탄식의 한가운데에서 그들은 죄책감과 무력감을 헤집고 세상과 스스로를 향해 질문을 던진다. '무엇이 잘못되었는가. 우리는, 나는 무엇을 해야 하는가.' 황정은은, 7월 24일 세월호 유가족들이 안산에서부터 걸어 서울광장에 도착했을 때 수만명의 사람들이 일어나 박수로 맞이하던 모습을 떠올리며 글을 맺는다. "그 팔꿈치들의 간격이, 그 광경이 무척 아름답다고 생각해버렸다는 것을 마지막으로 고백해야겠다. 그 점점(點點)한 아름다움을 믿겠다. 그러니 누구든 응답하라. 이내 답신을 달라." 황정은은 그 모습을 뒤에서 지켜본 모양이다.

그런데 어쩌다 그렇게 된 것이겠지만, 작가가 서 있던 "밤의 맨 가장자리"라고 표현한 그곳, 그리고 "팔꿈치들의 간격"을 보며 "아름답다고 생각해버려"는 그 마음에는 문학이 세상과 감응하는 시선과 태도가 있는 것 같다. 죄스럽고 안쓰러운 위로와 애도의 몸짓, 슬픔을 견디며 그곳까지 걸어온 유족들에 대한 경의의 마음을 함께하면서도 얼마만큼은 멀찍이서 더 서성이고, 흔히는 잘 보이지 않는 더 작고 구석진 곳으로 마음을 끌고 가려는 어떤 시선과 태도 말이다. 그리고 '심연'과 '끝' '바깥'을 생각하기 위해서라도 부러 찾아 발 딛고 서야 하는 '맨 가장자리' '경계'. 당장은 "말이 부러지고" "술어가 잘 떠오르지 않는"

상황이라 하더라도 언젠가는 그 부러지고 끊어진 말들이 질문과 응답의 말들로 다시 떠오르기를 "믿겠다"고 이야기할 수 있는 것도 그래서다. 그리고 아마도 그 말들은 부러지고 끊어졌던 기억을 포함하고 있을 테다.

천명관의 단편소설 「우이동의 봄」(『칠면조와 달리는 육체노동자』, 창비 2014)에는 한국의 어떤 정치적 리서치에서도 사례로 수집되지 않았을 법한 노인의 고백이 등장한다. 호남과 김대중에 대한 편견을 평생 버리지 않았던 노인은 마지막이 될지도 모를 손자와의 우이동 봄나들이에서 뜻밖의 이야기를 털어놓는다.

> ─ 전에 대통령 뽑는 거 말이다…… 내가 실은 김대중이를 찍었느니라.
> ─ 그러셨어요?
> ─ 그래, 어차피 떨어졌으니 하나 마나 한 얘기지만, 죽기 전에 마지막으로 하는 선건데 까짓것 한번 찍어주지 뭐, 하는 마음으로다가 찍었다. (…) 그이도 고생 많이 했나보더라. 죽을 고비도 여러번 넘기고…… 하기사 누가 되든 세상이 쉽게 바뀌기야 하겠느냐만, 그래도 뭐 좀 다른 게 있을까, 하는 마음도 있고……

소설화자인 손자는 생각한다. "그것은 그저 죽음을 앞둔 노인의 변덕이었을까? 아니면 그도 언젠가 모래사장을 가득 메운 군중 속에서 다른 세상을 꿈꿔본 적이 있었던 걸까? 나는 끝내 그의 속내를 알 수 없었다." 뒤늦은 시차(時差) 속에 무심하게 등장하는 한국 현대정치사의 한 장면. 그렇다면 여기에도 한강 백사장을 뜨겁게 달구었던 '팔꿈치들의 간격'이 있지 않았을까. 조금 늦더라도 언제든 문학은 이 작고 아름다운 간격들을 기억하면서 다시 시작되어야 한다. 부러지고 끊어진 말들의 기억과 함께.

○ 2014

●

울음에
대하여

「공산토월」과
작가회의 **40**년

한달쯤 전 상(喪)이 있었다. 생활에서는 얼마간 거리가 있었다고 해도 마지막 빈인 자리에서 눈물이 나지 않는 게 당황스러웠다. 말고도 이런저런 주변의 슬픔이나 아픔에 무감해져 있는 스스로를 발견할 때가 많다. 오히려 울음은 뜻밖의 자리에서 자기연민과 손잡고 싱겁게 흘러내리곤 한다. 통제하기 힘든 영역일 테지만, 가끔 나오는 스스로의 울음에 별 신용이 가지 않는 것도 그래서다. 잘 모르겠다 싶다. 내가 나 말고 누구를 아파하나. 정말 아플 때 사람은 어떻게 하나.

소설가 이문구 선생의 「공산토월」(1973)은 울음에 관한 이야기다. 무턱대고 새벽 첫차로 상경한 '백제 유민' 박용래 시인은 아침부터 고량주를 마시며 왜정 때 경원선 기차를 타고 눈 내리는 두만강 철교를 건너던 이야기를 한다. "나는…… 나는 울었다. 그냥 울었다. 두만강 눈

송이를 바라보며 한없이 한없이 그냥 울었단 말여⋯⋯" 이문구 선생은 이 장면을 이렇게 전한다. "어느덧 그의 양어깨에 두만강 물너울이 실리면서 두 볼에는 강이 흐르고 있었다. 식민지시대의 두만강이 흐르고 있었다."(『공산토월』, 문학동네 2014)

내게 「공산토월」은 무엇보다 역사의 횡포, 세월의 잔혹함에 대비되는 너무도 선하고 진실된 인간, 신석공의 아름답고 아픈 이야기로 깊이 각인되어 있다. 그런데 얼마 전 다시 읽으면서는 울음을 외면하고 살아야 했고, 그렇게 살 수밖에 없었던 이문구 선생 자신의 회한이 새삼 가슴을 데웠다. 기실 '신석공전(傳)'이라고 할 수 있는 이 이야기의 후면에는 너무도 참혹한 이문구 선생의 가족사가 있다.

선생은 전쟁이 일어났던 해 겨울, 남의 집 아이 보기를 하며 눈칫밥을 얻어먹던 기억의 옆자락이나, "약관에 요절한 그 형"처럼 지나가는 문장 한편에 그 아픈 가족사를 조용히 새긴다. 물론 석공의 혼례 잔칫날 노래와 어깨춤까지 선보인 아버지의 놀라운 모습을 전하는 대목에서는 부친의 그런 파격적 행보가 "처음이며 아울러 마지막일 터임을 미루어"보아야 했던 흥분과 설렘, 앞선 불안이 선생의 그 돌 같은 언어를 조금 달뜨게 하기도 한다. 그러나 전쟁과 이데올로기의 참화가 휩쓸고 간 집안의 사정은 다음처럼 간략히 정리되어 있을 뿐이다. "모두들 비명에 세상을 뜨고, 어른이라곤 오로지 어머니 한분뿐이었던 우리 집도 적잖이 변모된 채 겨우 하루살이를 하고 있었다."

그러니 조금만 생각해보면 곳곳이 울음밭이었던 것이다. 울음을 외면하고, 울음을 밀어내지 않고는 살아낼 수 없는 세월이었다. 죽어가는 석공 옆에서 밤이면 병상을 지키고 낮이면 서울바닥을 쓸다시피 약국을 뒤졌을망정 눈시울 한번 적시지 않았던(못했던) 사정이 여기에 있을 테다. 석공은 집에서 마지막을 맞기 위해 택시에 실려 고향으로 내려간다. 악수로 영결(永訣)해야 될 순간이 온다. 「공산토월」의 마지막이다.

> 내가 고개를 차 안으로 디밀며 입을 열려 하자, 석공이 먼저 꺼져가는 음성으로, "잘들 사는 걸 보구 죽으야 옳을 텐디, 이대루 죽어서 미안하네…… 부디 잘들 살어……" 하며 움직여지지 않는 손으로 악수를 청했다. 나는 울었다.

「공산토월」이 발표된 것은 1973년이었다. 이 울음은 아마도 한국문학사에서 가장 깊고 강렬한 거절과 부정의 울음이자, 가장 넓고 세심한 껴안음의 울음이 아니었나 한다. 그리고 세월이 흘렀다. 이문구 선생도 석공이 먼저 떠난 곳으로 가셨다.

「공산토월」 발표 이듬해인 1974년 11월 18일 오전 10시, 서울 광화문, 지금의 교보빌딩 자리 의사회관 건물 앞에 이문구 고은 염무웅 박태순 황석영 등 30여명의 문인이 모여 '자유실천문인협의회 101인 선언'을 발표한다. 고은 시인이 "오늘날 우리 현실은 민족사적으로 일대 위기를 맞고 있다"라는 내용의 선언문을 낭독한 데 이어 문인들은 긴급조치 위반으로 구속된 문인·지식인·종교인·학생들의 석방, 언론·출판·집회·결사의 자유, 노동관련법 개정 등을 요구하며 기습시위를 벌인다. 자유가 차압된 동토의 유신 시절이었다.

이날 고은 조해일 윤흥길 박태순 이시영 이문구 송기원 등 7명의 문인이 경찰에 연행된다. 위기의 민족현실, 고통받는 민중의 삶과 함께하려는 문학인들의 비상한 결의이고 행동이었다. 민주화운동에 한 획을 그은 '자유실천문인협의회'가 출범하는 순간이기도 했다. 자유실천문인협의회는 1987년 '민족문학작가회의'로 거듭났고, 2007년 '한국작가회의'로 이름을 바꾸어 오늘에 이르렀다. 올해가 40돌, 얼마 전 기념행사도 치렀다. 이제 '역사의 전당'으로 물러날 만한 때도 되었다 싶지만, 퇴행하는 민주주의, 악화되는 생존현실은 '작가회의'를 여전히 광화문 광장으로 불러내고 있다.

작가회의 40년을 돌아보며 후배 비평가 백지연과 나눈 대담의 자리에서 염무웅 선생이 남긴 몇마디가 기억난다. "나는 우리 작가회의가 현실에서 역사로 옮겨가게 될 해방의 날을 학수고대합니다. 그날을 위해 우리가 능력껏 헌신해야 하고요. 그런 뜻에서 억지로 희망이란 단어를 입에 올리면서 내 말을 끝내지요."(한겨레 2014. 11. 23.)

울음이 너무 많은 한 해였다. 억지로라도 희망을 말한다는 것은 저

석공의 "부디 잘들 살어……"에 대한 최소한의 응답일 것이다.

○ 2 0 1 4

●

'통증의 형식'과
'공감의 형식'

"생각하지 않으면 아프지 않을 수도 있다". 김희업의 시 「통증의 형식」(『비의 목록』, 창비 2014) 첫 행이다. 혹독한 아픔의 한가운데 있는 사람만이 할 수 있는 말일 테지만, 누구나 고개를 끄덕이며 동의할 비슷한 경험은 얼마간 있을 법하다. 그렇게 무심히 시를 읽어가다 다음 구절에서 멈추게 된다.

오늘도 추운 곳에서 빙하가 녹는다 진리처럼 모순처럼
따뜻한 통증을 동반한 채

어떤 사실이 전혀 다른 맥락에서 살아나 "따뜻한 통증"의 모순을 담담한 진리의 요청으로 바라보게 만든다. 여기서 빙산 아래 보이지 않는 거대한 고통의 빙하를 생각하게 되는 것은 읽는 이의 당연한 예의이겠지만, 그보다 두 시행이 극한의 고통과 모순 한가운데에서 찾은 '통증의 형식'이 너무나 담대하고 눈부시다. '사랑'이 있다면, 이런 '통증의 형식'을 경유해 가능하리라는 뜬금없는 생각마저 든다. 물론 시인은 안다. 통증의 형식은 '미완성'이라는 것을. 이어지는 마지막 연은 그 사실의 수락일 테지만 체념이나 포기의 기운은 없다. "그러니/멀리 근처에도 통증은 있어/언젠가 상쾌할 거라는 가설은 미완성으로 남겨놓는다".

생각해보면 통증의 소멸이 그 형식의 완성은 아닐 것이다('따뜻한 통증'도 엄연한 통증이다). 완성되지 않은 나머지 형식은, 이 시에서는 역설의 형태로 발화되었지만("좁힐 수 없는 거리가 세상에 존재하듯/아프고 안 아프고의 차이는 아픈 차이") 통증 건너편 세상의 몫일 것이다.

아픔과 슬픔이 많은 한 해였다. 믿을 수 없는 바다 앞으로 직접 달려간 이들도 많았고, 광장은 애도와 나눔, 분노와 탄식의 마음으로 넘쳐났다. 그러지 못한 이들이라고 해서 마음이 달랐으랴. 혹한의 추위 속에 70미터 공장 굴뚝 위로 올라간 쌍용차 해고노동자 이창근, 김정욱 씨를 생각하며(이 글을 쓰고 있는 12월 23일 현재, 화학섬유회사 스타케미칼의 노동자 차광호 씨는 210일째 구미공장 굴뚝에 있으며, 씨앤엠 하청업체 노동자 강성덕, 임정균 씨가 프레스센터 앞 전광판에 오른 지도 42일째다. 이번에 트위터를 통해 처음 알았다) 잠시라도 따뜻한 잠자리를 부끄러워하지 않은 사람은 없을 테다.

그러나 사정이 꼭 그렇지만은 않다는 사실도 우리는 안다. 소수의 광기 어린 행동이라고는 해도, 세월호 유족들에게 어떤 험한 말들이 퍼부어졌는지 우리는 안다. 적어도 우리가 이 세상을 포기하지 않았다면, 겉으로 끄집어내어서는 안되는 말들이었다. 그리고 일부 언론의 저열한 이념몰이와 선정주의가 기이한 방식으로 부추기고 대변하고 있는 것처럼, 혐오와 적의, 냉소의 시선이 우리 사회 한편에 완강하게 버티고 있다는 사실도 우리는 안다.

좀더 분명히 말한다면, 우리 사회는 심각하게 찢어져 있다. 피해자나 약자, 소수자, 배제되고 버림받는 사람들의 아픔과 같은, 당연히 연민과 공감의 마음이 먼저 스며들어야 할 자리에서마저 우리는 너무나 멀리 찢어져 있다. 그 정치적 구조적 원인과 근인의 이야기를 여기서까지 서투르게 늘어놓을 필요는 없을 것이다. 다만 나 자신 간혹 스스로에게서 섬뜩하게 확인하는 그 분열의 연루, 종종 확인하는 냉담과 냉소의 바닥에 대해서는 고백해두고 싶다. 그리고 그럴 때면 나 스스로 '공감의 언어와 행동', 앞서 인용한 시인의 표현을 빌리면 '공감의 형식'에 대해 별로 아는 것도, 익숙한 것도 없다는 사실을 확인하고 당혹해지기까지 한다.

W. G. 제발트의 『현기증. 감정들』(배수아 옮김, 문학동네 2014)에서 읽

은 인상적인 삽화 한 대목이 떠오른다. 작가인 소설의 화자가 1980년 오스트리아 빈을 여행할 때의 이야기다. 그는 베네찌아로 떠나기 전에 오래된 지인인 에른스트 헤르베크를 방문한다. 헤르베크는 스무살이 되던 해부터 정신질환을 앓았다. 1944년 10월 군대에 징집되었으나 이듬해 3월 제대 조치되었다. 종전 1년 후 영구적인 입원 진단이 내려진다. 작가가 방문했을 때는 34년의 병원생활 끝에 가퇴원 처분을 받고 양로원에서 연금생활자로 살아가고 있었다. 양로원 앞에서 만난 두 사람은 기차를 타고 근처 도시로 가을날의 한나절 소풍을 떠난다. 작가는 쓰고 있다. "휴가라는 기묘한 단어가 떠올랐다. 휴가철, 휴가철 날씨. 휴가를 떠나다. 휴가 중이다. 휴가. 일생 동안의." '휴가'와 '일생 동안'의 낯선 언어적 동행이 이 가을소풍의 이야기를 압축한다. 두 사람은 걸어서 돌아오기로 한다. "두 사람 모두에게 너무 먼 거리였다. 가을의 태양 아래서 기진맥진한 채 우리는 나란히 걸었다." 아이들의 노랫소리가 들리는 초등학교를 지날 때 헤르베크는 사람들을 무너뜨리는 돌연한 과거로의 회귀, 인생에서 일어나는 급작스러운 작별과 상실의 이야기를 나직하게 들려주기도 하지만, 식당에서의 담배와 맥주 한모금을 마지막으로(이때야 작가는 헤르베크가 시인이라는 사실을 알려준다) 두 사람의 짧은 한나절 여행은 끝난다. 양로원 앞에서의 작별은 이 만남이 마지막일 거라는 암시를 준다. 가을의 뜨거운 볕 아래 말없이 지친 걸음을 옮기는 두 사람의 동행은 「통증의 형식」을 읽으며 '공

감의 형식'이라는 말을 생각해보고자 했을 때 제일 먼저 떠오른 상(像)
이었다.

김희업 시인이 쓴 대로 세상에는 "좁힐 수 없는 거리"가 존재할 것
이다. 그런데 그 거리를 먼저 생각하는 사람은 아픈 이다. 그렇게 해서
어떤 이는 "따뜻한 통증"의 모순을 상상한다. '통증의 형식'은 미완성
이지만, 그 미완을 조금이라도 메우는 일은 건너편 세상의 몫이다. 기
실 우리는 언제든 그 양쪽에 함께 있다. '통증의 형식'에 응답하는 '공
감의 형식'은 개인의 삶에서도 사회적 차원에서도 세심하게 이야기되
고 상상되어야 한다.

◯ 2014

●

이 야 기 가
사 라 져 가 는   시 절

바로 옆 골목에 있던 약국집. 한두사람이 겨우 지날 만한 골목이었고 다닥다닥 집들이 붙은 동네라 거리로는 몇걸음 안 되었을 테다. 무슨 간판 같은 게 있었던 것은 아니고, 그냥 여염집에서 한약재를 취급하고 약도 지어주었다. 그 동네 집들이 다 그런 것처럼 드르륵 문을 열면 바로 마루로 이어졌는데 집 안은 늘 어둑했다. 천장에 주렁주렁 매달려 있던 약봉지며, 훅 하고 끼치던 한약 냄새, 약재를 썰던 시커먼 작두, 서랍 빼곡한 약장이 기억난다. 전쟁 때 내려온 월남민 가족이었는데 '이북 사람'이라는 호칭을 그때 처음 들었다.

초등학교 입학 전후 얼마간은 어머니 따라 자주 그 약국집으로 놀러 갔다. 동네 사랑방이었던 듯한데 좁은 마루며 방에 늘 사람이 북적였다. 쪽 찐 머리에 무명 한복 차림이었던 약국집 아주머니는 이야기

솜씨가 뛰어났다. 이야기를 바치던 아이들만 그런 게 아니고 동네 아주머니들도 달게 이어지는 약국집 아주머니의 이야기에 귀를 기울였다. 대개는 귀신이 등장하는 무서운 이야기들이었다. 입가에 침을 하얗게 비치고 눈을 깜짝거리며 이야기를 찰지게 조근조근 풀어가던 약국집 아주머니의 모습은 꽤 먼 시간 저편의 일인데도 아직 기억에 남아 있다.

약국집 아주머니를 떠올리게 된 건 전성태의 소설집 『두번의 자화상』(창비 2015)을 읽으면서다. 소설집 마지막에 실려 있는 작품이 「이야기를 돌려드리다」인데, 아마도 작가 자신으로 짐작되는 소설화자는 치매에 걸려 기억을 잃어가는 노모에게 어린 시절 어머니가 들려주셨던 이야기를 '돌려드린다'. 하루하루 가까운 시간의 일부터 어머니의 기억이 지워져가는 것을 보면서 화자는 기억이란 게 "물리적인 경계" 위에 쌓여 있는 게 아닌가 하는 느낌을 갖게 된다.

"구월의 기억이 지워지고 팔월의 기억이 지워졌다. 칠십세의 기억이 지워지고 육십세의 기억이 사라졌다. 어미로서의 기억이 사라지고 신부의 기억이 사라진 후 친정의 기억마저 지워졌다."

노모의 입에서 맥락 없는 웅얼거림만이 남게 되었을 때도, "엄마!"란 말과 "밥 좀 줘" 하는 말에는 반응을 보이셨다는 삽화는 슬프다. 어떤 망각의 위세도 지울 수 없는 삶의 근원적 지점이 '엄마'와 '밥' 두 단어일 수밖에 없는 한 세대 한국 여성의 시간이 거기 있다. 그런데 노모의 기억이 이제 그녀의 어린 시절, 그러니까 열살, 다섯살, 세살 무렵으로 돌아갔다면 어째야 하나. 아들이 어린 시절 어머니로부터 들은 이야기는 어머니 역시 어린 시절 들은 이야기일 테고, 그것은 그렇게 물려받고 물려준 세계일 것이다. 소설화자인 아들의 기억이기도 하지만 어머니의 기억이기도 한 세계. "그것은 어머니가 물려준 세계였다. 그만큼 어머니와도 친연성이 있는 세계라 믿는다. 어머니는 그 말랑말랑하고 신비한 세계로 자리를 옮긴 것 같았다." 아들은 이제 그 이야기를 어머니에게 돌려드리고자 한다. 바다와 산을 오가며 보름씩 산다는 산(山)갈치와 백년에 한번 하얗게 꽃을 피운다는 대숲 이야기를.

수십번도 더 들은 그 이야기들은 아들에겐 황당하고 신기하기도 했으나, 어머니에게는 그냥 '사실'이었는지도 모른다. 조금은 '말랑말랑한' 사실 말이다. 돌아가신 당숙할머니는 어느 새벽녘에 사철울타리에 올라앉은 다섯발 길이의 산갈치를 절구로 쳐서 잡았다고 하지 않았나. 애호박 다섯통을 넣고 끓여 마을 사람들과 나눠 먹었다는 그 산갈치의 이야기 속 생김새는 나중에 63빌딩 수족관에서 확인한 박제물과 크게 다르지 않았다. 날개가 없는 것을 빼고는. 요양원 침대에 누워 저 먼 세계에 있는 듯싶은 노모는 가끔 아들이 돌려드리는 산갈치 이야기며 대숲 이야기에 눈을 반짝이기도 했다고 소설은 전한다. 왜 그러지 않았겠는가.

그러고 보니 나도 어린 시절 선친으로부터 산갈치 이야기를 들은 기억이 난다. 아버지는 정말 산갈치를 보셨던 것일까. 이제는 물어볼 수 없게 되었지만 지금도 내가 가장 좋아하는 음식은 가을갈치에 애호박이나 무를 넣고 바글바글 국물 있게 끓인 갈치조림이다. 그건 선친이 가장 좋아하는 음식이기도 했다. 새삼, 이야기란 무엇인가. 전성태의 소설이 우리에게 일깨워주는 것은 몸의 기억을 타고 흐르는 이야기, 그 전승과 소통의 슬프고 애틋한 국면만은 아니다. 혹은 이야기에 깃들기 마련인 환상이나 상상의 지평에 대한 그리움만은 아니다.

「이야기를 돌려드리다」에서 화자는 어린 시절 '혼불'을 맞은 뒤 주변 사람들의 죽음을 예감하는 꿈에 시달린 경험을 전한다. 어머니가 어린 아들에게 들려준 산갈치 이야기며 대꽃 이야기는 실은 그 '무서운' 꿈을 달래고 진정시키기 위한 것이었다. 이제 아들이 돌려드리는 이야기 또한 그러하리라. 노모에게 닥친 죽음의 그림자를 밀어내고 늦추고 싶은 소망 속에서.

우리 시대에도 이야기는 차고 넘친다. 당장 인터넷에 접속하거나 티브이를 켜보라. 섬세하게 가려서 말해야 할 문제겠지만, 관음증을 부추기는 이야기의 더미가 계속 쏟아져나온다. 엽기적인 드라마, 혹은 가공된 리얼리티쇼에 동원되는 이야기들. 그리고 그것들은 재빨리 돈으로 환산되고 수거된다. 물론 세상의 변화만큼 이야기의 운명도 이전 같을 수는 없겠다. 그러나 '콘텐츠'나 '정보의 당의정'으로 이야기의 거주지가 바뀌고, 이야기가 '개발'되게 된 현실에는 삶과 죽음에 대한 외경과 존중의 감각을 찾기 어려운 이즈음의 세태가 거꾸로 투영되어 있는 것도 같다. 이야기는 아마도 삶과 죽음에 대한 두려움을 품고, 세상의 시간에 공백과 연기(延期)의 틈을 만들어내는 그 무엇이었는지 모른다. 그때 그 틈은 다른 무엇으로 환산되지 않는 시간의 결 같은 것을 통해 우리의 삶을 조금은 두텁게 만들지 않았을까.

전성태 소설 속의 어머니는 이야기를 보채는 아들에게 졸음에 겨운 얼굴로 말한다. "얘기를 너무 좋아하면 가난하게 산단다." 우리는 그 '가난'을 잊은 대신 무엇을 얻은 것일까. 그 시절 약국집 아주머니의 귀신 이야기는 왜 그렇게 피하고 싶으면서도 달았던 걸까. 약국집도 그랬지만 이야기를 좋아하던 그 동네 사람들은 다 가난했다. 가난을 예찬하고 싶은 마음은 조금도 없지만 오늘만은 그때가 그립다.

○ 2015

●

'세월호'와
문학의 자리

4월 10일, 세교연구소 주관으로 '세월호 시대의 문학'이란 이름의 공개 심포지엄(발표 함성호 함돈균 심보선 남상욱)이 열렸다. 심포지엄의 기획에 참여하고 사회까지 맡게 된 처지라 청중이 적으면 어쩌나 걱정했으나 120석 객석이 부족해 수십석의 보조석을 마련해야 했다. 오후 2시에 시작된 심포지엄은 6시를 넘겨 끝났다. 마지막 종합토론 시간에 객석에서 한 시인이 심포지엄의 제목을 두고 매서운 질문을 던졌다. '세월호 시대'라는 호명의 자의성도 그렇지만, 거기 '문학'을 나란히 세운 근거가 무언지 따져 묻는 질문이었다. 물론 단순한 힐난은 아니었다고 생각한다.

세월호참사가 국가의 무능과 무책임에 대한 절망적인 확인을 넘어, 그 국가가 부추겨온 물신과 증오의 세상을 적나라하게 드러내는 쪽으로 상황이 전개되기 시작하면서 사람들은 서로의 얼굴을 보기 부끄러운 지경에 이르렀다. 사후 수습 과정에서 정부가 어떤 어려움을 감수하면서도 지켜냈어야 할 도덕의 최저선은 세월호 유가족에 대한 위로와 보호여야 했다. 적어도 보상을 둘러싼 이야기가 유가족의 마음을 다치게 하는 일은 철저하게 차단했어야 했다.

발설되지 말아야 할 말이 있는 것이고, 그건 문명사회를 유지하는 최소한의 근거라고 할 수 있다. 그러나 특별법 제정 과정에서 드러났듯 정부와 여당은 바로 그 말들이 터져나올 수밖에 없는 지점으로 상황을 몰아갔고, 문제의 회피와 미봉이 자신들의 목표임을 분명히 보여주었다. 경기침체와 세월호 '피로감'을 연결짓는 예의 거짓 논리를 계속 지피는 것으로도 모자라다고 생각했던 걸까. 세월호 인양 요구와 특별법 정부 시행령에 대한 문제제기가 터져나오는 시점에서 정부는 담당 관료의 기자회견 형식을 통해 보상금 액수를 시시콜콜 밝히며 다시 한번 유족들의 가슴에 못을 박았다.

아이들을 꽉 채운 채 침몰하는 배의 영상을 한달 넘게 바라보며 스스로를 조금이라도 가해자의 자리에 놓아보지 않은 사람이 있었을까. 분향소를 메우고, 팽목항을 찾고, 유가족의 단식농성과 도보행진에 함께한 이들의 마음은 무엇보다 그 죄스러움이었을 테다. 혹 그런 자리에 시간을 내지 못한 이들이라 하더라도 마음은 다르지 않았으리라. 그런데 정부는 다시 한번 그런 이들을 이중의 가해의 자리로 내몰고 있다. 우리는 죄의식을 비롯해, 타인의 고통에 대한 우리 자신의 공감이나 연민의 감정이 그다지 견고하지 않다는 사실을 안다. 가족이라는 좁은 울타리, 자신의 이해와 직접 관련되지 않은 테두리 밖에서 공감은 능력이기보다 무능력으로 잔인한 진실을 드러낼 때가 많다. 경쟁과 생존에 대한 강박이 날로 증대하는 세상 또한 그런 감정의 동력을 쉽게 앗아간다. 그러나 바로 그렇기 때문에라도 한 사회는 공감과 연민에 바탕한 가냘픈 선의와 예의를 존중하고 증대할 수 있도록 서로를 격려해야 한다. '세월호 1년'은 정확히 그 반대방향으로 우리 사회가 움직여온 시간이라고 할 수 있다. 이것은 정말 끔찍한 사태다. 우리는 지금 '잔인한 국가'의 세월을 살고 있다.

'세월호 시대의 문학'이란 명명에 대한 한 시인의 문제제기는 아마도 이런 끔찍한 시절을 살아야 하는 자괴와 환멸의 실감 때문이었는지도 모른다. 그것은 또한 문학하는 사람이 갖는 무력감의 역설적 토로였는지도 모른다. 그이는 반문했다. 누가 '세월호 시대의 바느질'을 이야기하느냐고. 그러니까 그이의 말은 '무언가를 자처하는, 무언가를 할 수 있다고 믿는 문학의 자리'에서 이제 그만 내려오라는 이야기가 아니었을까. 동의한다. 그날 '416 세월호 참사 시민기록위원회 작가기록단'에 참여했던 작가 김순천 씨가(그 결과물이 '240일간의 세월호 유가족 육성기록'인『금요일엔 돌아오렴』이다) 객석에서 들려준 이야기는 많은 이들의 눈시울을 적셨다. 작가는 부모님들의 고통을 숨죽여

지켜볼 뿐, 아무것도 할 수 없었던 시간에 대해 들려주었다. 침묵은 기록할 수 없는 것이었다. 터져나온 것은 울부짖음이었고, 그 또한 기록할 수 없는 것이었다. 그것은 처음에 차라리 짐승의 말, 괴물의 말처럼 들렸다고 했다(이날 심보선 시인은 「국가폭력과 말」이라는 발표에서 그이들의 말이 울부짖음의 상태로부터 국가가 갖고 있지 못한 진실과 이성의 말로 거듭나는 지점에 대해 이야기했다). 그러나 그이들의 울부짖음은 근본적으로 사랑의 말이었고, 그 말들이 타인에 대한 사랑, 역사 속 또다른 고통들로 확대되는 것을 보았다고 김순천 작가는 우리에게 전해주었다. '세월호 시대 문학의 자리'는 여기에 있었다. 그러니까 지금은 그이들의 말을 듣고 받아 적어야 하는 시간인 것이다.

그러나 그날 「타인의 고통과 만나는 문학의 자리」에 대해 발표한 함성호 시인이나 토론자로 나온 김행숙 시인이 힘들게 이야기한 것처럼 '고통'과의 거리를 앓는 일 또한 문학의 몫일 테다. 문학의 능력을 과장할 이유야 전혀 없는 것이지만, '증언할 수 없는 것을 증언해야 한다는 아포리아'는 언제든 문학의 시련이자 도전이었다. 그 시련 앞에서 더 많은 무능의 고백과 실패가 있어도 좋다고 나는 생각한다. 작년, 한 작가는 장편소설 원고를 마무리하는 중에 세월호참사 소식을 듣고 작업을 중단할 수밖에 없었다고 했다. 몇달 뒤 나온 책에는 아주 짧은 '작가의 말'이 실려 있었다. 이미 읽은 이들도 많겠지만, 여기 그 말을 다시 옮겨본다.

현실의 쓰나미는 소설이 세상을 향해 세워둔 둑을 너무도 쉽게 넘어 들어왔다. 아니, 그 둑이 원래 그렇게 낮고 허술하다는 것을 절감하게 만들었다.

소설은 위안을 줄 수 없다. 함께 있다고 말할 수 있을 뿐. 함께 느끼고 있다고, 우리는 함께 존재하고 있다고 써서 보여줄 뿐.

——성석제 '작가의 말'(『투명인간』)

○ 2015

●

인 생 의   제 시 간 과

서 성 임

며칠 전 국립국어원에서 짬뽕의 순화어로 '초마면(炒馬麵)'을 제시했다
는 보도를 접했다. 원래 중국 사람들이 먹던 초마면을 나가사끼의 화
교가 현지화하면서 얻은 일본식 명명이 '잔퐁'이고, 개항기 제물포 쪽
에서 다시 한국 사람들의 입맛에 맞게 현지화될 때 그 이름이 우리식
발음으로 굳어진 것이니 본적을 찾아주자는 뜻인 듯하다.

  국어원에서도 그 제안이 쉽게 받아들여지리라고 믿지는 않는 듯하
거니와, 나는 소설가 고종석의 표현을 빌리면 이런 '감염된 한국어'가
좋다. 이달초 '번역'에 관한 한 공개대담에서 고종석은 번역을 통해 이
루어지는 언어의 감염, 문화의 섞임이 만드는 결을 옹호하는 가운데
'외래(外來)'라고 하는 말에서 '도착(來)'의 지점을 강조했다. 생각해보
면 너무도 당연한 그 발언이 참으로 신선했다. 어쨌든 짬뽕, 짜장면은

한세기 정도의 시간을 거치며 한국인의 음식이 되었다. 그 기원과 도착, 혼성과 변형의 시간을 이름에 싣고서 말이다.

짜장면에 대한 추억 하나쯤 없는 이가 있으랴만, 어릴 때 신기했던 건 짜장면이 배달음식이라는 사실이었다. 흰옷을 입고 은빛 배달통을 들고 가는 중국집 종업원을 괜히 따라가보기도 했을 테다. 앞판을 위로 쓱 뽑아 올리면 세칸으로 나누어진 통 안에서 훅 하고 흘러나오던 냄새, 그게 내겐 짜장면에 대한 기억의 원점인 듯도 하다. 중국집에 전화를 걸어 잔뜩 음식을 주문하는 장난을 상상하며 친구들과 키득거리기도 했던 것 같다. 집에는 전화가 없었고, 공중전화를 이용할 엄두는 내지도 못해 사고는 치지 못했지만 말이다.

그런데 짜장면 배달부를 좋아했던 이가 나만은 아니었던 모양이다. 최정례 시인의 시집 『개천은 용의 홈타운』에는 「나는 짜장면 배달부가 아니다」란 시가 들어 있다. 산문시의 형식으로 되어 있는 이 시에서 화자는 화가가 되고 싶었지만 그러지 못했던 회한을 토로한다. 그이가 그리고 싶었던 그림은 두가지다. 하나는 키우던 닭으로 끓인 삼계탕을 먹을 수 없다며 울던 사촌. 또 하나는 '짜장면 배달부'. "바퀴에서 불꽃을 튀기며 오토바이가 달려가고 배달 소년의 머리카락이 바람에 나부끼자 짜장면 면발도 덩달아 불타면서 쫓아갔다." 그러나 그이가 그리려는 그림은 누군가가 이미 그렸으니 어쩌랴. 할 수 없이 그이는 이제 "시 같은 걸 한편 써야 한다."라고 생각한다. 사촌과 짜장면 배달부 때문에. 사촌은 몇년 전에 심장마비로 죽은 모양이다. 시의 후반부다.

　사촌은 몇년 전에 죽었다. 심장마비였다. 부르기도 전에 도착할 수는
없다. 전화 받고 달려가면 퉁퉁 불어버렸네, 이런 말들을 한다. 우리는
뭔가를 기다리지만 기다릴 수가 없다. 짜장면 배달부에 대해서는 결국
못 쓰게 될 것 같다. 부르기 전에 도착할 수도 없고, 부름을 받고 달려
가면 이미 늦었다. 나는 서성일 수밖에 없다. 나는 짜장면 배달부가 아
니다.

　정말 그렇지 않은가. 짜장면 배달부는 누가 부르기 전에는 갈 수 없
다. 주문전화가 와야 한다. 혹간은 장난전화나 잘못 걸려온 전화도 있
을 수 있다. 어쨌든 누가 불러야 간다. (그런데 그 착한 사촌은 누가 불
렀기에 그렇게 서둘러 갔나?) 그리고 누가 부른 다음에는 서둘러야 한
다. 곧 가야 한다. 그러나 아무리 서둘러 가도 제시간에 도착하지 못
한다. 짜장면 배달부는 늘 늦는다. 우리는 전화를 하고, 중국집의 대답
은 똑같다. 지금 가는 중이라고. 그러니 누구든 퉁퉁 분 짜장면을 받아
든다.

　이제 우리는 시인이 왜 짜장면 배달부 이야기를 꺼냈는지 조금 이해
하게 된다. 인생에 제시간이라는 게 있는 걸까. 조금만 생각해보면, 짜
장면 배달부의 고뇌는 많은 이들의 삶에서 반복된다. "부르기 전에 도

착할 수도 없고, 부름을 받고 달려가면 이미 늦었다." 우리는 기다림을 말하는 데 익숙하다. 그것은 살아가는 일의 어떠함을 전하는 오래된 지혜의 차원일 수도 있고, 역사의 정의를 믿고 나누고자 하는 화법일 수도 있다. 그러나 실제 우리가 감당해야 하는 것은 기다림이라기보다는 이러지도 저러지도 못하는 곤경일 때가 많다. '제시간'은 대개 우리의 것이 아니다. 최정례의 시에서도 사촌은 기다려주지 않는다. "우리는 뭔가를 기다리지만 기다릴 수가 없다." 여기서 다시 한번, 짜장면 배달부는 삶을 환유하는 어떤 지점이 되면서 우리를 아프게 한다. '퉁퉁 불어버린 것'. 해서는 "짜장면 배달부에 대해서는 결국 못 쓰게 될 것 같다."라고 시의 화자는 말한다.

그러나 시의 마지막에 놓여 있는 두 문장을 더 읽을 필요가 있다. "나는 서성일 수밖에 없다. 나는 짜장면 배달부가 아니다." "서성일 수밖에"라고 했지만, 이 시적 발화에는 불가피하고 수동적인 느낌이 덜하다. 바로 앞에서 "짜장면 배달부에 대해서는 결국 못 쓰게 될 것 같다."고 했기에 생겨난 무연한 홀가분함 같은 게 있다. 그러니까 오히려 시의 화자는 그 '서성임'을 인생이나 역사의 횡포에 맞서는 자신의 자리로 마련하고 있는 듯하다. "나는 짜장면 배달부가 아니다."라는 문장이 이 시의 마지막과 제목에 동시에 놓이면서 무언가를 버티고 이겨내는 시의 역설이 되고 있다면 그 때문일 것이다.

'주체'라는 말은 역사에서도 철학에서도 너무 낡거나 혹은 너무 난해한 말이 된 느낌이다. 그러나 인생의 허무, 비애, 무의미 등등과 싸우며 얻어낸 한 시인의 통찰 덕분에 우리는 '짜장면 배달부'라는 애틋한 자리에서 삶이나 역사를 다시 생각해볼 주체의 시간을 얻는다. "서성일 수밖에 없다" 하더라도 말이다.

2015

●

한 국 영 상 자 료 원 에 서
챙 겨 본   생 각 들

한국영상자료원이 상암동으로 옮긴 뒤 자주 찾는 편이다. 예전 한국영
화를 상영하는 프로그램 말고도 이런저런 기획전이 훌륭하다. 극장 환
경도 좋고 직원들도 친절하다. 잘은 모르지만 외국의 어느 씨네마떼끄
와 견주어도 손색이 없지 싶다. 게다가 무료다. 내가 낸 세금으로 운영
되는 기관인 만큼 당연한 일인데도 처음엔 이런 혜택을 입어도 되나
싶어 조심스럽기도 했다. 나라로부터 무언가를 받는다는 사실이 좀처
럼 익숙하지 않은 탓일 테다.

　상영되는 영화에 따라 조금씩 다르기는 하지만 대체로 관객은 노인
들과 젊은 층, 두 부류다. 젊은 층은 영화 마니아이거나 영화를 공부하
는 이들인 듯하다. 영화사의 고전들, 6, 70년대 유럽 모던 영화들을 극
장 화면으로 볼 수 있는 기회가 그리 흔치 않으니 열심을 낼 만하겠

다. 당연히 수면욕과 인내심을 시험하는 영화들도 많다. 간혹 코를 고는 소리도 들려오고 중간에 투덜대며 자리를 뜨는 분들도 있다(최근에는 이런 어수선한 분위기가 거의 없어졌다). 아무래도 젊은 층에서 불만이 일 수밖에 없었겠다. 그럴 때면 '낀 세대'쯤 되는 나 자신을 돌아보곤 한다. 여기서도 드물지 않게 마주치는 기품있는 노년의 모습들에 나 자신을 투영도 해보면서 말이다.

그러다 얼마 전 내 마음을 꿰뚫린 것 같은 한 대목을 소설에서 만났다.

> 일반적으로 노인과 영화의 관계에서는 나로서는 생각할 게 없는 것만 같았다. 인생을 영화 속에서 배운다고 하면, 이젠 주어진 시간을 다 써버린 저 영감님 같은 분에겐 영화를 봄으로써 후회나 아쉬움밖에 남을 감정이 없을 것이다. 후회나 아쉬움으로써 자신을 학대하는 취미를 가진 영감이 아닌 바에는 영화관까지 나를 질질 끌고 다니지는 않을 텐데. 그러나 물론 영감의 취미를 나는 알 도리 없다.
>
> — 김승옥 「다산성(多産性)」(『생명연습』, 문학동네 2014)

화자인 신문사 기자 '나'는 부업으로 흥신소 일을 맡아 한다. 아무리 60년대라고 해도 드문 경우였지 싶은데, 아무튼 화자의 임무는 일당 오백원을 받고 오후 몇시간 동안 어느 돈 많은 노인의 뒤를 따르며 행적을 챙기고 만일의 사고에 대비하는 것이다. 어느날 노인은 영화관으로 들어가고, 화자는 극장 휴게실 한쪽에서 노인을 몰래 지켜보며 짜증 섞인 상념을 이어가는데 그게 위의 인용 대목이다. 물론 예의 김승옥 소설들에 등장하는 자의식 과잉의 인물들에게서 자주 접하는 위악을 떠올려볼 일이겠고, 이 작품의 정황에서라면 화자의 자조(自嘲) 섞인 독설은 또 그것대로 이해가 될 법도 하다. 그러나 그런 맥락을 제하고 보면 '노인 혐오(차별)' 발언으로 질책받아도 할 말이 없는 대목이리라. 다만 저 상념이 누설하고 있는 섬뜩한 일면은 평소 나 스스로도 던져보던 질문이기도 했던 것이다.

기실 노년의 시간에도 얼마든지 인생이나 세상의 진실에 대한 열정을 유지할 수 있으며, 영화를 보든 문학작품을 읽든 그것이 반드시 '후회나 아쉬움으로 자신을 학대하는' 경로로 이어질 일도 아닐 테다. 그러나 나 자신 그런 동력이 떨어질 수 있는 시간에 대한 불안에 휩싸일 때도 있고, 그럴 때 좋은 영화나 좋은 문학작품을 접하는 일은 뭔가 쓰라리고 외면하고픈 자리가 되지 않을까 하는 막연한 느낌은 가진 바 있다. 예술가에게 만년의 양식(樣式)이란 게 있을 수 있다면, 일개 독자나 관객에게도 그에 맞는 합당한 양식이 있을 수 있는 것일까.

이야기를 많이 에둘렀다. 내게는 아직 좋은 영화를 찾아서 보고 싶고, 좋은 문학작품을 찾아서 읽고 싶은 욕심이 있다. "인생을 영화 속에서 배운다고 하면,"의 그 맥락은 아직 내게는 유효하다고 믿고 싶다.

얼마 전 영상자료원에서 로베르 브레쏭의 「무쉐뜨」(1967)를 보면서는 시종 전율했다. 조르주 베르나노스의 동명 원작소설을 영상으로 옮긴 「무쉐뜨」는 내가 보기에 한 장면 한 장면이 인생의 비참과 고통에 대한 가장 담담하면서도 숭고한 표현이었다. 스크린에는 다른 어떤 것으로도 환원되지 않는 세상의 시간과 인간의 얼굴이 흑백의 빛으로 현전하고 있었다. 찢어진 수의를 두르고 거듭 강으로 굴러 내리는 무쉐뜨의 마지막 모습은 이 영화가 거의 보여주지 않은 비참과 고통의 반대지점을 깊이 생각하게 만들었다. 그래서 어쨌다고,라고 묻는다면 할 말은 없지만 말이다.

사실 김승옥 소설이 무심하게 흘린, 영화를 통해 인생을 배운다는 태도에는 그 기저에 '표현된 예술'에 대한 오래된 존중이 담겨 있다. 그리고 그런 태도는 역사적으로, 특정한 시대의 여건과 분위기 속에서 형성된 것이다. 내 성장기의 경우로 말하자면 그 대상은 '문학'이었다. 어떤 상황이나 세계가 문학작품의 언어, 그 표현을 통해 처음 거기 존재하는 것처럼 명료해지는 순간의 감흥은 여전히 나에게 가장 큰 인식적, 감각적 즐거움이다. 그러면서 인간의 복잡성과 유한성, 타자라는 존재, 더불어 사는 것의 의미, 공동체의 운명 등등에 대해 생각해보았을 테다. 어쨌든 언제든 무언가를 물어볼 수 있는 기준이었던 셈이다. 10여년 전부터는 그 자리에 영화의 목록이 더해졌지만 내게는 어느 지점에서 그 둘은 하나다. 그리고 이런 나의 태도는 문학판 언저리에서 생활해오면서 관성처럼 굳어진 측면도 있을 것이다. 물론 지금 세상은 많이 바뀌었고(내가 자랄 때도 얼마간 그랬지만, 지금은 더더욱 문학은 세상의 중심에서 멀찍이 밀려나 있다), 나의 딸과 아들은 또 그들의 방식으로 무언가에 기대고, 그들만의 지도를 찾아가며 살아갈 테다.

한국문학의 제도적 현실, 행로를 두고 쓴소리가 쏟아져나오고 있다. 누구든 말할 수 있는 사안이고 다 경청해야 할 말들일 테지만, 한마디만 하고 싶다. 지금, 누가, 왜 문학을 필요로 하는가. 문학은 왜 있어야 하는가. 지금 문학은 무엇이고, 무엇이 되어야 하는가. 다만 이미 답을 가진 채 묻지 않아야 하리라. 의미있는 비판의 가능성은 적어도 이 질문들을 경유할 때만 열린다고 나는 생각한다.

○ 2015

●

소 설 읽 는

시 간

필립 로스는 한 인터뷰에서 자신의 소설은 그저 독자들에게 '읽을거리'를 제공할 뿐이라고 답하며 자기 소설의 사회적 영향력을 냉소에 부친다. 그러나 질문이 거듭되자 그는 결국 오랫동안 여투어두었을 진심의 일단을 내비친다. 자신은 독자를 '다른 작가들이 하지 못하는 방식으로' 소설 속에 푹 빠지게 한 뒤(사실 이건 얼마나 어려운 일인가), 독자를 소설 읽기 전의 세상으로 다시 돌려보내고 싶다는 것이다. 그런데 독자인 우리가 잠시 그의 소설 속에 머문 뒤 다시 돌아가는 '읽기 전의 세상'은 어떤 곳인가.

그들(독자들―인용자) 외의 모든 사람들이 그들을 바꾸고 설득하고 유혹하고 조절하려고 애쓰는 그런 세상으로 다시 돌려보내는 겁니다.

최고의 독자는 이런 소란으로부터 자유로워지기 위해, 소설이 아닌 다른 모든 것에 의해 결정되고 둘러싸인 의식을 풀어주기 위해 소설의 세계로 오는 사람들입니다.

　　——『작가란 무엇인가1 —— 소설가들의 소설가를 인터뷰하다』(권승혁·김진아 옮김, 다른 2014)

　필립 로스는 세상을 가혹한 전쟁터로 그려온 작가다. 그의 소설에는 어떤 형태로든 악전고투하는 인물들의 크고 작은 전투가 그친 적이 없었던 것 같다. 그가 그린 세상은 얼마나 완강하고 제멋대로였던가. 겨우 중심을 잡고 살아가는 인물들도 인생의 잔혹한 우연이나 고약한 덫 앞에서는 속수무책이었다. 물론 그가 소설에서 가차없이 묘사해낸 세상은 미국 뉴어크의 폴란드계 유대인 이민자 가정에서 태어나 보고 느끼고 겪고 살아온 세계의 투영이고 반영일 것이다. 여기서 위의 인터뷰에 나온 작가의 말을 곧이곧대로 받아들인다면 그 실제 세계는 사람들을 그냥 내버려두는 곳이 아니다. 그리고 거기에 소설이 개입할 자리는 거의 없다. 필립 로스의 한 소설에서 딸은 묘지에 흙을 뿌리며, 죽은 아버지가 좌우명처럼 품고 있던 말을 아버지에게 다시 돌려드린다. "현실을 다시 만들 수는 없어요. 그냥 오는 대로 받아들이세요. 버티고 서서 오는 대로 받아들이세요."(『에브리맨』, 정영목 옮김, 문학동네 2009) 이상하게도 나는 이게 작가인 필립 로스의 진짜 목소리 같다.

필립 로스의 인터뷰는 그가 자신의 소설에서 독자에게 내보인 강렬한 설득과 유혹, 조절의 노력이 실제 세상의 그것들에 맞서 있다는 사실을 아이러니한 방식으로 환기한다. 그는 독자를 자신이 만든 세계에 단 몇시간 제대로 붙잡아두기 위해 그렇게 한다(물론 여기에 성공할 때 그에게 주어지는 보상이 적은 것은 아니다). 그는 지금 '소설이 아닌 다른 모든 것에 의해 결정되고 둘러싸인' 세상을 상대로 내기를 벌이고 있다. 번역으로나마 그의 소설을 몇편 읽은 독자로서 말한다면 그의 내기는 성공적인 것 같다. 만일 그의 목표가 인터뷰의 문면 그대로라면 말이다.

그런데 조금 이상하다. 소설 속에는 대개 실제 세상보다 더한 소란이 있지 않은가. 죽음은 너무도 가깝게 묘사되고, 인간들 사이의 모욕과 갈등은 바닥까지 드러난다. 외면하고픈 비참과 고통이 낱낱이 표현되기도 한다. 물론 그것들은 지금 내가 겪고 있는 직접적 '현실'은 아니다. 그것은 이른바 소설이라는 허구 속 이야기들이다. 그렇긴 해도 거기 '푹 빠져 있는' 동안 우리의 상상적 체험은 실제에 방불하거나 실제를 넘어서기도 한다. 우리는 적어도 세상의 소란을 잊기 위해서만 소설 속으로 들어가지는 않는 셈이다. 좋은 소설은 거의 반드시, 그 또다른 소란 속에서 현실에 대해서든 인간에 대해서든 무언가를 돌려준다. 여기에는 분명 필립 로스가 말하지 않은 측면이 있다.

소설과 관련된 원론적인 이야기를 하려는 게 아니다. 주로는 이런

저런 과제 때문에, 가끔은 그냥 좋아서 소설을 읽는다. 어떤 소설은 푹 빠져서 읽고 어떤 소설은 큰 감흥 없이 페이지를 넘긴다. 필립 로스 식 내기로 말한다면, 작가가 이길 때도 있고 작가가 질 때도 있다. 어느 쪽이든 그 시간이 지나면 나는 나의 일상으로 돌아온다. 아무리 대단한 소설을 읽었더라도 내 앞의 현실을 다시 만들 수는 없다. 그 현실은 대개 소설과는 무관한 자리에서 결정되어 나에게 이미 와 있다. 금과옥조가 있다면 정말, "그냥 오는 대로 받아들이세요. 버티고 서서 오는 대로 받아들이세요."일지도 모른다. 근사한 소설들은 외려 현실과의 낙차를 더 크게 만들며 나를 쓰라리게 하기도 한다. 좋은 소설이 주는 깊은 위안과 고양된 감흥, 정서적 인식적 충격도 그다지 오래가지 않는다는 것을 알 만큼은 알게도 되었다. 그러나 동시에 또 조금 알게 된 것도 있다. 작가들 역시도 그들의 내기 안에서 불안해하고 자주 좌절한다는 것을. 생각해보면 그들이야말로 늘 빈손으로 다시 출발선에 서는 것이 아닐까. 그래서일지도 모르겠다. 최근 한국문학을 둘러싼 비장하고 날선, 때로는 누군가를 짓밟고 모욕하는 논의들이 오가는 것을 보면서 그이들에게 물어보고 싶기도 했다. 당신에게 문학은, 소설은 무엇입니까. 당신에게 그것은 왜 그렇게 중요합니까.

내가 읽기에 필립 로스의 답변은 소설과 현실의 관계에 대한 냉정하고 실용적인 인식만큼이나 현실을 향한 소설의 열망을 포함하고 있는 것 같다. 현실의 저 완강함과 제멋대로에 대해 말할 때, 그는 그것들을 부서뜨릴 힘에 대해 생각하고 있었을 테다. 적어도, 버티는 힘에 대해서라도. 무능의 수긍이 전투의 포기는 아닐 것이다.

○ 2 0 1 5

●

쇠 스 랑 으 로   다 시
발 등 을   찍 는   시 간

신 경 숙 씨 를 생 각 하 며

내 경우 문학이 현실의 일부, 그것도 아주 작은 일부라는 것을 알아차리는 데 꽤 시간이 걸린 셈이다. 그렇다는 것은 오랫동안 내게 문학은 삶과 현실에 맞먹는 어떤 영역으로 남아 있었다는 이야기가 될 테다. 그 맞먹음이 현실을 대체할 수 있다고 믿지는 않았지만, 잠재적 가능태의 자리에서 현실을 그려내고 성찰하는 문학의 역능은 곧잘 나 개인의 빈약한 현실을 가려주는 듯했고, 그런 가운데 그 능력은 실제의 내 것인 양 혼동되기도 했다.

밤을 새워 소설을 읽고 부윰한 새벽을 맞으면 세상을 알아버린 듯한 착각에 빠지곤 했다. 부박하고 속된 세상에서 거듭 패배하는 주인공, 자신의 존재와 혼을 입증하기 위해 좌절이 예비된 길을 떠나는 인물들에 감응하면서 나는 내가 그 속된 세상의 가치와 힘을 얼마나 갈망하고 있는지 나 자신을 속일 수도 있었다. 그래, 내 내면에서 들려오는 목소리를 들을 수 있다면, 그리고 그것을 표현할 수 있다면…… 80년대에 대학에 들어와 백낙청을 읽고, 김현을 읽고, 김윤식을 읽으면서도 내게 문학은 여전히 그렇게 지체 상태였던 듯하다. 무엇보다 내게 문학은 인정투쟁의 희미한 형식으로 남아 있었는데, 그 사실을 받아들일 능력과 여유가 내게는 없었는지도 모르겠다.

신경숙 씨는 나와 동년배다. 꽤 일찍부터 신경숙 씨의 작품을 읽기 시작했는데, 나는 대번에 그이가 어떤 사람인지 알 수 있었다.

내가 살아보려 했으나 마음 붙이지 못한 헤어짐들, 슬픔들, 아름다움들, 사라져버린 것들, 과학적인 접근으로는 닿지 못할 논리 밖의 세계들, 말해질 수 없는 것들. 그런 것들. 이미 삶이 찌그러져버렸거나, 아무도 알아주지 않는 익명의 존재들에게 생기를 불어넣어주고 싶은 욕망, 도처에 어른거리는 죽음의 그림자나, 시간 앞에 무력하기만 한 사랑, 불가능한 것에 대한 매달림, 여기 없는 것에 대한 그리움…… 이 말해질 수 없는 것들을 내 글쓰기로 재현해내고 싶은 꿈. 이미 사라지고 없는 것들을 불러와 유연하게 본질에 닿게 하고 자연의 냄새에 잠기게 하고 싶은 꿈. 그렇게 해서 이 순간을 영원히 가둬놓고 싶은 실현 불가능한 꿈.
— 신경숙 산문집 『아름다운 그늘』(문학동네 1995)

이런 불가능한 것들을 도대체 어떻게 소설에 담아내겠다는 말인가. 적어도 소설은 이런 것이 아니다. 이 무렵이면 나도 얼마만큼 소설의 산문적 질서가 문학의 역사 안에서 스스로에게 부여해온 제약들을 이해해가고 있었지 싶은데, 신경숙 씨의 소설은 거의 어떤 매개도 없이 자신의 영혼과 세계를 대면시키는 '순수'의 열망에 멈추어 있었다. 신경숙 씨의 문학에서 유일한 구체는 '자기'다. 다만 그 '자기'는 마당에서는 햇병아리가 종종걸음 치고, 헛간에서는 숨어 『인어공주』를 읽는 고향집이라는 현실을 가지고 있다. 열여섯의 신경숙은 헛간에서 쇠스랑으로 발을 찍고 서울 구로공단으로 왔다. 공단에서 일을 하고, 밤이면 영등포여고 산업체특별학급에 다녔다. 글을 쓰기 위해, 자신의 존재를 입증하고 인정받기 위해.

그리고 거기에 '외딴 방'이 있었다. 많은 비평가들이 지적했듯이 신경숙의 문학은 그 고향집과 외딴 방의 반경 안에서 생성되고 끊임없이 변주되었다. 그런데 그 세계 속에 '타자'는 희미했다. 『외딴방』(문학동네 1995)의 희재 언니가 어떻게 타자일 수 있겠는가. '말해질 수 없는 것들'은 끝끝내 자기 자신이어야 했다. 그러나 동시에 신경숙 문학은 거의 생리적이라 할 정도로 인륜성과 친밀성의 자장에 감싸여 있었다. 그것은 이윽고 부서져갈 공동체의 마지막 기억처럼, 신경숙의 언어를 따뜻하게 밝히고 있었다. 신경숙 문학의 완강한 자기애는 여기서 타자로, 세상의 현실로 흘러들어갈 수로를 열었다. 그것이 바로 90년대에 도착한 이른바 신경숙의 '내면성'이었다. 어느 면 퇴영적일 수 있는 것. 그러나 더없이 순수한 것.

90년대 비평이 이 내면성에 호응했다면 그것은 두가지 역사성 때문에 그러했다. 하나는 변혁을 향한 집단적 열망이 들끓었던 80년대라는 시간. 신경숙은 그 불의 연대였던 80년대 중반에 등단했지만, 그녀에 대한 비평적 호명과 대중적 호응이 시작된 것은 90년대 들어서였다. 80년대가 억압했던(혹은 억압했다고 가정되는) 가장 순수한 형태의 내면성이 신경숙 문학에 있었다고 나는 생각한다. 또다른 하나는 김윤식이 지적했던 이른바 '구로공단 체험세대'의 역사성(영화 「위로공단」을 생각해보자). 결국 그이들이 신경숙의 독자였다. 나도 그러했다면 혹 실례일까. 신경숙 문학의 문제성은 구로공단 체험세대의 역사성을 사라져가는 농경사회의 상상력으로 감싸려는 데 있었는데, 이는 신경숙 문학이 폭넓은 대중의 호응을 얻은 근거이자 한계이기도 한 것이었다. 문단 내부 '침묵의 카르텔'이나 '신경숙 신화화'를 주장하는 사람들에게는 잘 보이지 않았을지도 모르나 90년대 비평은 이런 맥락을 충분히 언급했다고 생각한다.

그리고 결국 신경숙은 자신의 잊힌 단편소설 「외딴 방」을 다시 꺼내들고 장편소설 『외딴방』을 완성함으로써 세상에 응답했다. 이 소설은 70년대 구로공단의 이야기이기도 하지만 글쓰기의 욕망에 관한 이야기이기도 하다. 신경숙의 문학은 소설 이전에 글쓰기다. 자기 내면의 목소리를 찾아가고, 거기에 표현을 주려는 한없는 욕망의 세계. 그 간절한 욕망이 시대와 역사의 중심과 만난 것은 단지 우연이었을까. 80년대에 제대로 도착하지 못했던 구로공단의 이야기가 90년대에 신경숙을 통해 도착한 것은 역사의 간지인지도 모른다.

신경숙은 『외딴방』의 서두에서 묻는다. "이 글은 사실도 픽션도 아닌 그 중간쯤의 글이 될 것 같은 예감이다. 하지만 그걸 문학이라고 할 수 있을 것인지. 글쓰기를 생각해본다, 내게 글쓰기란 무엇인가? 하고." 이 절실한 질문을 끝까지 철저하게 밀어붙임으로써 신경숙은 자신의 외딴 방을 세상의 그것으로 만들었다. 『외딴방』의 세계는 진실된 우리의 일부였다.

그런데 신경숙 문학은 여기서 더 나아갔는가. 『엄마를 부탁해』(창비 2008)나 『어디선가 나를 찾는 전화벨이 울리고』(문학동네 2010)를 보면 여전히 고향집 마당과 외딴 방은 신경숙 문학을 놓아주고 있지 않은 듯하다. 90년대 중반에 제출된 김윤식의 비평은 인상적이다.

남은 문제는 무엇인가. '구로공단 의식'의 소멸 혹은 쇠퇴 현상에 신경숙의 글쓰기의 운명이 걸려 있다고 볼 수 없겠는가. 이 경우 운명이란 세속적으로 말해 인기도일 수도 있다. 이를 뛰어넘는 방식도 있는 것일까. 이 물음은 그 누구도 쉽사리 용훼할 수 없다. 제2의 쇠스랑 사건이 준비될 수도 있겠기에 그것은 그러하다. 독한 작가, '순수한' 작가 신경숙도, 그를 아끼는 독자층도 공동의 운명 속에 놓여 있다는 것은 이런 문맥에서다.

　　—「농경사회의 상상력과 구로공단 상상력」(『농경사회 상상력과 유랑민의 상상력』, 문학동네 1999)

　나도 그 공동의 운명 속에 놓여 있는 독자여서일까. 나는 최근의 사태가 아팠다. 신경숙 씨는 부주의했다. 이 사실을 부정할 사람은 없다. 신경숙 씨 자신 이를 인정하고 사과했다. "「전설」을 읽고 또 읽으면서 쇠스랑이 있으면 내 발등을 찍고 싶은 심정이었어요."(경향신문 2015. 6. 23.) 이 이상의 처절하고 아픈 사과가 어디 있으랴. 문학의 법정과 세상의 법정이 따로 있다고 나는 믿지 않는다. 그런데 세상의 법정에서도 하지 않는 단죄와 매도가 문학의 이름으로 아무렇지도 않게 벌어졌다. 타인의 마음에 전짓불을 들이댈 권리는 누구에게도 없다.

　이제 정말 신경숙 씨에게 두번째 쇠스랑의 시간이 왔는지도 모르겠다. 스스로 다시 자신의 발등을 찍는 시간. 그리고 당신이 그토록 갈망했던 그 간절한 글쓰기로 다시 나아가는 시간. 어떤 이에게는 문학이, 글쓰기가 현실의 전부일 수도 있다. 그리고 그런 시간, 그런 이들을 기다리는 사람도 있는 것이다. 내게도 한때는 문학이 그러했지 싶다.

◯ 2015

●

2016년 새 해
신 춘 문 예   단 상

문 학 이 란 *何오?*

신춘(新春)은 '새봄'을 뜻하지만, 흔히는 새해, 신년의 시작이라는 의미
로 쓰인다. 1월이면 겨울의 한가운데인데도 그렇게 부르는 것은 조금
이라도 봄을 당겨 밝고 따뜻하게 새해를 맞고 싶은 소망 때문인지 모
른다. 한자의 형상도 그렇지만 음성자질 쪽에서도 신춘이란 말은 화사
한 느낌을 준다. 예전, 정초의 신문이나 잡지에서 '신춘정담' 같은 꼭
지는 빠지지 않았다. 지금은 왠지 구식투가 된 듯하다. 그러나 '신춘문
예'만은 여전히 '신춘'의 화사한 위세를 잃지 않고 오늘까지도 하나의
고유명으로 당당하다. 어디에도 없는 유일한 제도라는데 일제강점기
였던 1925년 동아일보가 신년 지면에 공고를 내고 그해 3월 당선자를
발표한 것이 처음이란다. 자료를 보니 시를 '신시(新詩) 부문'이라고 한
것이 눈에 띈다. 그만큼 아직은 시조 등 전통적 시가의 자리가 뚜렷했

다는 뜻이리라.

그리고 보면 춘원이 「문학이란 何오」(1916)를 발표하여 전통적인 '문 (文)'의 개념과는 다른 근대의 역어(譯語)로서 '문학'에 대한 새로운 관념과 이해의 방식을 전하려 한 것이 딱 백년 전인 셈이다(황종연 「문학이라는 역어」, 『탕아를 위한 비평』, 문학동네 2012 참조). 황종연은 일본에서 '문학'의 근대적 용법이 자리 잡는 과정에 담론적 번안을 포함하는 통(通)언어적 실천의 역사 말고도 메이지 정부의 구화주의(歐化主義)에 따른 제국대학 문학부의 개편(영·독·불 외국문학과의 신설)이 제도적 계기로 중요하게 작용했다는 점을 지적한 바 있다. 한국의 경우는 식민지라는 특수성 때문에 이러한 과정이 좀더 복잡하고 착잡한 층위에서 진행될 수밖에 없었을 테지만, '신춘문예'라는 특별한 등단제도가 '문학'의 근대적 용례를 좀더 빨리, 그리고 좀더 많은 이들에게 숙지시켰을 가능성은 높았지 싶다. 그 과정을 찬찬히 톺아볼 계제는 아니지만, 어쨌든 "사실상 금일의 문학은 초연히 종교 윤리의 속박 이외에 입(立)하여 인생의 사상과 감정과 생활을 극히 자유롭게, 여실하게 발표하고 묘사하나니"(「문학이란 何오」)라고 했던 춘원의 새로운 문학론은 (이 자체는 당연히 많은 편견과 한계를 담고 있으나) 이제는 얼마큼 자명해진 자리에서 백년 전 이 땅에 던져진 '문학'에 대한 새로운 물음을 어떤 감개 속에서 돌아보게 만든다.

한때는 1월 1일자 신문을 구하느라 문을 연 가판대를 찾아 이리저리 돌아다니기도 했다. 평소에는 거의 읽지 않는 희곡이며 동시서껀 신춘문예 당선작을 하나하나 당선소감까지 챙겨 읽던 기억이 새롭다. 이즈음은 인터넷 써핑이면 간단히 해결되는데도 오히려 건너뛸 때가 많다. 올해는 작심하고 찾아 읽었다. 신년 연휴 며칠이 조금은 알차진 느낌이다.

왜 없겠는가. 공원 벤치에 우두커니 앉아 막막한 오후를 보내본 기억들이. 그렇더라도 대뜸 "물음으로 짜인 나무 그늘에 앉아 있어/긴 오후가 지나가도록"(노국희 「위험 수목」, 한국일보 신춘문예 시 당선작)으로 시작하는 시를 마주하게 되면 단어의 낯선 배치와 조합이 시의 기예일 수만은 없겠다는 생각이 새삼 가슴을 친다. 이제 아무렇게나 버스를 잡아 타고 내린 낯선 동네의 공원 한자락에서도 저 '물음으로 짜인' 나무 그늘을 생각해보게 되지 않을까. 그러면 조금 더 견딜 만해질 것도 같다. 아마도 붙잡고 앉아서 바닥까지 내려가본 것이리라. 그러니 시의 화자는 끝내 그 나무 그늘 아래에서 본다. "울어본 기억만 있고/소리를 잃은 말들이//그림자 속에서 가지를 뻗는다"(마지막 대목). '울다니, 왜?'라는 지점에서도 이 시인은 시라는 언어의 형식이 우리 곁에 있어야 할 이유를 설득해낸다. 중간의 짧은 다섯 연은 이 시의 화자가 지나온 시간을 압축적으로 환기해주는데, 기실 이것은 '압축'일 수 없다. 그렇게밖에 표현될 수 없는 것, 혹은 "목이 없는 생선이 마지막에 삼킨" "소리를 잃은 말"의 비유 불가능한 실재이리라.

당신의 삶을 훔치는 것으로
도벽을 완성하고 싶었어

알록달록 실패들을 엮어 만든 바구니를 들고
저기서 당신이 걸어온다

마른 생선 하나를 내어주고는
가던 길을 간다

비릿한 기억이 손안에서 파닥거린다
목이 없는 생선이 마지막에 삼킨
말들이 마른 비늘로
바스러진다

낡은 허물 위로 매미 소리가 내려온다
　　──같은 시

　　이 시에도 지난여름을 잠시 지배한 매미 소리가 나오지만, "분명 어
제와는 다른 날이었다. 개가 짖듯 매미가 울었다"로 문을 여는 같은 신

문의 소설 당선작(조선수 「제레나폴리스」)에서도 매미는 운다. 세상의 끝, 남미 최남단 우수아이아(Ushuaia)는 "점령할 수 없는 나라의 국경, 우수아이아, 숲길"(조상호 「입과 뿌리에 대한 식물학」, 동아일보 신춘문예 시 당선작)의 이미지로 등장하는가 하면, 인류의 먼 미래 '무익한 성소수자들'의 서식지가 되기도 한다(원재운 「상식의 속도」, 조선일보 신춘문예 소설 당선작). 최정나의 단편 「전에도 봐놓고 그래」(문화일보 신춘문예 소설 당선작)는 늙은 시모의 발목에서 불거진 혈관이 종아리를 휘감고 올라가서는 바닥까지 번져가는 모습을 개고기를 요리하는 마당의 담쟁이 넝쿨이나 창고로 변한 방의 벽면을 타고 퍼져가는 벽의 실금과 겹쳐내며 섬뜩하게 메말라가는 우리네 삶의 정경을 '여실하게 묘사'해내는데, 김갑용의 단편 「슬픈 온대」(세계일보 신춘문예 소설 당선작)에도 가난한 원룸의 다닥다닥 붙은 옆집 벽에도 "실금이 담쟁이덩굴 뿌리처럼 뻗어 내려가더니 가장 위쪽 벽돌부터 두조각 나기 시작했다."라는 묘사가 나온다. '슬픈 열대'가 아니고 '슬픈 온대'라니! 학습지 물류센터 비정규직 노동자들의 세상에서 벌어지는 이 이상하고 서글픈 '먹고살기식 연애', 혹은 살과 살의 섞임을 무어라 불러야 하나. 작품의 마지막, 서류봉투에 담긴 한뭉치 소설로 도착한 자신의 이야기를 두고 화자는 되묻는다. "그게 나야? 내가 그렇단 말이야?" 하긴 우리 역시 좋은 소설, 좋은 문학에서 그러지 않았으면 드러나지 않았을 우리 자신을 발견하고 더러 놀라지 않았던가. 그러긴 해도 이 소설의 화자가 되묻게 되는 낙

차는 많이 아프다.

　오랜만에 읽은 희곡 「세탁실」(황승욱, 조선일보 신춘문예 희곡 당선작)은 일과성으로 혹은 선정적 폭로의 이야기로 소비되기 일쑤인 군대폭력의 실상을 간결하고 압축적인 상황 설정 안에서 참으로 실감나게, 그리고 복합적인 울림 속에서 전해준다. 반드시 입으로 뱉어져나와 그 현장의 공기 안에서 울릴 때만 존재하는 '말하는 언어'의 자리는 이렇게 다시 발견되고 창안된다. 그밖에도 먼 미래의 시간을 타고 이제는 얼마간 익숙해진 과학소설의 상상력을 원용하는 가운데 인간에 대한 물음을 새로운 소설언어의 질서 안에 배치하고 재구축하려는 도전적인 작품(「상식의 속도」)을 포함해서 2015년을 지나온 이들이라면 그 뜨겁고 아픈 시간의 흔적을 감지할 수 있는 절실한 질문과 다양한 상상력의 언어들이 올해 신춘문예의 지면을 채우고 있다. 하루 열여섯시간의 노동 이후에도 보너스 프레임을 꿈꾸며 내기 볼링에 인생의 '스페어'를 걸었던 한 젊은이의 죽음(김현경 「핀 캐리(pin carry)」, 서울신문 신춘문예 소설 당선작)이나, 고공농성을 앞두고 떠나는 마지막 가족여행 이야기는 아마도 오래 잊히지 않을 것 같다(이수경 「자연사박물관」, 동아일보 신춘문예 소설 당선작). 그리고 여기 언급하지 못한 작품들 역시 제각각의 개성으로 빛나는 축제의 주인공들임은 말해 무엇하랴.

　생각해보면 신춘문예 작품들은 무엇보다도 그 당해연도의 시간(정확히는 그 전해의 시간)과 함께 있다. 이것이야말로 신춘문예의 가장 값진 존재 이유인지도 모른다. 연전에 노벨문학상을 수상한 빠뜨릭 모디아노는 수상 연설문에서 예이츠의 시를 인용하며 자기 시대에 바싹 매일 수밖에 없는 문학의 운명을 이야기한 바 있다. "백조는 19세기의 시에도 곧잘 등장합니다. 보들레르나 말라르메에서 볼 수 있듯 말이지요. 하지만 예이츠의 이 시는 19세기에는 쓰일 수 없었을 것입니다. 이 시가 품은 저만의 리듬과 우수는 20세기에, 특히는 시가 쓰인 바로 그해에 속한 것입니다."(「거대한 망각의 백지 앞에서」, 『문학동네』 2015년 봄호) 이 구속은 아마도 문학의 얼마 안되는 영예일 것이다. 다시 한번 뜨겁게 문학이 무엇인지 물어준 2016년 새해 신춘문예 당선자들에게 감사의 마음을 전한다. 축하의 인사와 함께.

○ 2016

●

나 는 모 르 고
있 었 다

며칠 전 송경동의 시집 『나는 한국인이 아니다』(창비 2016)를 읽었다. 얼마간 부끄러움을 각오하고 시집을 펼쳤지만, 짐작 이상이었다. 무엇보다 아팠던 것은 나 자신이 바로 그 '짐작'으로 현재의 '노동현실'이나 생존을 건 투쟁의 자리에서 일어나는 구체적 고통, 분노, 고뇌를 내가 감당할 만한 자리에서 편하게 타자화해왔구나, 하는 새삼스러운 사실의 확인이었다.

생각해보면 해고노동자들의 연이은 죽음이나 고공농성의 처절한 상황들을 연신 접하면서도 마음 한편의 무력감은 쉽게 그 사안들로부터 물러설 알리바이로 기능했지 싶다. 그러니까 '나도 그렇다는 것은 알고 있다. 분노하기도 한다. 그러나……' 하고 매번 멈추었고, 이것은 더이상의 생각과 관심을 주저앉히기에 맞춤한 타성이 되어갔던 것 같다.

내 속에서 어설프게 정형화되고 틀을 입은 채 남아 있던 '80년대', 혹은 80년대 '노동문학'의 기억이 또 하나의 회피 수단으로 편리하게 사용(私用)되고 있었을 가능성도 없지는 않았겠다. 가장 큰 문제는 그러는 가운데 몸은 뒤로 물리고 제대로 된 관심은 기울이지 않으면서도 그이들의 절박한 싸움에 대해 나도 어느 만큼은 알고 있다는 착각을 키워왔다는 것일 테다.

송경동의 시는 그렇게 안다고 믿으며 둘러친 게으르고 비겁한 자기 방어, 자기기만의 울타리를 쓱 밀고 들어왔다. 울타리는 무너지는 줄도 모르게 허물어져 있었다. 무엇보다 생생해서였을 것이다. 노동의 기억이든, 일하고 싸우다 사라진 빈자리에 대한 애끓는 추모든, 노동자를 사지로 내모는 국가권력과 자본에 대한 분노든, 흔들리는 자신에 대한 회의와 성찰이든, 몸과 함께하는 어떤 결의든 송경동의 시에는 그만큼의 땀내, 눈물, 시간이 그렁그렁하다. 그러나 넘치지 않고 발화의 자리를 자신의 안쪽으로 끌어당기면서 생생하다. 너른 등판으로 꿋꿋이 잘 버텨왔을 것 같건만, 한날한시 여섯통의 소환장을 받을 정도로 지치지 않고 싸워온 것 같건만, 묵비권이라면 이제 웬만큼 이력이 날 만도 한 것 같건만, 밤바다 파도의 밤샘 취조 앞에서는 맥없이 무너진다.

아직도 정신을 못 차렸다고
얼굴을 냅다 후려치는 파도

내가 무엇을 잘못했느냐고
자갈처럼 구르며 울고만 싶다

이십여년 노동운동 한다고 쫓아다니다
무슨 꿈도 없이 찾아간 바닷가
파도의 밤샘 취조
　　―「바다 취조실」 부분

　그렇다면 그 파도가 어르고 달래며 따져 물은 취조 내용은 무엇이었나. "밤에도 일하는 사람들이 있다고" "이 밤에도 도는 라인이 있다고" "이 밤에도 끌려가는 사람들이 있다고". 시인은 뭐라고 대답했나. "나는 모르는 일이라고 말한다" "나는 이제 모른다 모른다고 한다" "나는 이제 모두 잊고만 싶다고 한다".
　이 파도의 밤샘 취조는 정말 이상하다. 읽고 또 읽어도 이상하다. "내가 무엇을 잘못했느냐고/자갈처럼 구르며 울고만 싶다". 나는 여기서 한참을 멈춘다. 고백해야겠다. 밤에도 일하는 사람들이 있는지, 이 밤에도 도는 라인이 있는지, 이 밤에도 끌려가는 사람들이 있는지 정말 몰랐다고, 말이다. 그렇다면 "자갈처럼 구르며" 우는 일은 전혀 내 몫이 아닐 테다.
　경찰서 소환이 일상이 된 시인이어서일까. 「교조」라는 시는 흡사 경찰서 조사실의 풍경을 연상시킨다. "나는 이제 당신에게/내가 느낀 그 어떤 것도/솔직하게 말하고 싶지 않아요" 하고 시작되는 시는 이렇게 끝난다. "당신은 하나의 틀만 가지고 있는데/내 열망과 상처는 수천만 갈래여서/이제 당신에게 다가갈 수 없군요".

언제부터였을까. 광화문 광장이나 청계천 광장에서 농성 중인 해고 노동자들을 지나치며 그저 그러려니 무감해진 게. 트위터에 연신 올라오는 고공농성자들의 간절한 통신을 이상한 불편함으로 건너뛰기도 한 게. '내' 열망과 상처는 여러갈래일 테지만, 저 '노동과 투쟁'의 이야기는 어쩌면 하나의 틀, '교조'일지도 모르겠다고 내 멋대로 단정하기 시작한 게. 이런저런 근사한 말과 글로 울타리를 만들기 시작한 게.

캄보디아 한국 공장에서 현지 노동자들의 시위를 유혈로 진압한 충격적인 사태를 접하고 송경동 시인은 묻기 시작한다.

한국의 수출자유무역공단에서

이십여년 노동운동 주변을 기웃거리며 살아온

나는 도대체 누구일까?

사양산업이 도산해가는 것은 어쩔 수 없는 일 아니냐고

도산, 폐업, 해외 이전하는 봉제공장 전자공장 노동자들 곁에서

십수년 '빠이빠이' 눈물바람이나 하며 살아온

나는 도대체 누구일까?

─「나는 한국인이 아니다」 부분

　국가 단위를 넘어선 노동현실을 포함해서 당면한 노동운동의 고민들을 여러갈래로 엮어 넣으며 스스로의 정체성을 심문하고 있는 이 시에서 시인은 '-이다' '-아니다'의 긍정과 부정을 반복하며 가능한, 그리고 마땅한 술어를 찾아간다. 그것은 일견 분열처럼 보이지만 기실 연대의 이름들이다. "수없이 많은 이름이며/수없이 많은 무지이며 아픔이며 고통이며 절망이며/치욕이며 구경이며 기다림이며 월담이며". 오래 잊고 있었던 이 '분열'의 용법을 기억하고 싶다.

　시집의 마지막 5부에는 '추모시'들이 들어 있다. '쌍용자동차 해고노동자들의 죽음을 추모하며'라는 부제가 붙은 「너희는 참 좋겠구나」는 이렇게 시작된다.

　　너희는 좋겠구나
　　이젠 5·18 광주에서처럼
　　총으로 곤봉으로 대검으로
　　쏘아 죽이고 때려 죽이고 찔러 죽이지 않아도
　　저절로 죽어가니
　　─「너희는 참 좋겠구나」 부분

2011년 열다섯번째 희생자가 나왔을 때 썼던 시다. 2012년 스물두 번째 희생자가 나왔고, 어느새 희생자는 스물여덟으로 늘었다. 시 뒤에 붙은 시작(詩作) 노트는 이렇게 끝난다. "이 시는 몇번이고 죽음의 숫자를 고쳐 읽어야 했다." 매번 현장에서 터져나왔을 울음의 봇물이 보인다. 적어도 이 죽음의 숫자가 있는 한 우리는 발화해야 한다. "나는 한국인이다/아니 나는 한국인이 아니다".

○ 2016

●

다 시   읽 는

『 채 식 주 의 자 』

한 강 의   수 상 을   축 하 하 며

『채식주의자』(창비 2007)의 맨부커 인터내셔널상 수상과 함께 화제가 되고 있는 작품이 한강의 또다른 장편 『소년이 온다』(창비 2014)다. 10여개 국에 판권이 팔려 번역 작업이 진행 중이고, 영국, 네덜란드, 프랑스에서는 이미 번역판이 출간되었다고 한다. 올해 1월 영국에서 출판된 『소년이 온다』의 역자 역시 번역자로서 이번 상을 공동 수상한 데버러 스미스인데, 현지 독자들의 반응이 좋은 모양이다.

두 소설 모두 넓게 보면 공히 '폭력'의 테마를 다루고 있고, 한강 특유의 섬세한 문체와 복합적인 시선을 충분히 느낄 수 있는 작품이다. 그러나 『채식주의자』가 특정한 역사적 사회적 배경에 국한되지 않는 좀더 보편적인 이야기의 맥락을 구축하면서 폭력의 트라우마에 연루된 한 여성의 실존적인 고통을 부각한다면, 『소년이 온다』는 아직도 진행형인 '5월 광주'의 상처와 고통을 정면에서 다루며 분단국가 한국 민주주의의 굴곡진 역사를 생생하게 현재화한다는 점에서 두 작품 사이의 진폭은 크다고 할 수 있겠다. 한강의 작가적 역량이 그만큼 넓게 자리하고 있다는 의미가 될 텐데, 두 작품에 주목한 데버러 스미스의 안목에 놀라게도 된다.

흔히 한국문학의 해외 소개와 관련해서 세계문학의 무대에 수용될 수 있는 '한국문학의 보편성'을 이야기하는 경우가 많다. 그 논의에 암암리에 전제되어 있는 위계적 발상도 문제일 테지만, 어떤 특정한 경향이나 몇가지 특질로 환원될 수 없는 한국문학 속 개별 작품들의 고유한 문학적 성취나 새로움이야말로 최대치의 '보편성'일 수밖에 없다는 점을 한강의 사례는 새삼 확인해주고 있는 것 같다.

그런 면에서도 한강의 영예는 무엇보다 작가 개인의 영예여야 마땅하다. 작가에 따르면 연작소설 『채식주의자』는 1997년에 발표한 단편소설 「내 여자의 열매」(『내 여자의 열매』, 창비 2000)로부터 자라나왔다고 한다. "한 여자가 아파트 베란다에서 식물이 되고, 함께 살던 남자는 그녀를 화분에 심는 이야기였다. 언젠가 그 변주를 쓰고 싶다는 생각을 그때 했다."('작가의 말', 『채식주의자』) 이야기와 상상력의 숙성 과정을 거쳐 세편의 연작소설로 출간된 게 2007년이니 10년이 걸린 셈이다. 작품을 쓰는 동안에는 손가락 관절과 손목 통증으로 컴퓨터 자판을 두드릴 수 없는 상황이어서 손으로 글을 써 타이핑을 부탁하거나 볼펜을 거꾸로 잡고 자판을 눌렀다는 고백도 나온다.

『소년이 온다』의 에필로그에는 작가 자신이 거의 등신대(等身大)로 등장하기도 하는데, 1970년 광주에서 태어나 1980년 1월 서울 수유리로 온 소녀는 예전 자신의 광주 한옥집으로 이사 온 중학생 소년의 죽음에 대해 듣게 되고, 생각한다. "일가친척 중 누구도 다치거나 죽거나 끌려가지 않았다. 다만 그해 가을 나는 생각했다. 차가운 장판 바닥에 배를 대고 엎드려 숙제를 하던 방, 그 부엌머리 방을 그 중학생이 쓰지 않았을까. 내가 건너온 무더운 여름을 정말 그는 건너오지 못했나." 소녀는 이태 뒤 광주학살 사진집을 어른들 몰래 보게 된다. 그러니 이 소설은 그 소년을 찾아가는 30여년 긴 시간의 여정이기도 한 셈이다. 관련자료를 읽다 악몽에 쫓기면서도 디지털 계기판의 연도와 날짜를 시종 80년 5월의 그 날짜로 맞추어두었다는 대목에서는 한편의 소설을 쓰는 일의 지난함, 치열성과 엄숙함을 실감하게 된다.

문학상은 작품에 대한 공개적인 인정이기도 하거니와 적지 않은 경제적 보상도 따른다. 그러나 기본적으로는 일종의 축제마당 같은 것으로 좋은 문학작품을 향유하는 데 대한 한 사회의 감사와 존경, 격려의 마음이 담겨 있다고 보면 될 것이다. 일정한 문학적 수준에 대한 공감과 합의야 가능하다고 해도, 문학작품 낱낱의 우열을 매긴다는 것은 애당초 무망한 일이다. 문학상의 결정 과정이 불가피하게 경쟁의 형식을 띤다고 한들, 그 축제의 성격 안에서 이해할 일이겠다. 국제적인 문학상이라고 해서 수상자나 수상작품이 한 나라의 문학을 대표하는 것도 아니다. 국제적으로 권위를 인정받는 문학상의 수상자로 한강과 그의 작품이 호명된 것이 우리에게는 두루 기쁘고 축하할 일이고 한국문학의 경사인 것도 분명하지만, 소위 '한류'와 같은 발상을 경계해야 하는 이유이기도 하다.

보다는 서양문학의 압도적인 영향 아래 (그것도 주로 일본이라는 경유지를 통해) 출발할 수밖에 없었던 한국 근현대문학의 짧은 역사 안에서 한국의 문학인들이 힘들게 일구어온 성취들을 돌아보는 것도 좋겠다. 그간 한국문학번역원이나 대산문화재단 같은 곳에서 한국문학의 해외 소개를 위해 노력해온 시간도 물론 만만치 않다. 하버드대 한국학연구소에서 발행하는 연간 영문 문예지 『아젤리아(AZALEA)』는 벌써 통권 9호째다(한국 YBM의 국제교류진흥회에서 재정을 지원한다). 한강을 포함해서 한국문학에는 좋은 작가, 좋은 작품들이 많다. 이번 수상이 한국문학에서 멀어진 독자들이 작가와 작품을 다시 찾고, 다시 읽는 계기가 되길 바랄 뿐이다.

『채식주의자』를 다시 읽으면서 전에는 잘 잡히지 않던 지점에 눈길이 갔다. 육식을 거부하고 나무가 되기를 꿈꾸다 죽음에 이르는 주인공 영혜는 정작 세편 연작소설에서 한번도 화자로 등장하지 않는다. 그녀는 별 말도 없다. 남편, 비디오아티스트인 형부, 언니 인혜, 이 세 사람의 시선과 목소리를 통해 우리는 폭력의 악몽에 시달리는 영혜의 이야기를 보고 듣는다. 폭력에 대한 영혜의 거부와 저항은 자신의 몸을 향하고 있다는 점에서 일견 수동적으로 보이기도 한다. 그러나 영혜의 엉덩이에 있는 몽고반점이 형부에게 관능적 욕망을(예술적 욕망과 함께) 불러일으키듯 그녀는 결코 수동적이고 조용한 존재가 아니다. 엄밀히 말하면 세 명의 화자는 영혜의 낯선 욕망 앞에서 무너지고 패퇴한다. 화자의 순서는 정교하게 구축된 이 연작소설의 서사적 구조이기도 한데, 영혜의 악몽이 세 화자를 거쳐오는 동안 그들은 모두 자신의 자리에서 튕겨져나간다. 거식증으로 죽어가는 동생 영혜를 싣고 달려가는 구급차 안에서 인혜는 그제야 사태의 진상에 도달한 듯하다.

조용히, 그녀는 숨을 들이마신다. 활활 타오르는 도로변의 나무들을, 무수한 짐승들처럼 몸을 일으켜 일렁이는 초록빛의 불꽃들을 쏘아본다. 대답을 기다리듯, 아니, 무언가에 항의하듯 그녀의 눈길은 어둡고 끈질기다.

이 마지막 연작의 제목은 '나무 불꽃'이다. 생각해보면 폭력성에 대한 질문은 이 소설에서 겹으로 접혀 있다. '식물성' 혹은 '나무-되기'는 대안적 대답의 자리에만 있는 것은 아니다. 그랬다면 그건 너무 손쉬운 구도였을 것이다. 물론 이건 나의 어설픈 읽기일 뿐이다. 좋은 문학작품은 매번 독자에게 대화의 공간을 열어놓는다. 한국문학에 담긴 문학적 표현의 가능성들, 상상과 성찰의 깊이가 더 많은 이들에게 열리고 체험되기를 바란다. 한강의 수상을 진심으로 축하한다.

○ 2 0 1 6

역 사 의 짐

거 제 도 포 로 수 용 소 와

한 국 문 학

거제도 포로수용소는 한국전쟁 기간에 북한군과 중공군 포로들을 집단 수용하기 위해 유엔군 관할하에 설치된 것으로, 1950년 11월에 공사가 시작되어 1951년 2월 말에는 5만명의 포로를 수용했고, 같은 해 6월까지 17만명이 넘는 포로가 수용되었다. 친공포로와 반공포로 사이의 대립과 갈등, 폭동과 유혈극은 거제도 포로수용소 하면 쉽게 떠오르는 연상이다. 북한군 의용대를 탈출한 김수영 시인이 수복 후의 서울에서 체포된 뒤 포로수용소에 2년 넘게 수용되었던 것도 웬만큼 알려진 사실이다.

최근에 발굴된 자료(김수영 「시인이 겪은 포로생활」, 『해군』 1953년 6월호; 「나는 이렇게 석방되었다」, 『희망』 1953년 8월호; 이영준 「전쟁과 시인의 진실」, 『세계의 문학』 2009년 겨울호; 박태일 「김수영과 부산 거제리 포로수용소」, 『근대서지』 2010년

제2호)에 따르면, 김수영의 경우 미군에 의해 '민간 억류자'(civilian internee, 남한 거주자가 북한군의 강압에 의해 의용군으로 끌려간 경우)로 분류되었으며, 수용소 생활도 대부분 부산 거제리(지금의 부산 거제동) 포로수용소(거제리 14 야전병원)에서 보낸 것으로 확인된다. 지금까지 알려져 있던 것과는 달리 거제도 포로수용소에는 잠시 이송되어 가 있었던 게 아닌가 추정된다.

그런데 포로생활에 대해 쓴 시인의 글을 보면 친공-반공포로 간 갈등이 격렬하기로는 부산 거제리 포로수용소도 못지않았던 것 같다. 그런 상황에서 앞날에 대한 막막한 불안과 함께 구금 상태에서 느낀 비참과 절망은 "한걸음이라도 좋으니 철망 밖에 나가보았으면" 같은 대목에서 절절히 드러나기도 한다. 그런 한편 미군 여성 장교에 대한 호감과 "임간호원이라는 30을 훨씬 넘긴 인테리 여성"에 대한 연정을 거침없이 토로해놓은 데에서는 그곳이 단순히 아수라의 현장만은 아니었음도 알게 된다. 물론 그런 마음조차 물러설 곳 없는 절박감의 표현이었을 수 있겠다. 정전협정 와중의 상병포로(傷兵捕虜) 교환을 보고 쓴 시「조국에 돌아오신 상병포로 동지들에게」(미발표작, 1953. 5. 5.)에서 '자유'의 이름으로 수용소의 혼돈을 고발하고, 다시 그 '자유'의 이름으로 수용소의 수난을 의미화하는 과정에서 '반공'이라는 표면의 이데올로기조차 무력하게 만들어버리는 힘은 아마도 김수영의 '자유'가 "포로수용소보다 더 어두운 곳이라 할지라도/자유가 살고 있는 영원한 길을 찾아"가려는 그 생생하고 절실한 시간에 뒷받침되고 있기 때문이리라.

소설가 김소진의 등단작 「쥐잡기」에는 거제도 포로수용소 출신의 무력한 아버지 이야기가 나온다. 생전의 아버지가 화자인 아들 민홍에게 들려준 이야기에 따르면, 부친은 수용소에서 길들이던 흰쥐 한마리 덕분에 우연히 수용소 폭동 때 목숨을 부지한다. 포로 석방 절차가 진행되면서 남북을 선택해야 하는 순간, 흰쥐는 부친이 남쪽에 남게 된 결정적 빌미를 제공해주기도 한다. 수용소 복도를 사이에 두고 남북을 오락가락하던 부친의 눈에 꼬랑지를 살랑살랑 흔들며 이남 쪽으로 걸음을 떼고 있던 흰쥐가 눈에 들어왔던 것이다. 전쟁 전에 결혼해서 북에 이미 처자까지 두고 있던 아버지였다.

> 내이가 왜 그랬겠니? 여기 한번 나와 있으니까니 못 가갔드란 말이야. 어딜 간들 하는 생각 때문에 도루 못 가갔드란 말이야. 기거이 바로 사람이야. 웬 쥐었냐고? 글쎄 모르지. 기러다보니 맹탕 헷것이 눈에 끼었는지두. 언젠가 돌아가갔지 하며 살다보니……
> ──「쥐잡기」(『열린 사회와 그 적들』, 문학동네 2002)

김수영의 '포로생활기'가 실린 지면이 휴전 직후의 『해군』지였던 데서도 얼마간 짐작할 수 있듯이, 그의 수기에는 '반공포로'로 스스로를 정체화하려는 과도한 강박 같은 게 어른거린다. 물론 그것은 시인 자신의 기질이자 신념이기도 했겠지만 이데올로기의 표지가 생존의 척도였던 시대의 불가피한 강박이기도 했을 것이다. 박정희 시대에 일층 강화되어 한국인의 삶과 의식을 양단하고 불구화한 그 좌우 냉전 이데올로기는 김소진의 소설에 뒤늦게나마 표현된 당연한 현실감각, 진실의 국면을 오랫동안 억압해왔다. 이데올로기가 '맹탕 헛것'일 수야 없겠지만, 분단현실의 장기적 악화는 마땅히 제거되어야 할 이데올로기의 허위를 얼마나 오래 분식(粉飾)해온 것일까. 이즈음에도 틈만 나면 창궐하는 붉은색 딱지 붙이기를 보노라면 그저 한숨만 나올 뿐인데, 사실 이런 허위는 알게 모르게 낡은 이분법적 도식 안에 현실을 가두는 또다른 쪽의 행태에도 얼마간 남아 있지 않은가.

최수철의 연작소설집 『포로들의 춤』(문학과지성사 2016)은 거제도 포로수용소를 담은 사진 한장에서 이야기가 시작된다(연작 중 가장 먼저 발표된 「거제, 포로들의 춤」이 그러한데, 나머지 두 연작 역시 인물과 상황의 변주는 있지만 첫 작품과 내적으로 긴밀히 연관되어 있다). 매그넘 포토스 소속의 사진가 베르너 비숍이 찍은 그 사진에는 '유엔 재교육 캠프에서의 스퀘어댄스, 거제도, 한국, 1952'라는 설명이 붙어 있다. 소설에 수록된 사진을 보면 엉성한 모양새의 모조 '자유의 여신상'을 배경으로 미군 군복을 입은 죄수들이 수용소 광장에서 둥글게 원을 그리며 춤을 추고 있다. 스퀘어댄스는 네쌍의 남녀가 서로 마주 서서 정사각형을 이루며 추는 미국의 대표적인 포크댄스다. 다들 섬뜩한 느낌의 가면을 쓰고 있는 것이 눈에 띈다. 어떤 이유에서든 이 사진 한장이 작가를 사로잡으면서 한국현대사의 어두운 시간을 향한 탐사가 개시된다.

이 연작소설집은 리얼리티의 포착을 가운데 둔 사진과 소설의 예술적 경합 혹은 질문으로 읽힐 여지를 포함하고 있고, 그런 한에서 리얼리티의 직접적 재현보다 리얼리티에 대한 방법적 회의를 이어온 최수철 문학의 연장선에 있다고 할 수도 있겠다. 그러나 전체적으로는 아물지 않은 현대사의 상처에 새롭게 주목하면서 '전쟁과 분단현실'에 대한 증언의 문학으로 작가적 관심을 확대해가는 모습을 보여준다는 점에서 조심스럽게 작가의 변모를 이야기하는 것도 가능할 듯하다. 연작소설집 전체에 걸쳐 좌절된 사랑, 한 여인의 죽음이 철조망처럼 놓여 있는바 그 죽음이 친공-반공포로 간 극한의 대립과 야만의 사투가 벌어진 거제도 포로수용소의 역사 속 시간과 이어지는 순간은 한 개인의 예외적이고 우연적인 사건일 리가 없다.

증언되고 재현되지 못한 역사의 시간이 있는 한 그 연속의 계기는 끝없이 상상되고 재구성될 필요가 있다. 그리고 '허니 바케쓰'(honey bucket, 수용소에서 똥통을 부르던 말)에 수시로 사람들의 잘린 팔, 다리, 머리가 담겨 버려진 역사의 시간이 남아 있는 한, 거제도 포로수용소 생존자의 다음과 같은 질문 역시 계속될 필요가 있다. "지금도 나는 나 자신에게 묻는다. 우리가 전혀 선택의 여지가 없이 어떤 행동을 했을 때, 과연 우리는 그 행동을 책임져야 하는가." 강요된 스퀘어댄스를 추면서 신분 노출과 보복을 두려워한 가면 쓰기였을 테지만, 그 죽음 같은 가면의 춤을 '탈춤의 춤사위'로 바꾸어내는 상상이 거듭 긴요하고 절실한 것처럼 말이다. 한때 우리가 오해했듯 역사는 확정된 진리의 자리가 아니며, 그럴 수도 없다. 문학의 질문과 상상은 여기서 계속되어야 한다. 무거움을 타매하는 게 유행이 된 시대에, 역사의 짐 속으로 기꺼이 걸어가는 작가의 도정이 특별한 감동을 준다.

○ 2 0 1 6

●

진 공 의 고 요 와
뜨 거 움

홍상수 감독의 「당신자신과 당신의 것」(2016)에서 반복해서 등장하는
민정의 대사, "혹시 저 아세요?"는 처음에는 웃음을 나중에는 섬뜩함
을 남기는 방식으로 우리를 당혹스럽게 만든다. 방황하던 주인공 영
수는 결국 민정을 처음 만나는 사이로 수긍하며 민정에 대해 아무것
도 모르는 자리에서 다시 사랑을 시작하려고 한다. 사실, 익숙한 틀이
나 패턴으로 타인을 규정한 뒤 그것을 우리의 앎으로 뒤바꾸는 일은
너무 흔하다. 대개는 그러고 살지 싶다. 민정의 저 반문의 자리까지 간
다는 건 너무 힘든 일이고 그럴 수만 있다면 피하고 싶은 일이다. 사회
적 인격이라는 가면은 그 회피의 공인된 양식일 테다. 친밀성을 최고
도로 추구하는 사랑에서조차 얼마간 아니 상당한 정도로 그러리라고
내가 믿고 있다면, 나 자신 너무 멀리 와버린 걸까. 아니, 그래서 더 홍

상수 감독의 영화는 우리에게 포기해서는 안된다고 말하고 있는 것 같다. 있는 그대로의 존재와 세계를 하나하나 느끼고 만나는 자리를. 이때 무지의 수긍과 '당신의 가능한 전체'는 서로를 처음으로 보게 되는지도 모른다.

황정은의 신작 중편소설 「웃는 남자」(『창작과비평』 2016년 겨울호)를 읽다가 어느 대목에서 앞의 홍상수 영화를 떠올리게 되었다. 물론 맥락은 다르다. 세운상가에서 택배 일을 하는 d(작가의 단편 「디디의 우산」의 그 '도도'로 짐작된다)가 화물을 차에 싣고 있을 때 누군가가 "등을 꾹 누른 뒤" 말한다. "나 알지?" d를 초점화자로 진행되던 소설은 이 지점을 경계로 d의 "등을 꾹 누른" '여소녀'(황정은 소설에서 '이름'은 늘 구별짓기의 상투적 표상을 거스른다)라는 이를 또 한명의 주요 인물로 등장시키게 되는데, 여소녀는 40여년째 세운상가 5층 점포에서 스피커와 앰프 수리를 해온 예순 후반의 남자다.

d는 반지하 방에서 동거하던 연인 dd를 버스의 난폭운전으로 잃고 실의와 분노에 빠져 두문불출하다 직장에서도 해고되고, 주거도 창문 없는 고시원으로 옮긴 상태다. 새로 얻은 세운상가 일자리는 하루 열시간 이상의 중노동이다. 자정을 넘긴 시각에 고시원으로 돌아와 짧은 잠을 잔 뒤 편의점 도시락으로 아침을 해결하고 출근해온 생활이 7개월째다. 만나는 사람도 말을 나누는 사람도 거의 없이 늘 혼자다. "나 알지?" 하고 불시에 누군가가 툭 다가왔을 때의 상황이 그러하다. 그

의 마음은 지금 악문 어금니와 턱처럼 닫혀 있고, 세상에 대한 환멸은 반대쪽 방향을 알지 못한다. 다른 사람을 알고 싶은 마음 따위는 없다. 그는 세상을, 사람들을 혐오하고 있다. 사랑하는 인간의 아름다움에 대해 알게 하고 누군가를 위해 노동하는 일의 신성함에 눈뜨게 해준 dd, 그가 옆에 존재하던 시기가 예외였을 뿐, 사람과 세상에 대해 별 기대 없이 살아온 본래 자리로 돌아온 것이다. 황정은 소설의 뛰어남은 d의 이런 마음의 경로를 그가 살아온 세상의 조건과 공기 속에서 너무도 미세하게 실감하게 해주는 데 있을 테다. 우리는 황정은의 어눌하고 가난한 듯하지만, 그 인물의 시간에 오래 머물다 나온 언어에 기꺼이 설복된다.

그렇긴 해도 사정을 과장할 일은 아니겠다. 여소녀의 입장에서는 매일 택배 일로 자신의 수리점을 찾는 이를 기억하고 있을 뿐이고, 잘못 배달된 물건을 돌려주려는 것뿐이니까. 게다가 d는 자주 바뀌는 택배 담당자들 가운데에서도 전혀 싹싹한 인물이 아니었다. 우리를 놀라게 하는 것은 d의 반응이다. 소설은 이렇게 쓰고 있다. "d는 그를 몰랐고 그를 알았다." 모를 수가 없는 것이 d 역시 여소녀의 점포인 564호를 지난 7개월 동안 하루 두번씩 꼬박 드나들었고, 그곳이라면 눈을 감고도 찾아갈 수 있을 정도니까. 그런데 그렇게 안다는 게 무슨 의미인가. 상가에서 그렇게 아는 사람들은 많았다. 심지어는 지게꾼들의 발과 종아리까지 세세하게 지켜보지 않았나.

d가 그들을 알았다.

그래서 어쩌라고. d는 헐거워진 모자를 고쳐 쓰며 얼굴을 찌푸렸다. 너를 아느냐고? 이 장소를 벗어난 곳에서 같은 일이 벌어진다면, 누군가 등을 두드리며 자신을 아느냐고 물으면, d는 그 얼굴을 몰라볼 것이고 모른다고 대답할 것이다. 모르니까. 모르지 말아야 할 이유가 없으며 알 이유도 없으니까. d가 혐오하는 다른 많은 사람들같이, 그들도 같을 것이다. 똑같이 혐오스러울 것이다.

어쩔 수 없이 얼마간 알긴 알지만, 모르고 싶다는 것. 알 이유가 없다는 것. 이 도저히 메울 길 없어 보이는 혐오의 거리감은 황정은이 이 소설에서 d라는 인물을 통해 그려 보인 가장 심각한 현실의 일면이라고 나는 생각한다. 그것은 이 소설이 놀라운 실감으로 전달하는 어떤 궁핍과 단절, 절망의 세목보다 우리를 더 깊이 가격한다. 우리는 포기하지 말자는 홍상수 영화의 제안에 공감하는 것만큼 d의 마음 안에 세워진 벽에도 공감한다. 그의 마음의 진공은 우리 마음의 일부다.

그런데 도저히 무너질 것 같지 않던 마음의 벽에 이상한 방식으로 균열이 생긴다. 수리점으로 찾아와 "아느냐고요 내 이름이요……" 하고 따지던 d는 갑자기 낯빛이 바뀌며 당황하고 수그러진다. 여소녀의 수리점에 음향 테스트용으로 놓여 있던 LP판, 죽은 연인이 좋아하고 둘이서 성탄절이면 함께 듣던 엘비스 프레슬리의 음반을 보았기 때문일까. 여소녀는 자신이 먹으려던 짜장면을 d에게 권하고, d는 묵묵히 짜장면을 먹으며 여소녀가 수리를 마친 턴테이블의 테스트를 위해 올려놓은 음악을 듣는다. 지글거리는 잡음과 함께 들려오는 '소리'를. 그것은 너무도 잘 아는 노래였지만, 또 처음 들어보는 '소리'였다. 잡음은 여기서 음악의 일부였다. d는 한번 더 들을 수 있겠느냐고 묻는다. "「Love me tender」를."

　d와 세운상가의 마지막을 지키고 있는 여소녀는 그렇게 친구가 된다. 황정은 소설은 인간의 바닥을 무심할 정도로 냉정하게 훑어내는 한편으로, 그 바닥을 비껴 생겨나는 미미한 움직임에 예민하게 감응한다. 이 감응에는 설명하기 힘든 이상한 각도가 있는데, 하찮고 하찮은 것들이 그 뭉개짐과 사라짐, 내동댕이쳐짐을 통해 이루어내는 '잔존(殘存)의 형식' 같은 것이 작동하고 있는 듯하다. 어쨌든 d와 여소녀의 교감이라고 하는 것도 그 '하찮음'의 각도 안에서 진행된다는 사실은 기억해둘 만하다. 소설은 두개의 진공 이야기를 공명하게 하면서 끝난다. 하나는 d와 친구 박조배(명동에서 음반, 양말 행상을 한다. 「디디의 우산」의 '비비'인 듯하다)가 세월호 1주기 집회가 열리는 세종대로에서 만난, 경찰 차벽으로 둘러싸인 진공. 두 사람은 차벽에 가로막힌 도심의 미로를 두시간 가까이 돌고 또 돈다. 또 하나는 여소녀가 수리하는 앰프의 진공관 안에 담긴 진공. d가 친구에게 돌려주려 했던 책의 제목

은 'REVOLUTION'이었다. 혁명은 어디에 있는가. 세종대로를 남북으로 나눈 저 차벽의 진공 안에는 무엇이 있는가. "혁명을 거의 가능하지 않도록 하는 혁명…… 격벽을 발명해낸 사람들이 만들어낸 혁명……" 여소녀의 수리점에서 d는 앰프의 진공관을 처음 본다. 전구처럼 생겼지만 전구가 아니란다.

d는 위태로워 보일 정도로 얇은 유리 껍질 속 진공을 들여다보며 수일 전 박조배와 머물렀던 공간을 생각했다. 그 진공을. 그것은 넓고 어둡고 고요하게 정지해 있었으나 이 작고 사소한 진공은 흐르는 빛과 신호로 채워져 있었다. d는 다시, 세종대로 사거리에서 느꼈던 진공을, 문득 흐름이 사라진 그 공간과 그 너머, 거기 머물고 있는 사람들을 생각했다.

평생 혁명이라는 말은 한번도 입에도 올리지 않았을 것 같은 여소녀는 진공관 유리 벌브의 뜨거움에 놀라는 d에게 진공관을 우습게 보지 말라고 말한다. 이 두 삽화를 수백만의 촛불로 타오르고 있는 오늘의 세종대로와 잇대어 생각해보는 일은 이상한 설렘과 흥분을 준다. 그러면서 그 생각은 우리를 차분하게 가라앉히기도 한다. 이제 겨우 다시 시작인 것이다. 「디디의 우산」에서 '혁명'은 친구들의 우산을 챙겨주는 마음에 깃든다. d의 굳은 턱에도 웃음은 깃들 것인가. 홍상수의 영화에서 영수는 말한다. "이렇게 처음 만났을 때처럼 이러는 거 참 좋네요." d에게도 진공관의 뜨거움은 처음이었을 것이다. 우리에게는 처음을 살 권리가 있다.

●

그 가 기 다 린 독 자 가
될 수 있 어 서 기 쁘 다

페르난두 뻬소아와 베르나르두 소아레스가
들려주는 삶의 바깥

삶은 안과 밖으로 나누어질 수 있는 것일까. 주어 혹은 주체를 가진 삶의 한계는 어디까지일까. 꿈이나 몽상, 침묵, 행동하지 않음, 가만히 있음, 무(無)는 삶의 영역 밖에 있는 것일까. 우리는 이런 질문에 대한 대답을 어느정도는 가지고 있다. 당연히 삶을 그렇게 경계 지을 수는 없다고. 그러나 그 경계 너머를, 통상의 바깥을 안 만큼 존중하고 살기는 생각만큼 쉽지 않다. 혹간 문학이나 예술의 힘에 기대어 그 바깥의 강렬함을 체험하는 경우라도, 우리는 금방 주어진 현실, 테두리 지어진 삶 안으로 돌아온다. 우리는 이 구속적 회귀를 마지못해 받아들이기도 하지만, 그 회귀에 안도하기도 한다. 실제 우리가 삶에서 구하리라고 기대되는 것들은 테두리를 가진 현실 안에 있기 때문이다.

그렇다고 그 바깥의 출입증이 흔히 생각하듯 무용, 권태, 허무의 시선으로 얻어지는 것도 아닌 것 같다. 페르난두 뻬소아의『불안의 서』(배수아 옮김, 봄날의책 2014)는 통상의 삶 바깥에 더 많은 삶이 있다는 걸 보여주는 책인데, 작가의 이명(異名)이자 페르소나인 베르나르두 소아레스는 그것이 '단절'과 '격리'를 통해 가능하다고 말한다. 무엇으로부터? '삶'으로부터.

> 나의 고통에 비하면 다른 모든 고통은 하찮고도 의심스러울 뿐이다. 그것들은 전부 행복한 사람의 고통이거나 혹은 인생을 살아내면서도 불평하는 사람들의 고통이다. 그러나 나의 고통은 인생으로부터 잘려져 나와 외딴곳에 격리된 인간의 것이다.
> 인생과 나 사이……
> —— 텍스트 412

그러니까 삶은 살아내는 것이 아니다. 그때 삶은 한없이 축소되고 거짓 고통과 거짓 약속, 거짓 환상으로 물든다. 인생으로부터 잘려져 나와야 한다. 아니, 인생을 '나'로부터 잘라내야 한다. 자발적인 격리 말이다. 무언가가 있다면 '인생과 나 사이'에 있을 것이다. 그런데 왜 그래야 하는 것일까. '보기' 위해서다.

> 그리하여 나는, 모든 고뇌의 원천을 본다. 그러나 그 무엇도 기쁨을

불러일으키지는 않는다. 나는 고통을 느끼기보다는 고통을 보기로, 기쁨을 보기보다는 기쁨을 느끼기로 결심했다. 보거나 생각하지 않는 자는 어떤 만족감에 도달할 수 있다. 신비주의자나 보헤미안 아니면 사기꾼들이 그렇듯이. 하지만 고통은 생각의 문과 관찰의 창을 통해서 결국 우리 모두의 집 안으로 들어오고 만다.

　　　─같은 글

'고뇌의 원천'을 본다는 것. 다시 말해, 인생을 보기 위해서다. 그것도 정확하게 보고, 철저하게 생각하기 위해서다. 고통은 '보고', 기쁨은 '느끼고자' 하는 결의는 여기서 말미암는다. 고통은 결국 우리 안으로 들어온다. 『불안의 서』에 대해 소아레스는 스스로 "뽀르뚜갈에서 가장 슬픈 책"이라고 말하기도 하거니와, 내가 보기에 그 슬픔을 최상급으로 만들어내는 것은 최상급의 정신이다. 삶을 살아내고자 하는 순간, 우리는 삶에 패배할 수밖에 없다. 이 항구적인 아이러니와 패배의 공식에 저항하는 방법을 소아레스는 그가 보조회계원으로 일하는 뽀르뚜갈의 도라도레스 거리에서 몽상과 관조의 거리(距離)로 보여준다. "나는 무한한 내 존재를 낳았다. 집게를 들고 나 자신을 나로부터 뽑아내버렸다."(텍스트 15) 그것은 결국 정신의 예술일 것이다. 그러나 참을 수 없는 인생의 아이러니(살아내려고 하면 인생은 사라진다)를 견디고 있는, 영원히 메워지지 않을 인생의 출납장부를 묵묵히 기입하고 있는 소아레스는 안다. 그 정신의 예술은 승리의 열망이자 기록이 아님을. 나는 다음처럼 인생과 예술, 그 메워지지 않는 거리를 정확하고 아름답게 기술하고 있는 문장을 본 적이 없다.

> 도라도레스 거리의 사무실이 나에게 인생을 의미한다면, 역시 마찬가지로 내가 살고 있는 도라도레스 거리의 3층은 예술을 의미한다. 그렇다, 예술은 인생과 같은 거리, 하지만 다른 번지에서 산다. 예술은 인생의 무게를 가볍게 해주지만, 예술은 인생만큼이나 단조롭다. 단지 다른 번지, 다른 장소에 놓여 있을 뿐이다.
> ──텍스트 9

소아레스는 그 3층을 '예술'로 호명했지만, 다른 대체어도 가능하리라. 삶의 바깥을 일깨우는 그 모든 주소들. 그러나 이것만이라면 소아레스는 그저 한명의 고독하고 고고한 사색가에 그쳤을 수도 있겠다. 그는 마지막까지 본다.

> 그렇다, 이곳 도라도레스 거리는 나에게 모든 사물의 전체 의미를 포괄하는 곳이다. 세계의 모든 의문에 대한 답을 자신 안에 껴안고 있다. 답 자체가 존재하지 않는 다수의 의문들은 예외로 하더라도 말이다.
> ──같은 글

기실 소아레스는 그 자신이 예외이며 바로 그 답 자체가 존재하지 않는 의문들과 싸우고 있다. 『불안의 서』의 한 문장, 한 문장은 그 자체로 삶의 바깥이다. 그렇긴 해도 『불안의 서』에서 내가 가장 좋아하는 대목은 소아레스가 단골 식당의 웨이터가 건네는 따뜻한 인사에 마음이 흔들리는 순간이다. 전과 달리 소아레스가 포도주 병을 반밖에 비우지 못하고 일어나자 웨이터는 말한다. "다음에 또 뵙겠습니다. 소아레스 씨. 몸조리 잘하시기를!" 이 순간, 소아레스는 삶의 안쪽에 깊숙이 감응하고 감사한다. 해서는 소아레스가 다음과 같이 말할 때 우리는 그가 세상과 인간 운명의 참혹과 비정, 아이러니를 응시하며 남겨둔 이 냉철하고 겸손한 일기에 감사하지 않을 도리가 없다.

우리 모두에게 저녁은 다가올 것이다. (명부冥府로부터 ─ 인용자) 우편마차는 도착할 것이다. 나는 나에게 주어진 산들바람을 마음껏 즐긴다. 그리고 산들바람을 즐길 수 있도록 나에게 주어진 영혼도 마음껏 즐긴다. 나는 더 캐묻지 않는다. 나는 애쓰지 않는다. 내가 지금 여행자의 책에 써넣는 것이 언젠가 다른 이들에 의해 읽히게 된다면, 그래서 그들의 휴식에 도움이 된다면 그것으로 족하다. 아무도 이것을 읽지 않거나 흥미를 느끼지 않는다 해도, 그래도 나는 괜찮다.
─ 텍스트 1

그가 기다린 독자가 될 수 있었다는 게 기쁘다. 그것으로 족하다.

○ 2 0 1 6

●

이 이 야 기 는   익 살 과
농 담 과   웃 음 을   요 구 한 다

'스페인 아마존'에 들어가 『판탈레온과 특별봉사대』(1973)를 검색해보
았다. 여러 판본이 뜨는데 표지 이미지가 있는 것은 세가지다. 다 재미
있다. 하나는 여성의 하체 이미지를 삽화로 썼다. 자세히 보니 왼쪽 다
리는 하이힐을 신은 늘씬한 여성의 것이고, 오른쪽 다리는 군복 하의
를 입고 있어 성별을 알 수 없다. 특별봉사대(정식 명칭은 '수비대와 국경
및 인근 초소를 위한 특별봉사대'로, 군 '비'공식 문서에서는 '수국초특'으로 약칭)가
실질적으로 1950년대 뻬루 육군 산하의 엄연한 군 조직이라는 점을 생
각하면, 그 우스꽝스러운 위장을 꼬집고 있는 것 같다. 군복 입은 한쪽
다리를 특별봉사대의 헌신적인 조직자이자 리더인 판탈레온 판토하
대위의 것으로 볼 수도 있겠다. 좀더 안정적인 일자리를 찾아 아마존
수비대의 불쌍한 '불알들'을 털어주는 '국가적' 사업에 신나게 몸을 바

치기로 한 여성들과, 상부의 명령이라면 언제든 최선을 다해 완수함으로써 몸 바쳐 '애국' 군인의 표본이 되기로 작정한 판탈레온 대위의 그 기묘하고 어처구니없는 '이인삼각'적 결합을 슬그머니 떠올려볼 수도 있기 때문이다. 또 하나의 표지는 많이 야하다. 이번에도 여성의 하체인데, 한쪽 허벅지를 흠뻑 드러낸 채 묘한 자세로 다리를 포개고 누워 있는 사진이다. 가터벨트 스타킹과 분홍색 하이힐이 아찔함을 더하고 있다. 하긴 특별봉사대가 공공연한 비밀이 된 뒤, 처음에는 수비대의 일반 병사들에게만 주어지던 그 '특별한 봉사'를 확대해달라는 요청이 군(軍) 내에 빗발치고 나중에는 아마존 주변의 주민들마저 청원을 넣게 되는 상황(결국 욕정을 참지 못한 일군의 주민들이 봉사대 수송선을 납치하는 일이 벌어지게 되거니와 이 비극적 사건에 대해서는 로레토 지역 신문『오리엔테』의 '비장한' 특종 기사가 소설 후반부에 자세히 알려준다)을 떠올려보면 이해가 가는 사진 컷이다. 그 사진 위로 유유히 흘러가는 수송선 '이브'호의 그림이 한폭의 풍경화로 배치되어 여기서도 부조리한 상황의 아이러니는 충분히 표현되어 있는 듯하다.

그냥 눈이 시원하기로는 몸에 붙는 원피스 수영복 차림의 풍만한 젊은 여성 네명이 환하게 웃으며 포즈를 취하고 있는 촌스러운 표지 쪽이다. 영화의 스틸 컷이 아닐까 짐작되는데, 서문을 보면 이 작품은 소설과 시나리오 작업이 동시에 진행되었고, "영화계의 황당한 술책에 휘말려" 작가 자신이 공동 감독의 한자리를 차지하기도 했다고 한다.

나는 그 사진 속의 누가 '판티랜드'(판탈레온 대위의 이름을 따서 세상 사람들
이 부르는 특별봉사대의 속칭)의 꽃으로 판티랜드의 영욕을 함께했던 '미스
브라질'일지, 또 누가 '미스 브라질' 이전 봉사대의 '인기짱'이었던 '젖
통이'일지 한참 들여다보았다. 그런데 이렇게 쓰고 있자니 뒤통수가
조금 서늘해진다. 지금 이 소설이 다루고 있는 이야기가 이렇게 속없
이 히히거려도 될 정도로 가벼운 것인가.

　80년대 중반 내가 처음 읽었던 이 소설의 번역본 제목은 『빤딸레
온과 위안부들』(민용태 옮김, 중앙일보사 1982. 여기서는 본문 속의 '특별봉사
대'도 '위안대'로 옮기고 있다)이었다. 스페인어 사전을 찾아보니 원제의
'visitadoras'는 '찾아가는 사람들' '방문객들' 정도로 옮길 수 있을 듯
하다. 원제도 그렇지만 우리말 역어들도 완곡어법의 요구를 감당하고
있다는 점에서 다 고심의 산물이라 할 만하다. 그녀들은 수송선 '이브'
호나 수상비행기 '델릴라'호를 타고 아마존 수비대의 군인들을 방문
하는 이들일 뿐, 거기서 무엇을 하는지는 '공식적'으로 철저히 비밀이
어야 하기 때문이다. '특별한 봉사'나 '위안' 정도가 뻬루 군대 내에서
'비공식적'으로 허용될 수 있는 최대치의 언어인 것이다. 그런데 한국
독자에게 이 '방문객' 주변의 어휘들은 즉각적으로 일제강점기의 '여
성정신대', 그러니까 '성노예로 일본군에 강제로 끌려간 위안부들'의
치욕의 역사를 떠올리게 만든다. 조금만 생각해보면 '미스 누구' 운운
할 계제가 아닌 것이다. 아니, 식민/피식민의 강압을 떠나 자국의 군대

이면 여성들이 '특별한 봉사나 위안'을 목적으로 돈을 받고 군인들을 '방문'하는 일이 용납될 수 있는가. 군대가 조직적으로 매춘을 조장하고 주선하는 뚜쟁이 역할을 맡고 나선 것인데 말이다. 바르가스 요사 역시 1950년대 말과 60년대 초에 아마존 지역을 방문해 '특별봉사대'라는 어처구니없는 조직의 실체에 대해 알게 된 뒤, 처음에는 아주 정색을 하고 이 문제의 소설화에 매달렸다고 하지 않던가(옮긴이 송병선 교수의 해설에 따르면 이 소설 이전 요사의 초기 작품들에서는 거의 유머를 찾아볼 수 없다고 한다. 그는 라틴아메리카 '붐 소설'의 많은 작가들이 그랬던 것처럼 반체제적인 좌파 작가로 출발했다). 그런데 읽어본 이라면 누구라도 동의하겠지만, 이 소설은 정의감이나 윤리의식에 불을 지펴 독자를 정색하게 하기는커녕 시종 '흐흐흐' 하는 웃음을 입가에서 떠나지 못하게 할 정도로 웃기고 경쾌하고 재밌다. 병사들 개인당 월평균 희망 횟수와 평균 희망 소요시간까지 조사해 도표로 첨부하는 판탈레온 대위의 너무도 꼼꼼한 '수국초특' 관련 보고서를 읽으며 웃지 않을 도리는 없다. 남편의 비밀 업무를 모르는 대위의 아내 포치타가 판이하게 달라진 남편의 맹렬한 성욕을 두고(나중에야 미스 브라질에 빠져 정신을 못 차리게 되지만, 이 무렵만 해도 대위는 업무 파악차 아내를 상대로 다양한 실험과 실습을 해보던 참이었다) "이제 이 도둑놈은 이틀에서 사흘꼴로 흥분하면서 덤비거든" 하며 동생에게 편지로 은근한 자랑을 늘어놓는 대목은 이 거국적 비밀기획이 관계 당사자 모두에게 철저히 '진지한' 수위에서 수행되는 작업이며, 바로 그 '진지함의 아이러니'가 참을 수 없는 웃음의 쏘시개가 되는 상황을 정확히 가리켜 보여주고 있다.

　그렇다면 대화의 몽타주식 병치, 보고서·편지·기사 따위 다양한 서술 양식과 관점의 도입 등등 현대적 소설 기법들을 세련되게 구사하면서 신나게 펼쳐지는 이 한바탕 질펀한 풍자와 익살의 서사는 독자들에게 어떤 '특별봉사'를 하고 있는 것일까. 이 소설에는 온갖 인간 군상들이 등장하거니와, 말의 온전한 의미에서 악인은 단 한명도 없다. 다들 열심히 진지하게 정신없이 이리 뛰고 저리 뛰지만, 조금씩 가련하고 조금씩 우스꽝스럽다. 어딘가가 잘못된 것 같은데 그걸 살필 겨를도 시야도 없다. 불쌍한 불알들이 문제일까, 가난이 죄일까. 당시 남미의 후진적 정치 체제에 책임을 물어야 하나. 문득 '델릴라'호에서 내려다본 아마존의 풍경은 어땠을까 싶다. 미스 브라질은 거기서 무슨 생각을 했을까. 이 구차하고 비루한 삶들이 이렇게 우스워도 되는 것일까. 설마, 웃는다고 해서 내동 그렇게 웃고만 있으랴. 웃음이 주는 해방의 쾌감과 시야가 분명 여기에 있는데, 그게 뭐라고 딱 꼬집어 말하지는 못하겠다. 계속 간지럽다. 다만 다음과 같은 작가의 말에는 나도 한껏 동의한다는 것만은 분명히 말할 수 있겠다. "처음에는 아주 진지한 어조로 이 이야기를 쓰려고 시도했다. 하지만 그럴 수 없다는 것을, 이 이야기는 익살과 농담과 웃음을 요구한다는 것을 깨달았다." 그러나 어쨌든 이 소설의 유머를 정색하고 나무라고 싶은 사람도 있을 수 있겠다. 그렇다면 작가가 플로베르의 『감정교육』(1869)에서 따온 소설의 제사(題詞)를 음미해보는 것도 조금은 도움이 될 듯하다. "이 세상에는 여러가지 일 중에서도 뚜쟁이로 봉사하는 것을 유일한 임무로 삼는 사람들이 있다. 우리는 그들을 마치 다리처럼 건너간 후 계속 걸어간다." 그 크고 긴 아마존강에는 그 시절 그렇게 건너간 다리가 어지간했으랴.

○ 2014

●

썩 어 가 면 서
썩 어 가 는   것 들 을   사 랑 하 기

1987년 1월 14일 하이델베르크 대학 신학부 학생회 연구소는 베를린 자유대학의 야콥 타우베스 교수를 강연자로 초청한다. 이 무렵 야콥 타우베스는 온몸에 암세포가 퍼져가는 중이었다. 그는 강연 요청을 받아들이고 2월 말 하이델베르크 대학에서 월, 화, 목, 금, 나흘에 걸쳐 (수요일은 병원 중환자실에 입원) 하루에 세시간씩 「로마서(로마인들에게 보내는 편지)」를 학생들과 함께 읽고 그 의미를 새긴다. 1923년 오스트리아 빈에서 태어난 야콥 타우베스는 대랍비였던 아버지로부터 정통 랍비 교육을 받고 랍비 서품까지 받았으나, 바젤 대학과 취리히 대학에서 철학과 역사를 공부한 뒤 종교철학자이자 교수의 삶을 살았다. 그러나 야콥 타우베스는 정형화된 학자-교수라기보다는 유대-그리스도교의 메시아주의를 온몸으로 사유하고 살아낸 '20세기의 바울주의자'로서, 학문과 종교, 철학과 신학, 철학과 문학, 유대적인 것과 그리스도교적인 것의 경계선에 스스로를 놓은 사람이었다. 벗이었던 에밀 시오랑은 이렇게 썼다. "교수인 동시에 비-교수인 타우베스는 모든 황량한 과학에 대한 혐오를 적나라하게 보여준다. (…) 객관성이란 몹쓸 것이다!"

『바울의 정치신학』(조효원 옮김, 그린비 2012)은 타우베스가 하이델베르크 대학에서 행한 나흘간의 강연을 6년간의 꼼꼼한 편집 작업을 거쳐 글로 옮긴 책이다.(다타우베스는 강연 한달 뒤인 1987년 3월 숨을 거두었다.) 나는 이 책을 세번 읽었다. 유대교와 그리스도교에 대한 앎이 거의 없는 나로서는 맥락을 따라잡기 어려운 대목이 한두곳이 아니었다. 그러나 문학평론가이자 벤야민 전공자인 조효원의 공들인 번역과 자상한 '해제' 덕분에 거듭 읽는 동안 대강의 느낌을 간추릴 수는 있었다. 그리고 이 책이 타우베스가 학생들에게 건넨 말로 되어 있다는 점도 어느 만큼의 이해에 도움이 되었던 것 같다. 어쨌든 이 책을 읽으면서 내게 가장 충격적으로 다가온 것은 타우베스가 '근대'에 대해 보이는 단호한 거절의 태도였다. 바울의 계보를 잇는 발터 벤야민의 「신학-정치적 단편」을 읽어나가는 대목에서 타우베스는 이렇게 말한다.

벤야민에게는 칼 바르트에 필적할 만큼의 강렬성이 있습니다. 여기에는 내재적인 어떤 게 전혀 없습니다. 내재성에서 나오는 건 아무것도 없다는 말입니다. 〔건널 수 있는〕다리는 건너편에서 오는 겁니다. (…) 건너편에서 우리에게 '너는 해방되었다'라는 음성이 들려와야 합니다. 독일 관념론의 모범에 따라 자기 자신을 스스로 해방시키는 게 중요하다고 말하는 사람이 있죠. 저만큼 나이를 먹고, 또 〔죽을 날을 기다리는〕 저 같은 상태가 되면, 대학교수들 말고도 그런 얘기를 진지하게 받아들이는 사람이 있다는 게 그저 신기하게 여겨질 따름입니다. (…) '끊임없이 노력하는 자는' 어쩌고저쩌고하는 거 있잖습니까? 저는 이런 것에 대해 전혀 모르겠습니다.

뭔가가 쿵 하고 내 머리를 강타하는 느낌이었다. 잘은 모르지만, 근대란 이 '세계' 바깥은 없다는 생각, 해서는 세계는 그 안에서 내재적으로 설명되고 이해되어야 한다는 생각을 바탕으로 하는 것 아닌가. 인간의 '자기실현'(이 말의 철학적 허약성은 별도로 하더라도) 역시 그 '내재성'을 통해 가능한 것이고 말이다. 그런데 타우베스는 벤야민과 칼 바르트를 경유하여 단호하게 말한다. '내재성에서 나오는 건 아무것도 없다'고. 뭔가가 온다면 '건너편'에서 온다고. "건너편에서 무슨 일인가가 먼저 일어나야만, 그런 다음 우리가 그걸 볼 수 있습니다. 별빛이 우리 눈을 찌른 뒤에야 말입니다. 그렇지 않으면 우리는 아무것도 못 봅니다." 이걸 '하느님의 나라' '구원' 등등의 단순한 설교의 차원과 구분 지을 필요가 있는 것이, 타우베스는 지금 근대의 핵심적인 사유들과 혼신으로 겨루어온 자기 삶의 결론이자 유언으로 이렇게 말하고 있기 때문이다. 타우베스가 보기에 '바울 사상'의 혁명성은 예수의 두가지 원칙(하느님을 사랑하고, 네 이웃을 사랑하라)을 하나로, 즉 "네 이웃을 네 몸과 같이 사랑하라"로 축소하고 집약했다는 점에 있다. 타우베스는 '근대'를 썩을 대로 썩어버린 세계로 본다. 진정한 구원은 바깥, 건너편에서 올 테지만, 그것은 우리의 의지와는 전혀 무관한 것이다. 말하자면 현세적 세속적 질서와 초월적 신적 질서 사이에는 아무 인과관계가 없다. 이런 사유를 이해하는 데에는 벤야민이 말한 '방법으로서의 니힐리즘'을 참고하는 것이 도움이 될지도 모르겠다(조효원의 '해제', 그리고 김남시의 「벤야민의 메시아주의와 희망의 목적론」, 『창작과비평』 2014년 여름호 참조). 어려운 이야기다. 타우베스는 썩어가는 세상에서 그 자신, 기꺼이 썩어가려고 한다. 그러면서 자신과 마찬가지로 썩어가는 어떤 이웃들을 혼신으로 사랑하려고 한다. 이 도저한 비관의 역설을 온전히 이해할 힘이 내게는 없다. 그러나 두고두고 생각해보려고는 한다. 역자 조효원은 타우베스의 사유를 이렇게 정리한다. "끝마저도 완전히 끝내는 것, 썩어가면서 썩어가는 모든 것을 완전히 썩기까지 사랑하는 것. 이것은 달리 표현하자면, 역사 바깥에서 역사와 싸우는 행위이다." 어떤가, 야콥 타우베스의 마지막 말들을 한번 들어보고 싶지 않은가.

○ 2015

●

변 화 하 는

문 예 지

고등학교 때 독일어 선생님은 수업 종료 5분 전쯤이면 교과서와 상관
없는 이야기를 들려주곤 했다. 나치 치하의 독일 이야기가 많았다. 그
방식이 독특했다. 홀로코스트나 전체주의 같은 심각한 단어를 직접 언
급하는 경우는 없었던 것 같고, 그저 그때 이런저런 일이 있었다는 식
의 가벼운 역사 소개였다. 그러긴 해도 그 이야기들이 어떤 비판적 시
선을 품고 있다는 걸 눈치채기는 어렵지 않았다. 당시 유신 말기 겨울
공화국의 정치 상황을 우회적으로 일깨우고 있다는 것도 조금씩 알게
되었다. 지금 생각해보면 강압적이고 획일화된 입시교육, 유신정권의
반공독재 이데올로기의 주입장으로 기능하던 당시의 교실에서 '참교
육'을 선취한 지혜롭고 훌륭한 예가 아니었나 싶다.

　문학 이야기도 빠지지 않는데 『난장이가 쏘아올린 작은 공』 연작

이나 「객지」 같은 한국소설에 대해 듣고, 『현대문학』이라는 문학지의 존재를 알게 된 것도 그 수업시간이었다. 『현대문학』은 고등학교를 마칠 때까지 2년 남짓 매달 사 보았다. 그게 문예지와의 첫 만남이었다. 잘 모르는 채로 비평 형식의 글을 읽기도 했지만 주로 소설작품을 챙겨 읽었던 같다. 정소성의 연재 장편소설 『천년을 내리는 눈』, 조정래의 중편소설 「유형의 땅」, 이문열의 중편소설 「금시조」 등이 기억에 남아 있다. 물론 나의 이런 개인적 독서이력과 무관하게 70년대 문예지의 중심은 그 인문적 지성과 사회적 실천의 몫까지 포함해서 『창작과비평』과 『문학과지성』이었을 테다.

80년대 초반 내 대학 시절은 『창작과비평』 『문학과지성』의 강제폐간 뒤에 열린 이른바 '무크지(magazine+book의 합성어)의 시대'였다. 황톳빛 표지로 나온 『실천문학』이 기억에 선명히 남아 있다. 단행본처럼 권마다 제목을 달고 1년에 한권씩 나왔는데, 김지하 특집을 숨죽여 보고 송기원의 단편소설 「다시 월문리에서」를 감동적으로 읽은 기억이 난다. 변혁운동으로서의 문학이 큰 흐름이던 시절이었고 노동문학에 대한 논의들은 공부하듯 읽기도 했다. 그런 와중에도 돈이 조금 생기면 서점에서 『문예중앙』을 사서 보며 날선 의식만으로는 채워지지 않는 문학적 허기 같은 것을 달랬지 싶다. 1987년 6월항쟁 이후 『창작과비평』이 복간되고, 『문학과지성』은 2세대 편집동인 중심의 『문학과사회』로 속간되면서 다시 문학 계간지 시대가 열렸다. 현실사회주의권의 붕괴에 따른 이념지형의 변화와 함께 매체환경의 급변이 다가오고 있었지만, 이때까지는 문학창작의 기지, 문학담론을 중심에 둔 인문적 지성의 창구로서 문학 계간지의 자리는 나름 공고했다고 해야 할 것이다. 그리고 1990년대 중반 계간『문학동네』의 창간과 합류는 문학출판 시장의 성장과 확대를 반영하면서 새로운 문예지 시대의 도래를 알린 상징적인 사건이었다. 한국사회 전반에서 문화의 산업적 성장이 이루어지던 때이기도 했다. 문예지를 기반으로 하는 문학출판 시스템이 본격적으로 자리 잡고 출판사 간 경쟁도 치열해지기 시작했던 것으로 기억한다.

대학 졸업학기에 우연찮게 들어온 내 문학출판계 이력도 30년이 되어간다. 문예지 편집 일도 해보았고 어느 때부터인가는 어쭙잖게 문학평론가라는 이름을 달고 문예지에 글을 쓰게도 되었다. 그간 늘 내 책상 한쪽에는 문예지가 놓여 있었고, 그건 지금도 크게 변함이 없다. 어쩌면 지금 눈앞에 아무렇게나 쌓여 있는 저 300~400면 분량의 표지날개 없는 신국판 크기의 문예지들이 내겐 오랫동안 문학이라고 하는, 보이지 않고 잡히지 않는 세계의 대체물이었는지도 모르겠다. 문예지가 오면 부러 한쪽으로 밀쳐두었다가 뒤에서부터 후루룩 넘겨보기도 했다. 문예지의 특집 글들을 읽고는 한국문학의 흐름, 행방을 손에 쥔 것 같은 착각에 빠지기도 했다. 좋은 작품이나 비평을 읽고 나면 오히려 머리가 멍해지며 안절부절못했던 것은 왜였을까. 서평이나 좋은 비평의 각주는 내겐 문학과 인문학의 교사였다. 불성실한 학생이긴 했어도 말이다.

그러던 것이 언제부턴가는 문예지에 대한 충성도가 엷어지면서 책장을 넘기지도 못하고 계절을 지나는 계간지도 늘어났다. 계간지 한 호 안 읽는다고 세상이 어떻게 되지 않는다는 것도 알게 되었다. 물론 그러긴 해도 곧 돌아올 일이 생기고 계절을 넘긴 잡지를 허겁지겁 뒤지기도 한다. 말하자면 아직까지 문예지, 문학 계간지는 내게 고만고만한 형태와 형식의 자명한 그 무엇으로 남아 있는 셈이다.

문예지 출판에 큰 변화가 일고 있다. 2015년 7월 창간된 격월간 문예지 『악스트(Axt)』(은행나무)가 시작이었던 것 같다. 민음사는 40년 전통의 계간지 『세계의문학』을 종간하고 2016년 8월 역시 격월간 문예지 『릿터(Littor)』를 창간했다. 창비에서는 기존 계간지 『창작과비평』과는 별도로 '젊은 문예지'의 기치를 걸고 2017년 1월 연 3회 발간하는 『문학3』을 세상에 내보였다. 『문학과사회』는 편집동인의 교체 이후 제호는 그대로 유지하는 가운데 새로운 잡지의 창간이라고 해도 지나치지 않을 정도의 혁신호를 내놓았다. 『문학동네』도 편집위원진의 대폭적인 교체와 출판사로부터의 상대적 독립을 통해 변화를 모색하고 있다. 소설가와 시인들이 작품 발표와 발언 공간을 직접 마련하려는 독립출판 형태의 소규모 문예지도 여럿 나오고 있는 추세다. 일련의 변화는 최근 한국문학계 내에서 일어난 일들과 무관하지는 않되, 각 문학출판사 나름의 오랜 모색과 준비의 산물이기도 한 것 같다. 세상과 시대의 변화에 대응하는 문예지의 모색은 늘 있어왔던 것이지만 지금의 상황은 많이 달라 보인다.

새로운 모습으로 등장한 개별 문예지의 기치나 편집이 다 다른 만큼 뭉뚱그려 이야기하기는 어렵겠으나 변화를 관통하는 흐름은 있는 것 같다. 무엇보다 눈에 띄는 것은 기존 비평에 대한 탄핵의 분위기다. 여기에는 한국문학의 '위기' 심화에 비평가 중심의 문예지 편집 시스템, 작가와 독자 모두를 억압하는 폐쇄적인 비평적 글쓰기가 한몫했다는 진단이 일차적으로 놓여 있는 듯하다. 이해할 만하고, 한국문학 비평의 자기쇄신을 여러모로 궁리해볼 일이겠다. 좀더 근본적인 문제제기도 있는 듯하다. 일각에서는 한국문학 비평이 그 담론과 제도의 영역에서 형성하고 조성해온 '문학' 개념의 해체 혹은 폐기를 요구한다. '여성혐오'를 내면화하고 있는 시대착오적인 남성적 교양주의 문학의 파산선고 같은 것이 한 예가 될 것이다. 한국문학 내부의 부정적 행태들과 맞물리면서 이런 요구의 전압은 과도하게 상승하고 있는 것처럼 보인다. 그러나 문제는 과격한 파산선고가 아니라 한국문학 비평의 역사에 대한 온당한 이해와 비평적 대화일 것이다.

인터넷과 SNS가 정보와 지식의 매체로서만이 아니라 생활의 조건이자 인간관계의 양식(樣式)이 되어가고 있는 시대에 문예지가 그에 걸맞은 소통의 형식과 언어를 개발하는 것은 마땅한 일이겠다. 이제 성정치를 누락하거나 외면하고 한국문학의 인간탐구를 이어나갈 수도 없다. 그 누구보다 먼저 작가, 시인들이 이를 놓치지 않을 것이다. 새로운 문예지의 출현이나 문예지의 혁신은 그런 면에서 불가피하다.

그러나 내가 알고 이해해온 '문학'의 개념은 그 자신의 규격화된 답안지를 가져본 적이 없다. 우리는 끝내 개별 작품의 언어와 형식, 질문을 통해서만 문학을 만날 것이다. 문학은 인간의 이상화된 모습을 그린 적도 없고 그럴 수도 없다. 문학은 모순과 괴리 안에서 인간을 보여주고, 그것도 늘 그 시대의 공기와 현실 안에서 할 수 있는 만큼만 그렇게 해왔다. 문학은 우리의 삶으로부터 출발하지만 반드시 우리의 삶으로 돌아와야 하는 것도 아니다. 생각해보면 그 간극 안에서 삶은, 그리고 문학은 다시 성찰된다. 보이는 것은 지금-이곳 문학제도의 산물인 책상 위의 문예지뿐이지만, 여기에는 보이지 않고 규정되지 않는 것과의 긴장이 존재한다. 혹은 그 긴장을 통해 문학이라는 질문을 만들어간다. 새로운 문예지들은 공히 원고지 40매 안팎의 단편소설 형식을 선보이고 있다. 솔직히 무언가 덜 읽은 느낌도 들고 어색하다. 그러나 곧 작가들은 그에 걸맞은 서사의 리듬을 찾아내리라. 문학의 언어는 형식의 제약 안에서 스스로를 쇄신한다. 문예지들이 기획하는 여러 문학적 실험은 기실 문예지의 형식, 그 존재 방식에 대한 도전이자 실험이기도 할 것이다.

○ 2017

●

문 학 과

역 사 의   감 옥

　고등학교 때 삼중당 문고로 황석영 소설을 처음 접했던 것 같다.『삼
포 가는 길』이었을 거다. 누렇게 바랜 채 바스러지던 그 문고본 책은
끝내 버리지 못한 내 책 짐 가운데 하나였는데 지금은 보이지 않는다.
그 시절, 갑자기 돌아갈 곳을 잃은 떠돌이 노동자 정씨와 영달의 헛헛
한 처지가 왜 그리도 가슴이 아팠던 것일까. 당시 방영된 「TV문학관」
의 영향도 컸지 싶다. 백화 역의 차화연을 비롯해 문오장과 안병경이
만들어낸 겨울 눈길의 영상은 그 아슴아슴한 지명, 삼포의 이미지를
오랫동안 실제의 이야기로 환치해놓기도 했다. 아무튼 그 무렵 황석영
소설을 읽는 일은 입시생의 얄팍한 시간을 벗어나 세상의 거친 표면과
부대끼는 느낌을 주었고 성장의 허세 같은 것을 품게 만들었다. 나중
에 루카치가 소설을 일컬어 '남성적 성숙의 형식'이라는 말을 한 것을

알게 되었을 때, 그 진의야 모호한 대로 내가 처음 떠올린 것은 황석영 소설이었을 거다. 그리고 그것은 흑백사진 속의 짧게 깎은 머리, 검게 그을고 각진 남성적 용모가 불러일으킨 황석영이라는 작가 개인의 완강한 이미지이기도 했다. 노동이나 혁명 같은 말이 절로 떠오르는 근육의 형상 같은 것. 그러니까 그것은 그전까지 내가 통상적으로 소설가에 대해 품어온 어떤 이미지와 결을 달리하는 것이었다.

80년대 초반 광주의 진실을 두고 전두환 독재정권과의 전면적 싸움이 벌어지고 있을 때 내가 가장 듣고 싶었던 목소리 중의 하나가 작가 황석영의 그것이었던 것도 그러고 보면 이상한 일은 아니었을 테다. 불이 붙은 남포를 입에 문 채 "꼭 내일이 아니라도 좋다"고 "텅 비어버린 듯한 마음"으로 다짐하던 「객지」의 건설 노동자 동혁을 어떻게 잊을 수 있겠는가. 전태일이 점화한 70년대 노동운동과 민주화투쟁의 새로운 국면에서 황석영이 「객지」 「한씨연대기」 「삼포 가는 길」 「돼지꿈」 등 일련의 작품으로 그려내고 포착한 민중 현실의 생생한 모습과 포괄적 인간 진실의 힘은 문학의 울타리를 넘어 저항과 변혁의 은밀한 심지가 되고 있었다고 해도 과언이 아니다. 그렇다면 80년대 초 그 급박한 시절에 그는 어디에 있었는가.

황석영의 자전 『수인』(전2권, 문학동네 2017)은 내게는 꼭 그 질문에 대한 응답처럼도 보인다. 『수인』은 1989년의 방북 이후 오랜 해외 망명 생활을 거쳐 1993년 4월 귀국과 함께 공항에서 체포되어 안기부의 심문을 받는 장면에서부터 시작된다. 그리고 7년 형기를 얼마 남기지 않고 1998년 3월 특별사면 형식으로 석방되는 장면에서 끝난다.

　　— 자아, 여기서부터 속세입니다. 나가서 잘 사세요.
　　나는 목례를 하고 문을 나섰다. (…) 나는 기다리고 있던 기자들에게 '1980년 광주항쟁 이후 떠났던 긴 여행을 끝낸 느낌'이라고 말했다.

　1976년 해남으로 내려가 소설을 쓰는 한편으로 '사랑방 농민학교'를 열어 현장 문화운동에도 힘을 쏟던 황석영은 두해 뒤 문화패 '광대'와 '민중문화연구소'를 설립하며 광주로 이주한다. 1980년 5월 '광대'의 소극장 창립 공연으로 「한씨연대기」를 준비하던 중 5월 16일 잠시 상경한 작가는 서울에서 비상계엄의 전국 확대와 광주의 대규모 시위 소식을 접하게 된다. 작가는 서울에서 은신하며 광주의 투쟁과 참상을 알리려 애쓰고, 항쟁 이후 제주 체류를 거쳐 다시 광주에서 항쟁의 진실을 알리는 다양한 활동을 조직한다. 그러나 광주항쟁 당시 공교롭게 현장에 없었다는 부채의식은 계속 남아 있었고, 1984년 말 『죽음을 넘어 시대의 어둠을 넘어』로 세상에 모습을 드러내게 될 항쟁 기록물의 출판에 공식 저자로 이름을 올리고 예상되는 권력의 탄압을 감수하는 방식으로 작가의 소임을 다하기로 한다. 1985년 4월 중순 그가 기록물 원고를 챙겨들고 서울로 향하는 대목은 당시 그 자신의 뜻과 계획이

어떠했든, 이후 역사의 파란과 맞물리며 방북과 망명으로 이어지는 긴 여정의 출발점이 된 것으로 보인다.

　나는 그런 그녀를 위로하고 든든한 버팀목이 되어주기보다는 부담스러워했는데, 광주에 대한 부채의식과 중요한 순간에 가족들 곁을 지키지 못했다는 가책에서 벗어나고 싶었기 때문이었다. 어쨌든 이런저런 이유로 나는 늘 떠나는 데 익숙해 있었다.
　서울행 밤기차가 광주를 벗어나 어둠속을 달리기 시작했다. 돌아오지 못할 기약 없는 긴 여정이 나를 기다리고 있었다.

『수인』에서 작가는 시종 '사회봉사에 대한 열망'이라는 표현으로 그 무게를 덜어내려 하고 있지만, 월남전 제대 직후 신춘문예에 단편소설 「탑」이 당선되며 문학의 길로 복귀한 뒤 보여준 왕성한 창작활동 못지않게 역사와 세상에 대한 그의 쉼 없는 참여의 몸짓은 정말 놀라운 바가 있다. 이번 자전을 읽어보면 중고등학교 시절 예비 문사로 이름을 떨칠 때부터 홀어머니의 근심을 산 그의 출분과 방랑, 일탈은 일종의 본능적 기질이 아니었나 생각될 정도인데, 그 자신의 술회대로 이것이 "나중에 세상 밖으로 뛰쳐나가면서 글쓰기와 사는 일이 일치되었으면 하는 열망으로 발전했"던 건 한국문학의 축복이었을 것이다.
　그는 먼저 세상 속으로 뛰어들어가서 살고, 그리고 그 살아낸 시간으로 썼다. 청년기의 자폐와 방황, 월남전 참전까지의 긴 시간이 일종의 잠복기를 이룬 뒤 70년대 한국 현실과의 맹렬한 부대낌 속에서 폭발적이고 경이로운 작품 산출로 이어졌다면, 80년대는 광주에 대한 부채의식과 함께 또 한번 문학을 밀쳐두고 세상 속으로 뛰어들어야 할 시간으로 그를 뒤흔든 것 같다. 그것이 그의 '일치'의 방식이었을까. 방북과 망명, 투옥의 긴 문학적 공백기 이후, 『오래된 정원』『손님』『바리데기』『여울물 소리』 등이 다시 한번 화산처럼 터져나왔음을 우리는 안다. 그러긴 해도 이런 과정이 순탄하거나 원만했을 리가 없고, 작가 개인과 주변에 숱한 회한과 상처로 남았음은 『수인』의 곳곳에서 확인할 수 있다.

자전 『수인』은 무엇보다 탁월한 증언의 문학이다. 방북 중 2층 창문으로 모란봉 언덕이 바라보이던 어린 시절 옛집 동네를 찾은 대목에서 작가의 기억은 믿을 수 없이 생생하게 아버지와 함께 다리쉬임을 하던 작은 바위를 찾아낸다. 일 나간 어머니를 기다리던 칠성문 부근의 전차 종점이며 을밀대의 과자 행상까지, 40여년의 세월을 건너 작가의 기억을 타고 분단의 땅 저 너머의 장소가 주는 현실감이 기적처럼 살아서 다가온다. 피란생활을 포함해서 6·25 전후 작가가 성장기를 보낸 영등포 일대의 풍경과 살림살이 역시 너무도 핍진하다. 김일성의 육성은 마치 녹음기를 틀어놓은 것처럼 재현되어 있다. 박태원, 이기영 등 월북 작가의 가족을 만난 이야기도 문학사의 소중한 증언으로 남을 것이다. 그리고 그가 만난 숱한 사람들의 이야기가 '자전'의 개인사를 사회사로, 생활사로, 민중사로 엮고 쌓아간다. 4·19 때 죽은 동급생 친구를 포함해 그 만남은 또한 많은 죽음의 기억을 포함하고 있는바, '자전'을 살아남은 자의 회한으로 채우고 있기도 하다. 그러면서 '자전'의 시간들은 결국 '황석영 문학'이라는 거대한 궤적으로 수렴된다.

황석영은 떠나고 또 떠난다. 어머니로부터, 가족으로부터, 문학으로부터. 늘 그가 서 있고 도달한 곳으로부터. 그의 집요한 역사 참여조차 역사로부터 떠나고 역사의 짐을 벗기 위한 몸짓으로 보일 정도다. 그러나 그 자신 술회하는 대로 그가 갈망했던 자유는 그가 나고 자란 분단된 한반도의 시간과 역사 안에서 "얼마나 위태로운 것"이었나. 어머니는, 가족은, 문학은 또 어땠을까. 월남전 파병을 앞둔 포항 특교대 훈련장으로 면회 온 어머니를 훈련 나가는 트럭 위에서 우연히 상봉한 이야기를 들려준 뒤, 작가는 말한다.

눈시울이 화끈했다. 그렇다, 어머니에게는 이 변변찮은 아들이 결혼을 해서 가정을 이룰 때까지, 이를테면 내가 당신의 연인이었던 셈이다. 그녀는 고해와 같은 세상 속으로 내던져진 나를 찾아서 곳곳을 헤매고 다녔다. 아무런 힘도 남아 있지 않은 것 같은 때도 그녀는 언제나 어느 곳에나 나를 찾아서 먼 길을 오곤 했다. 나날이 늙어가는 어머니의 좁은 어깨를 보면서 나는 돌아서서 혼잣말로 중얼거리며 자신을 욕하곤 했다. 에라 이 몹쓸 놈아.

그러니 도대체 문학은, 역사는 무엇이란 말인가. 황석영의 자전 『수인』은 무엇보다 깊은 개인적 회한의 기록이며, 그런 한에서야 문학과 역사를 향해 뛰어들 수 있었던 어떤 세대, 어떤 개인의 착잡하고 슬픈 시간의 기록일 것이다. 문학과 행동으로 한국현대사의 한복판을 가로지른 담대한 열정, 그 거대한 걸음에 대한 감동과 경의를 잠시 눅여두고 싶은 것도 그 때문이리라.

○ 2 0 1 7

●

일 산 , 오 래 된 누 옥 의 시 간 과
젊 고 화 려 한 불 빛 사 이 에 서

그러께 여름이었던 걸로 기억한다. 친구 차를 얻어타고 자유로 이산
포 나들목 쪽으로 들어오는데 숫자가 길게 나열된 낯선 전광판이 눈
에 들어왔다. 고양시 인구 100만 돌파를 앞둔 카운트다운이었다. 찾아
보니 정확히 2014년 8월 1일 오전 9시 55분에 100만 인구를 넘어섰다
고 한다. 대한민국 10번째 100만 도시라는 설명도 붙어 있다. 경기도
북서부에 위치한 고양군이 고양시로 승격한 것은 일산신도시가 들어
선 1992년이다. 북서쪽으로는 파주시, 북동쪽으로는 양주시와 접하고
있으며, 한강을 사이에 두고 남서쪽으로 김포시와 인근해 있는 고양이
서울 서쪽 외곽의 한적한 농촌에서 지금과 같은 거대 도시로 변모한
계기가 바로 일산신도시의 조성인 셈이다. 시 승격 1년 후 일산신도시
의 인구 증가로 일산구, 덕양구로 분구되었다가 2005년 일산구가 다시

동구, 서구로 분구된 저간의 사정만 보아도 일산신도시가 고양 지역의 변모에 결정적인 역할을 한 것을 잘 알 수 있다. 지금 일산신도시는 고양시 전체 인구의 40퍼센트 정도를 차지하고 있다.

고인이 된 박영한 선생이 『왕릉일가』 연작을 『세계의문학』에 발표하고 있던 무렵이니 1987년이나 1988년이었을 테다. 소설의 배경인 '우묵배미 마을'이 지금의 능곡 어디쯤이었던 걸로 안다. 한국의 근대화가 88올림픽을 전후로 또다른 기형의 꼭짓점을 향해 달려가던 시절, 작가가 우묵배미 그곳에서 포착한 그 어정쩡한 반농반도(半農半都)의 서글프고 질펀하며 이윽고 밀려날 삶들은 지금 생각해보면 인정세태의 리얼리즘이 가능했던 얼마 안 남은 마지막 변경(邊境)의 풍경이 아니었을까. 그 무렵 난 종로에 있던 민음사에서 막 직장생활을 시작한 터였는데, 편집장 이영준 형의 집이 능곡 지나 백마(경의선 백마역 부근은 80년대 '화사랑' 서껀 몇몇 주점들이 들어서면서 젊은이들 사이에 유명해지기도 했다) 어디쯤에 있어서 처음으로 그쪽 구경을 했던 기억이 난다. 신촌에서 시외버스를 갈아타고 한참을 들어가서 내린 곳은 허허벌판이었고, 논밭만 있는 그냥 시골이었다. 마당이 있는 시골집을 싸게 얻어 살고 있었는데, 그 집에만 이영준 형 포함 두명의 준(準)시인이 있었다(압둘 자바처럼 키가 컸던 성원근 형은 『오, 희디흰 눈속 같은 세상』을 첫 시집이자 유고시집으로 남기고 1994년 너무 일찍 세상을 떠났다). 박영한 선생이 일찌감치 서울 서쪽 고양 일대의 문자향

서권기를 간파했다면, 슬슬 그 뒤를 이을 후배들이 그곳으로 찾아들고 있었던 것이다. 1990년대를 지나면서 고양의 핵으로 떠오를 일산이 한국문학의 주요한 산실로 자리 잡게 된 것도 이리 보면 전혀 우연은 아니었던 셈이다. 어쨌든 바로 그때 바로 그곳, 고봉산 아래 한강 쪽으로 펼쳐진 벌판을 도상에 놓고 이른바 거대한 '신도시 계획'이 입안되고 있었던 걸 그 문사(文士)들은 문학과, 술, 바둑에 목을 매느라 전혀 모르고 있었을 테다.

27만 인구를 수용할 일산신도시를 조성한다는 이야기는 간간이 뉴스로 접하기야 했겠지만, 가정까지 꾸린 처지에 먹고사는 일에 도무지 생심을 못 내던 그 무렵의 내게는 먼 일처럼 들렸기 십상이다. 그러다 친구 따라 강남 간다고, 일산으로 아예 이사를 가게 된 게 1994년 말이었다. 나를 꾄 친구는 소설가 김소진인데(왜 이렇게 일찍 세상을 뜬 이들이 자꾸 글에 등장하는지 모르겠다), 그는 예의 소심하고 성실한 성격에 맞게 직장을 잡자마자 주택청약예금을 착실히 부어나갔던 모양이고, 당당히 일산신도시 1기 입주민이 되어 있었다. 세곡동 신혼집을 정리하고 경의선 백석역 근처 24평형 새 아파트에 노모와 신부, 갓난 아들을 앞세우고 입성한 것이 1994년인가 그랬을 것이다. 이영준 형의 백마 시절 이후 처음으로 다시 수색 너머 그 해 지는 서부로 가보게 된 게 그때였다. 능곡 부근의 까마득한 허허벌판은 여전했고, 신도시는 좀체 모습을 드러내지 않았다. 그러다 무슨 벽들이 일제히 도열해 있는 듯한 이상한 도시가 나타났다(일산신도시가 북한 장갑차의 남진 저지용으로 설계되었다는 괴담쯤은 나도 들었을 테다). 한마디로 횅했다. 도로는 필요 이상으로 넓다 싶었고, 다니는 차들도 별로 없어 한적한 느낌마저 들 정도였다. 그런데 깔끔한 친구네 새 아파트 식탁에 앉아 삼겹살에 소주를 얻어먹고 다시 서울로 돌아올 때는 달랐다. 길이 익기 시작해서 그런지 일산이라는 곳이 그다지 멀게 느껴지지 않았고, 뭔가 억울한 심정마저 들었다. 심은 지 얼마 안된 나무들이 풍경을 제대로 거들고 있지는 못했지만 커다란 타원형 호수를 품고 있는 공원은 정말 인상적이었다. 화장실 물도 잘 안 내려가는 서울 변두리의 낡은 아파트 전세 기간도 끝나가던 참이었다. 신도시의 전세값은 의외로 쌌고, 약간의 추가분은 일산 선주민이 융통해준 덕에 나도 그해 말 일산신도시의 주민이 되었다.

그리고 '호수가 있는 신도시' '서울 서쪽의 신도시' 등으로 그 본명을 살짝 가린 채(그러나 누구나 짐작할 수 있게) 일산신도시가 한국소설의 유력한 지역-배경으로 등장하게 되는 게 바로 이 무렵인 90년대 중반부터다. 이것은 물론 김소진의 경우가 그러하듯, 일산신도시가 일군의 작가들에게 맞춤한 생활터전이 됨으로써 가능해진 일이기도 했다. 같은 시기에 조성된 강남권 분당신도시에 비해 일산은 상대적으로 조금 젊은 세대에다 이제 막 생활기반을 마련하기 시작한 고만고만한 직장인들이 더 많이 입주하고 이주해왔던 것으로 알고 있는데, 90년대 들어 일군의 작가들이 일산에 살며 이곳을 자신들의 작품 속에 녹여 넣게 된 사회적 배경도 이로부터 어느정도 유추가 가능하지 싶다. 80년대의 이념적 열정이 눅어든 자리에서 지금은 우리가 그 바깥을 상상하기 힘들게 깊숙이 밀려들어온 자본 주도의 양극적 세계 현실, 디지털 문명 속의 고립적 개인화 등등 그 새로운 욕망의 이야기가 시작된 시기가 바로 이때이며, 그런 이야기의 전개에 장차 그에 걸맞게 변모해온 현재까지의 모습을 포함해서 일산은 적절한 도시의 감정과 욕망, 서사를 제공해왔다고 볼 수도 있을 것 같다. 해서 이제 일산은 특히 한국소설에서 하나의 지리적 유형학을 구성해볼 수 있을 정도로 의미 있는 공간이 되었다고 할 수 있겠다.

가령 오랜 일산 주민이기도 하고 그동안 작품 속에 종종 '호수가 있는 신도시'를 등장시켜온 은희경의 경우, 최근 일산에도 새로운 거주 유형으로 자리 잡은 오피스텔 공간이나 호수공원의 지리지 등을 적절히 활용하면서 '고독의 연대'라는 자신만의 소설적 주제를 심화하고 있는 듯하다. 단편소설 「별의 동굴」(『중국식 룰렛』)은 박사논문을 9년째 붙들고 있는 무력한 40대 남자가 주인공인데, 살고 있는 원룸 오피스텔(바로 앞이 호수가 있는 공원이다) 이사 문제로 알게 된 부동산 사무소 여인(이혼하고 혼자된 마흔살의 이 여인 역시 신도시의 원룸텔에서 산다)과의 짧지만 인상적인 만남이 소설 속에 삽입되어 있다. 호수공원 산책길에 우연히 다시 만난 여인은 묻는다. "이 방향으로 걸으시나

봐요.”“네?”“반대방향으로 도는 사람들도 있잖아요.” 호수공원은 늘 달리거나 산책하는 사람들로 붐비는 곳이지만 다들 특별히 자신이 도는 방향을 의식하기보다는 그저 자연스럽게 어느 한쪽 방향으로(호수공원 정문 쪽을 기준으로 하면 시계 반대방향으로 도는 이들이 더 많은 듯하지만) 도는 것일 테다. 그런데 갑자기 이렇게 묻고 나자 이것은 고독, 혹은 엇갈리는 존재들의 이야기를 담고 있는, 해볼 만한 소설적 질문이 된다. 얼마 뒤 두 사람의 술자리에서 여인은 이 ‘방향’ 이야기를 좀더 쓸쓸하고 아픈 톤으로 되낸다. “시간을 맞춰서 같이 가요, 그럼 방향은 상관없잖아요.” 이제 이 말을 기억하는 이에게 호수공원 산책길은 가끔 예사롭지 않은 무게로 다가오기도 하지 않을까.

　말고도 일산이라는 지역이 단지 표층의 배경을 넘어 작품과 깊숙이 내속된 인상적인 이야기들은 많다. 지금은 복선화되고 멀리 용문까지 연결되는 경의중앙선으로 바뀌었지만 한때의 경의선과 그 경의선을 따라 구일산을 경계로 탄현에서 곡산까지 이어진 자전거도로는 김소진의 대표작 중 하나인 「자전거 도둑」에서 유년의 기억을 잇는 두겹의 이야기에 근사한 소설의 길을 내주었다(김소진이 세상을 뜬 후 이 길에는 ’소진로’라는 공식 명칭이 붙었다). 김연수의 「세계의 끝 여자친구」(『세계의 끝 여자친구』, 문학동네 2009)를 읽은 이라면 호수공원 한강 습지 쪽 중간쯤에서 호수를 바라보며 서 있는 메타세쿼이아 한그루를 사랑에 대한 쓸쓸한 상념 없이 그냥 지나칠 수는 없을 테다. 예전 ‘화사랑'의 기억을 더듬으며 풍동 쪽을 거니는 사람들은 윤대녕의 「연」(『제비를 기르다』, 창비 2007)에서 조롱(鳥籠)이 등처럼 걸려 있던 그 작고 어둑한 술집을 떠올릴 수도 있으리라. 김훈의 「저녁 내기 장기(將棋)」(『문학동네』 2015년 여름호)는 호수공원 동쪽 소나무 그늘 아래에서 늘상 벌어지는 장기판의 풍경 뒤로 우리 시대 장년과 노년의 부서지는 삶을 아프게 환기한다. 제대군인 한석규가 내린 곳이 그 넓고 텅 빈 대곡역이었을 테다. 이창동 감독의 「초록물고기」(1997)에서 내 마음을 흔든 것은 이상하게도 구일산 쪽에서 신도시를 바라보던 그 영화의 시선이었다. 며칠 전 박철 시인은 오랜 일산생활을 정리하고 김포로 돌아가게 되었다며 페이스북으로 자신의 시를 한편 보내주었다.

떠돌다보면 앞머리에 구(舊)자가 붙는 지명을 가끔 만난다
강을 하나 건너니 신시가지 귀퉁이에 철길이 있고
때깔 잃은 역사(驛舍)가 있고 안방 내준 구닥다리마냥 구(舊)일산
거기 구일산 재래시장 골목에 파리도 반기며 버팅기고 앉은
니나노집이 하나 있으니 가관이었다.
　―「골목길」 부분

신도시의 탄생을 지켜본 구일산의 속절없는 자취들은 아직 남아 있다. 일산역을 구름다리 삼아 건너가면 세월을 뒤로 돌린 것처럼 풍경

이 바뀌고 5일장으로 유명한 재래시장이 나온다. 이곳 일대도 재개발되어 아파트 단지들이 꽤 들어섰지만, 시장 인근과 역사(驛舍) 쪽은 옛 동네 그대로다. "입심 걸은 여자"(「골목길」)가 걸쭉한 농을 쏟아낼 것 같은 그런 술집들도 있다. 바래고 바랜 썬팅 창으로는 장사를 하는지 마는지 분간은 잘 안 가지만 말이다. 생각해보면 문학은 덩어리지고 혼재된 시간의 안쪽으로 들어가 일어나고 사라지는 것들과 함께 있으려는 시선이기도 하다. 킨텍스, 라페스타의 젊고 화려한 불빛과 구일산의 저 오래된 시간 사이에서 언제나 그렇듯 사람들은 살아가고, 거기서 오늘도 문학은 삶을 향한 새롭고 오래된 질문들을 벼리고 있을 것이다.

○ 2016

세
상
의

시
간,

3부 ─────────────

세
상
의

풍
경

●

너 무 도
간 단 한   정 의

오늘 아침 신문을 보고 '전원(電源)개발촉진법'이라는 게 있다는 걸 알았다. 유신 말기인 1978년에 만들어진 이 법은 이름에서부터 개발독재 시대의 냄새를 짙게 풍기는데, 산자부(당시 상공부) 장관에게 전력개발 사업에 관해 거의 전권을 부여하고 있다. 이 법은 한전이 주민들의 토지를 강제로 수용할 수 있는 근거도 제공한다. 산자부 장관의 승인만 받으면 도로법·하천법·수도법·농지법 등 19개 법령에서 다루는 인허가사항을 모두 거친 것으로 본다고 하니, 전력개발 사업이 주민생활에 끼치는 영향과 문제점을 여러 측면에서 검토할 수 있는 길을 원천적으로 막고 있는 셈이다.

한전은 내부에 '입지선정자문위원회'를 둔다지만, 위원회의 결정에는 법적 강제력이 없다. 심지어 위원회 설치를 생략할 수도 있다. 보상 또한 법적 근거 없이 한전의 내부규정에 따라 임의적으로 행해지면서 찬반 주민의 대립과 갈등을 부추기는 수단이나 공사 강행의 비열한 '미끼'가 되어왔다. 한마디로 국가 주요 에너지 사업이라는 명분을 내세워, 한전의 전력개발 사업에 거의 무소불위의 법적 날개를 달아준 것이다.(「송전탑 강행 뒤엔 '유신 악법' 전원개발촉진법 있다」, 한겨레 2013. 10. 14. 참조)

누구나 알 수 있듯, 이 법은 사업이 시행되는 지역 주민의 권리와 의사를 '법적으로' 봉쇄하고 있다. 아마도 이 법의 입안자들과 이 법의 비호 아래 송전탑 공사를 비롯해 전력개발 사업을 해당 주민들의 의사와 무관하게 밀어붙여온 정책 집행자들의 머릿속에는 언제든 쉽게 떠올렸다 지워버릴 수 있는 '추상적이고 거창한 국민'만이 있었을 것이다. 내가 더 놀랐던 것은 이러한 권위주의 시대의 법이 지난 35년 동안 국회든 어디든 공론의 장으로 나온 적이 없다는 사실이었다(문제를 제기한 이들이 있었겠지만 묻혀버렸을 가능성이 높다).

사실 나 자신, 밀양 노인분들의 안타까운 항변과 눈물겨운 싸움이 보도되기 전에 '송전탑'에 대해 아무런 문제의식이 없었다. 간혹 찾은 시골에서 송전탑을 본 기억은 있다. 그러나 송전탑 건설로 그 지역 주민들이 입었을 피해와 고통에 생각이 미친 적은 없었다. 거창하게 이야기할 것도 없겠다. 정작 전기를 펑펑 쓰고 사는 사람은 수도권 대도시 주민인 나인데, 그 전력의 공급을 이유로 살던 땅을 빼앗기고 암의 공포에 시달리며 이웃 간 원수가 되는 날벼락 같은 재난을 뒤집어쓰는 사람들은 왜 밀양이며 횡성의 그 시골 주민들인가. 이 간단한 정의(正義)의 문제가 왜 내 머릿속에서는 제기되지 않았던 것일까. 문학평론을 한답시고 틈만 나면 가져다 쓴 말이 타자의 고통이니 사회적 약자에 대한 공감과 연민의 윤리니 하는 근사한 구절들이었으면서 말이다.

15년 전 송전탑 건설로 고통을 겪은 횡성 유동리 주민들의 이야기를 전하는 『한겨레21』 기사(2013. 10. 21. 제982호)의 제목은 '그때 우리는 국민이 아니었다'이다. 며칠 전 트위터를 보다가 경남지사 명의의 성명서가 신문에 실린 걸 알게 되었다. 링크된 성명서를 읽어보니 역시 '외부세력' 운운이다. 경남지사는(트윗을 올린 분의 말마따나 왜 경남지사는 자신의 이름을 거기 밝히지 않았을까?) 뜬금없이 평택 대추리, 제주 강정마을, 한진중공업 사태를 열거한 뒤, 굵은 글씨체로 비장하게 호소한다. "밀양과 아무런 관계도 없는 사람들이 밀양의 생존권을 위협하고 있습니다. 더이상 용납해서는 안됩니다." 추악한 이분법을 잠시 받아들인다 하더라도, 정말 이 문제에서 누가 내부이고 누가 외부인가? 2012년 1월 16일 새벽 밀양시 산외면 보라마을 주민인 일흔네살 이치우 씨의 논에 50여명의 용역 직원과 한전 직원들이 굴착기를 앞세우고 들이닥쳤다. 이치우 씨와 주민들은 맨몸으로 맞섰다. 분을 이기지 못한 이치우 씨는 그날 저녁 휘발유를 몸에 붓고 불을 붙였다.

이치우 씨의 죽음은 밀양 송전탑 문제를 세상에 알리면서 현재의

'밀양 765kV 송전탑 반대 대책위원회'가 꾸려지는 계기가 되었다. 이치우 씨의 동생 이상우 씨는 말한다. "외부세력은 무신. 딴 데 사람들 아니면 우리가 막아낼 수 있나. 4공구(금곡 헬기장) 근처에 우리 마을이랑 골안마을 사람들이랑 해봤자 나올 수 있는 사람들이 30명도 안된다. 노인들 30명에서 경찰들이랑 일하는 사람들 우예 막노. 도시에 전기가 필요하면 도시에다가 철탑을 세워가 전기를 쓰든지 해야지, 와 시골에 철탑을 세울라카노, 세울라카긴. 못난 놈의 시골 사람들 잡아 죽일라카는 기지 뭐."(「도시에 필요한 전기 쓸라고, 와 시골에 철탑 세울라카노」, 한겨레 2013. 10. 13.)

내 고향 부산과 밀양은 가깝다. 고등학교 2학년 때 교련복 차림으로 친구들과 밀양 송림에 놀러 갔던 사진은 지금도 가끔 꺼내 본다. 나는 그 '외부세력'이 아닌 게 부끄럽다. 그 세대 어른들이 대개 그렇듯 노모는 거의 전등을 켜지 않는다. 저녁에 현관문을 열면 집 안이 깜깜할 때가 많다. 나는 가끔 그런 노모에게 짜증을 낸다. 그리고 보니 전기 아깝다, 전기 닳는다는 말을 참 많이도 들으며 자란 것 같다.

◯ 2013

●

넬 슨 만 델 라 의

걸 음

며칠 전 세상을 떠난 넬슨 만델라 전 남아공 대통령의 『만델라 자서
전 — 자유를 향한 머나먼 길』(아태평화출판사 1995;개정판 두레 2006)은 제
목 그대로 '자유'를 향한 멀고도 험한 인간 여정의 기록이다.

　1993년 6월 3일, 기나긴 협상 끝에 남아공의 여러 정파는 이듬해 4월
27일 남아프리카 역사상 처음으로 전국적이며 인종차별 없는 1인 1표
의 보통선거를 통해 새로운 정부를 구성하기로 합의한다. 선거 결과
넬슨 만델라가 이끄는 ANC(아프리카 민족회의)가 다수 의석을 차지했고,
5월 10일 만델라는 대통령에 취임한다. 자서전에서 만델라 대통령은
취임식 다음 날 가졌던 상념을 전한다.

　참혹한 보어전쟁(1899~1902년 남아프리카에서 영국과 네덜란드 식민 후손

보어인 사이에 벌어진 전쟁 — 인용자)이 끝나고 몇년 뒤, 그리고 내가 태어나기 몇년 전, 20세기 처음 10년에 남아프리카의 하얀 피부의 사람들이 자신들의 다른 점을 주장하고 검은 피부색을 가진 사람들의 땅에서 그들을 지배하는 인종적 지배체제를 수립했다. 그들이 창조한 구조는 인류 역사상 가장 지독하고 비인간적인 사회의 바탕을 형성했다. 20세기의 마지막 10년이 남은 지금, 그리고 나 자신이 70대의 남자인 지금, 그 체제는 영원히 없어져서 피부색에 관계없이 모든 사람의 자유와 권리를 인정하는 체제로 바뀌게 되었다.

그러나 '피부색에 관계없는 자유와 권리'의 승인에 이르기까지 남아공 국민이 겪은 고통과 희생은 이루 말할 수 없는 것이었고, 억압과 차별의 철폐를 위한 투쟁과 인내의 세월 또한 상상을 넘는 것이었다. 27년간의 투옥생활에도 희망과 신념을 잃지 않았던 만델라 자신이 바로 그 고통과 투쟁을 대표하는 인물이라고 할 수 있지만, 그 자신 자서전에서 누누이 강조하고 있듯이 더 많은 영예는 그 '자유의 선포식'에 함께할 수 없었던 수많은 투사와 말없이 고통을 감내하다 스러져간 익명의 남아공 사람들에게 돌려야 하리라.

소수 지배계급을 이루며 정치적 경제적 수혜자였던 아프리카너를 비롯한 백인들에게도 이 '자유'의 나눔은 어떤 해방의 계기였을 것이다. 비인간적 체제가 그 체제의 수혜자들 역시 파괴한다는 것은 익히 알려진 진실이지만, 만델라와 비슷한 시기에 태어난 남아공의 작가 나딘 고디머의 소설은 겉으로의 혜택에도 불구하고(물론 흑인이 겪은 전면적 고통과 백인의 정신적 황폐와 갈등을 같은 저울에 올릴 수는 없을 테다) 남아공의 백인사회 역시 그 체제의 도덕적 희생물이었음을 섬세하고 예리하게 증언한다.

언젠가부터 나 자신 '사랑'이나 '화해'와 같은 달콤한 말을 외면하고 살아왔다는 생각이 드는데, 만델라의 자서전이 깊은 인간적 겸손 속에 일깨우는 가치는 일견 진부해진 듯한 그런 말들의 진정한 쇄신이 아닌가 하는 생각도 든다. 만델라가 오랜 감옥생활에서 석방되었을 때 많은 사람들이 그가 백인에 대한 분노를 키워왔으리라 짐작한 것은 자연스럽다.

그러나 나는 분노 같은 것을 가지고 있지 않았다. 교도소에서 백인을 향한 분노는 줄어들었으나 체제에 대한 증오는 커졌다. 나는 내가 서로서로를 등지게 만든 체제를 미워하지만 나의 적들조차도 사랑했다는 사실을 남아프리카가 알게 되기를 원했다.

긴 자서전을 따라 읽으면서 나는 이 말이 전혀 정치적 수사가 아니라는 것을 느낄 수 있었지만, 실제로도 만델라는 집권 후 '진실과 화해 위원회'를 만들어 그 자신의 생각을 실천했다. 그 위원회의 원칙은 이름 그대로 '진실(truth)'을 조건으로 화해한다는 것이다. "잊지는 않되, 용서하기(forgiveness without forgetting)" 이 짧은 한마디의 원칙이 감동적인 것은 도저히 화해할 수 없는 기나긴 파괴와 억압의 역사에도 불구하고 진실과 정의를 자유의 이름으로 나누고 함께하려는 인간적 겸손과 이해의 마음이 거기 담겨 있기 때문이다. 그러면서 이 용서의 이야기는 진실의 증언과 기억을 통해 그 자유의 고난과 영예를 수호하고 넓히려 하고 있다.

최근 한국사회 일각에서 심상치 않은 기세로 고개를 들고 있는 증오와 배제의 정치, 민주적 가치에 대한 폄하와 훼손은 그 계급적 정치적 이해와 결부된 역사의 망각과 왜곡을 통해 한국 근현대를 살아낸 많은 이들의 인간적 존엄을 모독하는 수준까지 치닫고 있는 듯하다. 생각해보면 문학은 그 당장의 수행적 실천적 효과는 미미할지 모르나 언제나 기억과 용서의 이야기를 통해 인간적 위엄의 지평을 깊고 넓게 해왔다. 얼마 전, 10월유신과 87년 6월항쟁이 소설의 배경으로 등장했다는 '정치적' 이유로 약속된 작품의 게재를 거부한 한 문예지의 행동이 더욱더 참담하게 느껴지는 소이다. 만델라의 자서전은 '자유를 향한 자신의 걸음은 이제 막 시작되었다'는 말로 끝난다. 지금 우리는 그 인류의 걸음, 어디쯤 있는 걸까.

우리는 우리 여정의 마지막 발걸음을 내딛지는 못했지만, 더 길고 어려운 첫 발걸음은 내디뎠다. 자유로워진다는 것은 단지 쇠사슬을 풀어 버리는 것은 아니며, 다른 사람의 자유를 존중하고 증진하는 방식으로 사는 것이기 때문이다. 우리의 자유에 대한 진정한 헌신은 이제 막 시작되었다.

○ 2 0 1 3

●

용 서 의
시 작

얼마 전 인터넷으로 뉴스를 훑다가「이 분노에 답한 독일의 기립박수」 (중앙일보 2014. 1. 29.)라는 기사에 눈길이 멎었다. 기사를 읽고는 링크된 방송 동영상까지 보게 되었고, 몇 안되는 숫자지만 트위터 친구들에게 리트위트도 했다.

보도에 따르면 '홀로코스트의 날'을 맞아 독일 연방하원에서 '레닌그라드 봉쇄' 생존자인 러시아 작가 다닐 그라닌의 연설이 있었다. 1941년 9월부터 900일간 독일군에 의해 진행된 이 봉쇄작전에서 공습과 포격 외에도 굶주림과 질병, 추위로 인해 약 100만명이 사망했다. 희생자의 다수는 어린이와 여성이었다.

노작가는 느리지만 단호한 목소리로 말한다. "단지 항복을 기다리면서 무수히 많은 이들을 죽어가도록 내버려둔 독일인을 아주 오랫동안,

또 누구보다 더 용서할 수 없었습니다." 연설이 끝나자 독일의 대통령과 총리, 헌법재판소장, 의원들이 모두 일어나 박수를 치는 모습을 방송은 보여준다. 작년에 메르켈 총리가 뮌헨 근교 다하우 강제수용소를 찾아 속죄의 헌화를 하던 모습이 생각났다. 그때 총리의 발언이 인상적이었던 것 같아 찾아보았다. "이 수용소가 나를 말할 수 없는 슬픔과 수치로 채우고 있습니다." 그런데 여기에 겹치는 또다른 장면도 있다.

강제수용소 생존자들의 증언을 담은 끌로드 란즈만 감독의 다큐멘터리 「쇼아」(1985)에는 폴란드 바르샤바 게토의 행정 부책임자였던 독일인에게 질문하는 장면이 나온다. "당신은 당신이 기차에 태워 보낸 사람들이 정말 어디로 가는지 몰랐습니까?" 점잖게 생긴 이 전직 독일 관리는 전염병이 창궐하던 바르샤바 게토의 상황을 이야기하며, 당시 유대인의 집단 재배치는 불가피했다고 대답한다. 그러면서 사죄와 참회의 말을 기대하는 감독에게 말한다. "사태는 당신이 생각하듯 그렇게 간단한 게 아니었습니다."

그는 끝내 감독이, 그리고 내가 듣고 싶은 대답을 들려주지 않았다. 종전 후 그는 등산 관련 책을 내는 출판인으로 변신해서 안정된 삶을 살고 있는 듯했다. 그는 지적이고 세련된 느낌을 주었는데, 단정한 말들에는 묘한 냉소가 서려 있었다. 생존자들의 고통스러운 증언들 못지않게 이 장면은 한동안 내 머리를 떠나지 않았다. 물론 모를 일이다. 그가 란즈만 감독의 인터뷰에 응했다는 사실 자체가 얼마간 자기 책임을 회피하지 않겠다는 자세였을 수도 있으니까. 그러나 그가 보인 태도는 지성의 자기확신에서 우러나오는 것 같았고, 그래서 더 섬뜩하고 착잡했다.

하나의 장면이 더 있다. 엔도오 슈우사꾸의 장편소설 『바다와 독약』(박유미 옮김, 창비 2014) 이야기다. 이 소설은 1945년 5월 생포된 미 B29기 탑승원 8명(재판 없이 사형을 선고받음)을 인계받아 생체실험을 자행한 '큐우슈우 대학 의학부 사건'을 밑그림으로 인간 양심, 죄의식의 향방을 묻는다. 소설은 의대생 신분으로 생체실험에 가담했던 스구로와 토다, 그리고 간호사 우에다의 내면으로 들어가 그들의 시선과 언어로 체념과 무력감 속에 마비되어가는 인간 양심의 바다을 적나라하게 보여준다.

물론 그들의 양심과 죄의식을 마비시키는 '독약'의 근본적인 출처는 토다의 말 "뭘 하든 똑같으니까. 모두가 죽어가는 시대 아이가"에 담긴 것처럼, 광기와 비인간의 전쟁, 그것이다(아니 더 정확히는 군국주의 일본이 일으킨 침략전쟁일 테다). 그런데 그 마비가 어느 정도인가 하면, 토다는 생체실험 후 포로의 생간을, 회식을 하고 있는 군인들에게 가져다주면서도 거의 아무런 느낌도 갖지 못한다.

그는 가책과 통증, 후회를 원했으나 그런 감정은 일어나지 않는다. 토다는 말한다. "벌이라면 세상의 벌 말인가? 세상의 벌만으로는 아무것도 안 변한다." 법정진술서 형식으로 소설에 들어 있는 내면고백을 읽으며 토다가 조금은 총명하고 예민한 아이로 자라났다는 것을 알기에 끔찍한 마비에 대한 우리의 탄식은 더욱 증폭된다. 아마도 소설 제목의 '바다'는 이 '독'의 세계 너머, 어떤 '은총'과 '사랑'의 지평을 함의하는 것이리라. 그 초월적 '바다'를 향한 순교와 배교의 이야기를 다룬 엔도오 슈우사꾸의 또다른 대표작『침묵』(1966)의 무대 나가사끼 현에는 '침묵의 비(碑)'가 있다고 한다. 비문은 이렇다. "인간이 이렇게 슬픈데 주여, 바다가 너무나도 파랗습니다."

러시아의 노작가가 독일 의회에서 '용서할 수 없었다'고 연설하는 순간, '용서'의 이야기는 시작된다. 독일 총리가 홀로코스트의 현장에서 '슬픔과 수치'를 고백할 때 또다시 '용서'의 이야기는 시작된다. 바르샤바 게토를 관리했던 한 독일인의 섬뜩한 자기합리화와 자기기만의 세계, 토다의 마비에 대해서는 우리 역시 한동안 저 파란 바다 쪽을 바라봐야 할지도 모르지만 말이다. 앨리스 먼로의 자전적 단편「디어 라이프」는 돌아가신 어머니에 대한 회한과 자책을 곱씹으며 이렇게 끝을 맺는다. "사람들은 말한다. 어떤 일들은 용서받을 수 없다고, 혹은 우리 자신을 결코 용서할 수 없다고. 하지만 우리는 용서한다. 언제나 그런다."(『디어 라이프』) 아마도 이 또한 '용서의 시작'에 대한 이야기일 것이다.

현실의 바다 건너에서 들려오는 소식을 접하며 생각해본 것들이다. 아베 정부는 일본군위안부의 실체와 그 동원의 강제성을 인정하고 사죄한 '코오노 담화'(1993)를 사실상 폐기하려 하고 있다. 식민지배와 침략전쟁에 대해 사죄한 '무라야마 담화'(1995)가 그들의 머릿속에 들어 있기는 한 걸까. 하긴 바다 건너의 이야기만 있는 것은 아닐 테다. 상고까지 했다고 하니, 대법원의 최종 판단이 내려지면 강기훈 씨의 23년에 대한 사죄의 이야기는 그때 시작된다는 걸까.

○ 2 0 1 4

●

키 드 랏 타 히 믹 감 독 의
질 문 과 꿈

지난달 한국영상자료원에서 필리핀 독립영화의 대부로 불리는 키드 랏 타히믹 감독의 특별전을 볼 기회가 있었다. 독재자 마르코스, 마닐 라 공항에서 암살당한 아키노 상원의원, 1986년 '피플 파워'의 시민혁 명 등으로 기억에 남아 있을 뿐 오랫동안 별다른 관심을 가져본 적 없 던 필리핀이 새삼 가까운 아시아의 이웃으로 다가왔다. '제3세계'라는 이제는 거의 쓰지 않는 호명에 대한 추억과 함께 말이다.

대항해시대 마젤란에 의해 외부세계에 알려진 이래 필리핀은 400년 가까이 스페인 식민지로 있었고, 20세기 들어 미국의 지배를 받다 가, 2차 세계대전 시기 일본의 점령을 거쳐 1946년 독립했다. 그러나 1992년에야 주둔한 미군이 철수했을 정도로 필리핀의 경제·외교·군 사 전반에서 여전히 미국의 영향력은 크다고 한다.

필리핀 주둔 미군의 휴양도시로 조성된 바기오에서 태어난 키드랏 타히믹 감독은(모친이 바기오시의 초대 시장을 지냄) 미국 와튼 비즈니스 스쿨을 졸업하고 OECD 연구원으로 독일 뮌헨에 파견되어 근무할 정도로 서구 지향의 제3세계 엘리트 지식인으로 자라났다. 그런데 독일 체류 중 베르너 헤어초크 감독을 만나게 되고, 이 만남은 그의 인생을 크게 바꾼다. 베를린 대학 영화학과 학생들이 쓰고 남은 자투리 필름으로 찍은 첫 영화 「향기 어린 악몽」(1977)은 제3세계인으로 서구에 도착한 바로 그 자신의 운명을 되돌아보면서, 오랜 식민의 땅 필리핀의 역사와 정체성을 몽상과 유머를 버무린 독창적인 시선으로 성찰한다. 사실 키드랏 타히믹 감독의 이름을 처음 접한 나는 '필리핀 독립영화의 대부'라는 소개글을 보며 조금은 엄숙하고 딱딱한 다큐멘터리 영화를 예상하고 극장으로 향했던 터였다.

그러나 '지프니'(지프를 개조해 만든 대중적인 탈것) 운전수 캐릭터를 연기하며 등장한 감독 자신의 촌스럽고 우스꽝스러운 모습부터가 정형화된 다큐멘터리의 관습을 가볍게 벗어나 있었다. 머리맡에 붙여둔 미스 유니버스 사진을 보고 잠자리에 들고(그의 꿈은 미스 유니버스 심사위원이 되는 것이다), '미국의 소리' 방송을 들으며 하루를 시작하는 키드랏은 미국 로켓 공학의 아버지로 불리는 베르너 폰 브라운의 팬클럽 회장이기도 하다(회원은 마을 아이들 몇명이 전부지만).

필리핀 시골 마을에서 지프니 운전사로 사는 그에게 달나라로 우주선을 쏘아 올리는 미국은 찬란한 기술문명의 정화(精華)이자 꿈의 땅이다. 운 좋게 미국으로 갈 기회가 주어지고, 도중에 빠리와 독일에 머물게 되면서 그는 개발과 진보, 자본의 망령이 질주하는 서구 근대의 어두운 실상을 보게 된다. 영화의 마지막, 키드랏의 조용한 독립선언이 내레이션으로 흘러나온다. "나는 오늘로 폰 브라운 팬클럽 회장직에서 사퇴합니다. 팬클럽에서도 탈퇴합니다." 찰리 채플린을 연상시키는 슬프고 우스꽝스러운 키드랏의 몸짓과 행색은 그가 맞닥뜨린 정신없는 '모던 타임즈'의 시간과 풍경에 대비되며 제3세계 그 자신의 역사와 시간으로의 새로운 귀환을 예고한다.

그런데 1세계니 2세계니 3세계니 하는 구분이 더이상 의미없어지고 자본주의 단일의 세계체제가 지구촌 전체를 포섭하기에 이른 지금의 자리에서 보면, 키드랏의 독립선언은 영화가 전하는 자유롭고 유머러스한 감흥, 어떤 절실하고 순수한 결별과 귀환의 의지에도 불구하고 조금은 순진한 시선으로 느껴지기도 했다. 나의 이러한 생각을 불식시켜준 것은 그의 또다른 대표작 「누가 요요를 만들었나? 누가 월면차를 만들었나?」(1982)였다.

달에서도 요요를 해본 사람이 있을까, 하는 질문에서 시작하는 이 영화는 말 그대로 공상의 기발함과 허황함을 다 가지고 있다. 영화적 형식에서도 중간중간 애니메이션을 집어넣는 등 자유롭기 그지없다. 역시 감독 자신이 분한 주인공 키드랏은 독일의 어느 시골 농장에서 일하고 있다. 그는 아폴로의 달 여행에 맞추어 독자적인 달 여행을 계획한다. 물론 목적은 달에서 처음 요요를 해본 사람이 되기 위해서다. 나름 로켓의 역학을 공부하고 설계도를 준비하여 우주선을 만든다. 그 실상이 어떨지는 상상해보시라. 동력원으로는 오랜 고심 끝에 양파가 채택된다(양파는 유럽 성당의 돔 모양을 닮았다. 그의 공상 속에서 달에 최초로 간 사람은 여자이고, 그이의 이름은 '마리아'다).

그런데 이 허황하기 짝이 없는 프로젝트는 이상하게 진지하고 이상하게 감동적이며 이상하게 아름답다. 요요와 요들송을 연결지은 첫 장면(둘 다 돌아온다. 요들송은 메아리로) 이래로 시종 경쾌하게 영화 속에서 울리는 요들송은 이 공상과 상상의 최고 원군이다. 요들버그 요요협회의 부회장 격인 여섯살 꼬마 고틀렙이 달에 간(어쨌든 아폴로의 카운트다운과 함께 키드랏의 로켓도 어딘가로 솟구친다) 키드랏을 향해 요들송을 불러주러 흰 눈밭을 뛰어가는 장면에서 나는 마치 이 지구가 처음의 시간으로 돌아가고 있는 듯한 느낌을 받았다. 요요는 필리핀인들이 처음 만들었다는 이야기가 있다. 요요라는 명칭이 타갈로 그어 '오라, 오라'(come, come)의 뜻을 지닌 단어에서 유래했다는 설도 있다.

그러니까 이렇게 정리해볼 수 있을지도 모르겠다. 중요한 것은 질문하고, 그 질문을 통해 꿈을 꾸고 그 꿈을 이행해본다는 사실이다. 지금의 세상이 '아니'라면 말이다. 그리고 그 질문과 꿈의 씨앗을 키드랏 타히믹 감독은 '필리핀'이라는 그 자신의 고유한 역사와 시간, 경험, 언어에서 찾는다. 그는 「투룸바」(1983)에서는 음악을 통해, 마젤란의 노예였던 엔리께의 시선으로 필리핀 식민의 역사를 돌아보는 「과잉개발의 기억」(1980~2014)에서는 비샤아나 이푸가오어 같은 필리핀인들의 고유 언어에 대한 기억을 통해 그렇게 한다. 그 질문의 차원이 편협한 민족주의나 순진한 반개발주의에 있지 않음은 전근대와 근대, 두개의 시간대를 겹쳐 살고 있는 듯한 감독 자신의 아이러니한 캐릭터가 충분히 보여준다. 이 경우, 적응과 극복은 분리되지 않는 과제일 테다. 그렇다면 어디에서 시작할 것인가, 그리고 어떤 꿈을 꿀 것인가. 아니, 꿈을 꿀 것인가. 키드랏 감독은 절실하게, 그러면서도 시종 자유롭고 즐겁게 묻고 있었다.

○ 2014

●

세 상 의

다 른   법 칙

비참과 굴욕이 증대하는 세계 현실에서 '연대'는 당연한 윤리적 요청
이 되고 있다. 그런데 연대는 그렇게 당연하고 자명한 요청일까. 그리
고 우리는 언제든 거기 응답할 준비가 되어 있는가.

　인간 사이의 연대를 증거하는 특별하고 감동적인 예들을 우리는 안
다. 그 사례들은 타인의 고통과 비참, 굴욕을 자신의 것으로 느끼고 거
기 손을 내미는 일이 전혀 예사롭지 않으며, 때로는 인간 본성의 한계
를 거스르거나 넘어서는 숭고한 행위임을 보여준다. 물론 그렇게까지
거창하게 가지 않아도 될 테다. 작으나마 경제적인 도움이나 개인적
수고로움을 통해 연대의 마음을 표하고 실행하는 길도 있다. 공동체의
구조를 상호부조와 연대의 정신에 맞게 만들어가려는 다양한 시민적
참여의 행동도 생각할 수 있다. 어떤 경우라 하더라도, 거기에는 점점

스스로도 지켜나가기 만만찮은 개개인의 자유와 자원을 나누는 도덕적 윤리적 결단이 있다. 그런 만큼 연대의 서사는 그것이 아무리 미미한 것이라 하더라도 해체되는 우리의 삶을 공동체의 지평 속에 붙잡아두는 최소한의 근거, 조금 상투적인 표현을 쓴다면 희망의 근거가 된다. 군이 '희망'을 말하지 않더라도 우리 사회 곳곳에서 터져나오는 약자들의 고통은 연대의 요청을 급박하고 절실하게 만들고 있다. 우리는 너나없이 말한다. 그 요청에 어떻게든 응답해야 한다고.

그러나 연대의 요청이 절실해지는 현실은 그 요청에 대한 응답도 어렵게 한다. 사태를 너무 과장할 이유는 없겠지만, 삶의 안정적인 기반을 마련하고 지키는 것은 이제 많은 이들에게 참으로 버겁고 힘든 일이 되어버렸다. 특히 불안한 노동현실은 줄어드는 일자리를 둘러싼 경쟁을 격화하는 가운데 가장 절실히 연대가 필요한 곳에서 연대의 인간적 물적 토대를 앗아가고 있다. 그럴 때 연대는 어디서, 어떻게 가능한가.

세계 현실의 비참과 인간 윤리의 딜레마를 일관되게 증언하고 탐구해온 벨기에 출신 다르덴 형제의 영화 「내일을 위한 시간」(2014)이 사려깊게 묻는 것도 바로 이 지점이다. 영화 원제의 '이틀 낮과 하룻밤'은 주인공 산드라가 일자리로 돌아가기 위해 이틀의 주말 동안 직장동료들을 만나 자신을 위해 투표해달라고 부탁하는 힘겨운 시간을 말한다. 우울증으로 휴직을 해야 했던 산드라는 복직을 하려 하지만 이미 그녀의 빈자리를 계약직 사원으로 채워놓은 사측은 그녀의 복직을 팀원 16명의 투표에 맡기는 방식으로 처리한다(이곳은 노동조합이 없는 회사다).

산드라의 복직과 1,000유로의 보너스가 선택지로 주어진 잔인하고 비열한 방식의 투표에서 14명이 보너스를 선택하고 산드라의 복직은 좌절된다. 그러나 산드라를 돕는 동료 줄리엣이 투표과정에 반장의 회유와 협박이 있었다고 문제를 제기하면서 재투표의 길이 열리고, 산드라에게는 동료들에게 호소해볼 수 있는 주말 이틀의 시간이 주어진다. 자포자기 상태로 쓰러져 있던 산드라를 일으키는 사람은 남편이다. 남편은 가혹하다 싶게 현실을 일깨운다. "당신의 월급이 없으면 주택대출금을 갚을 수 없어." 산드라 역시 두 아이를 다시 임대주택에서 키우고 싶지는 않다(초기작 「로제타」에서 로제타가 와플가게 점원으로 일하며 알코올중독에 빠진 어머니와 함께 살던 트레일러 집이 떠오른다). 그러나 동료들에게 자신의 복직을 위해 투표해달라고 호소하는 것은 그들이 받을 수 있는 1,000유로를 빼앗는 일이기도 하다.

다르덴 형제의 카메라는 전화를 걸고, 버스를 타고, 남편이 모는 차에 올라 동료들의 집을 찾는 산드라의 모습을 따라간다. 걸어갈 때면 카메라는 주로 산드라의 뒷모습을 보여준다. 힘을 모아 빨리 걸음을 옮기고는 있지만, 바로 그 자리에 주저앉아 울음을 터뜨려도 무방하다 싶게 무력하고 막막한 한 인간의 뒷모습과 걸음걸이가 거기 있다.

다르덴 형제 특유의 밀착된 카메라는 산드라의 거칠고 힘겨운 숨소리와 목마름을 고스란히 전한다. 축구장에서 아이들을 가르치고 있던 티무르(영화 속 산드라의 동료들은 대개 주말을 끼고 다른 일을 한다)는 울음을 터뜨리며 보너스를 택했던 스스로를 부끄러워하지만("계속 맘에 걸렸어, 미안해, 와줘서 고마워"), 가장 친한 동료였던 나딘은 집에 있으면서도 산드라를 만나주지 않는다. 1,000유로는 1년치 가스비와 전기세고, 아이들의 학비다.

한 장면만은 꼭 말해두고 싶다. 이틀째 일요일 밤, 산드라는 알퐁스(아프리카계 이민자로 보인다)의 집을 찾는다. 세탁소에 갔다는 어머니의 말에 이어, 알퐁스의 어린 여동생이 길 안내를 자처한다. 허름한 도시 외곽, 아이가 앞서고 산드라가 뒤따르는 한밤의 동행. 다르덴 형제의 카메라는 이 장면을 조금 길다 싶게 멀리서 보여주는데, 그냥 너무 아름답다. 이 고단하고 험한 세계 속에도 이런 순정한 환대의 순간은 있고, 있어야 한다. 그리고 정말 쉽지 않은 선택과 결단을 보여주는 동료 안느도 있다(남편과 산드라, 안느가 좁은 차 안에서 부르는 '글로리아'의 합창은 말 그대로 그 순간의 돌연한 기쁨과 행복, 승리를 찬미한다). 그러나 다르덴 형제의 영화는 그러지 못한("널 반대한 게 아냐. 보너스를 택한 것뿐이야") 다른 동료들의 착잡한 선택도 그이들의 현실에서 느끼고 생각해볼 수 있게 한다. 그 점이 언제든 구조나 시스템의 문제를 인간 안에서, 쉽게 재단하기 힘든 도덕적 윤리적 딜레마와 함께 고민해온 다르덴 영화의 힘일 테다.

　인간 사회의 잔인성이 점차 감소되기를 바라지만, 그 소망을 역사의 필연 위에 두기를 포기하고, 오히려 자신의 가장 핵심적인 신념과 욕구들의 우연성을 직시하는 가운데 자신의 희망을 "그렇듯 근거 지을 수 없는 소망 속에 포함시키는" 사람을 일러 '자유주의 아이러니스트'라고 부른 뒤 리처드 로티는 그런 인물의 관점에서 생각하는 자유주의 유토피아를 제안한 바 있다(리처드 로티 『우연성 아이러니 연대성』, 김동식·이유선 옮김, 민음사 1996). 그 유토피아에서 '인간의 연대성'은 자명한 것, 형이상학적 맥락에서 진리로 확신할 수 있는 것이 아니다. 다르덴 형제의 영화를 곱씹게 되면서, 나는 웬일인지 그의 다소 냉소적인 태도에서 전에라면 느끼지 못했을 겸손한 현실주의를 본다.

　　나의 유토피아에서 인간의 연대성은, '편견'을 제거하거나 혹은 이전까지는 감추어졌던 깊은 곳을 캐냄으로써 인식될 하나의 사실이 아니라 상상력, 오히려 성취되어야 할 하나의 목표로 보이게 될 것이다. 그것은 탐구가 아니라 상상력, 낯선 사람들을 고통받는 동료들로 볼 수 있는 상상력에 의해 성취되어야 할 어떤 것이다. 연대성은 반성에 의해 발견되는 것이 아니라 창조되는 것이다. 그것은 다른, 낯선 사람들이 겪는 고통과 굴욕의 특정한 세부 내용들에 대한 우리의 감수성을 증대시킴으로써 창조된다.

—같은 책

그 상상력의 하나를 다르덴 형제는 보여주었던 것일 테다. 다르덴 형제는 이렇게 말할 자격이 있다.

사람들은 강자가 약자를 지배한다는 사실을 너무 자연스럽게 받아들이는 경향이 있다. 「내일을 위한 시간」에서 하고 싶었던 이야기 중 하나가 그것이다. 약육강식의 법칙이 아닌, 다른 법칙도 이 세상에 존재한다는 바로 그것이다.

—다르덴 형제 인터뷰, 『씨네21』

○ 2 0 1 5

●

세 상 의 시 간 ,
세 상 의 풍 경

허 우 샤 오 셴 이 야 기

11월 12일부터 서울의 두 극장에서 이어진 대만 감독 허우 샤오셴의
전작전(全作展)이 11월 29일 끝났다. 2003년 안국동 선재아트센터의 서
울아트시네마에서 전작전이 열렸으니, 13년 만이다. 이번 전작전 프로
그램 속에는 감독의 신작 「자객 섭은낭」(2015)도 들어 있었다. 완성까
지 10년이 걸린 영화.

마음은 바빴지만, 정작 네편밖에 보지 못했다. 어수선한 생업에 쫓겨
극장으로 달려갈 시간을 많이는 내지 못했지만, 한편으로는 그게 허우
샤오셴 감독의 영화에 대한 온당한 대접이자 예의가 아닌가 하는 생각
도 든다. 그의 영화는 언제든 삶과 생활이 먼저다. 고달프고 막막하지
만 누구든 담담하게 살아갈 수밖에 없는 세상의 시간이 그의 영화에는
흐르고 또 흐른다.

대륙에서 습기 많은 대만 남쪽으로 건너와야 했던 아버지는 천식으로 고생하다 일찍 세상을 떠난다. 아버지가 돌아가신 뒤 당신이 남긴 일기를 읽던 딸은 울음을 터뜨린다. 아버지가 아끼던 대나무 의자며 값싼 책상. 그이가 제대로 된 가구들을 장만하지 않은 것은 금방이라도 중국 본토의 고향으로 돌아갈 수 있으리라 믿었기 때문이다. 할머니는 손자 아효를 데리고 자꾸 동구 밖으로 나간다. 그건 저 대륙의 고향으로 가는 길이다. 아버지도 어머니도 할머니도 세상을 떠나지만, 소년 아효는 자란다. 패싸움을 하고, 동네 소녀를 사랑하며. 우리의 지난 시대 못지않은 혹독한 반공독재의 대만 현대사가 소년들의 시간을 억누르지만, 소년들은 때로는 관공서 유리창을 향해 돌을 던지며 자라난다. 그것은 자신들의 시간을 차압하려는 세상에 대한 참을 수 없는 항의였을 테다. 잠든 줄 알았던 할머니는 이미 세상을 떠난 후였고, 할머니가 누워 있던 다다미 자리에는 진물과 함께 벌레들이 기어다니고 있었다. 질책하듯 쳐다보던 장의사의 눈길을 어떻게 잊을 것인가. 그 부끄러움을. 그해 아효는 대학입시에 실패한다. 소녀에 대한 사랑은 마음속에 묻어두어야 했으리라. 「동년왕사(童年往事)」의 영어 제목은 'The Time to Live and the Time to Die'다. 그리고 이 모든 이야기를 감독은 마을 동구의 나무, 비, 골목, 집, 바람이 이루는 세상의 무심한 풍경, 그 시간 속에서 자신만이 찾아낸 슬프지만 담담한 카메라의 거리를 통해 보여준다. 진부한 비유를 동원하자면, 그 '거리'에는 소설과 시를 함께 가능케 하는 힘이 얼마간 있는 듯하다. 그때 우리네 삶은 마치 꼭 그러한 것처럼 거기 흘러간다. 감독은 우리가 그 영화의 시간을 살아내게 한다.

12년 전 감독의 전작전을 보았던 바로 그 극장에서 「펑쿠이에서 온 소년」을 다시 보았다. 펑쿠이라는 작은 섬에서 대만 남부의 큰 항구도시 가오슝으로 무작정 건너온 소년들. 7, 80년대 시골에서 지방에서 일자리를 찾아 상경했던 우리의 모습이 거기 있다. 조금 널찍하긴 해도 구로공단 닭장집 같은 곳에 방을 구하고 도회지 생활을 시작한다. 누구는 공장으로 가고, 또 누구는 시장 행상으로 나선다. 주인공 아칭이 자기도 모르게 마음을 빼앗긴 옆방의 샤오싱은 갑자기 타이베이로 떠난다. 거기서 새로운 일자리를 찾아보겠다며. 그녀는 아칭에게 도장을 주며 이번달 월급을 대신 받아달라고 말한다. 나중에 연락할 테니 부쳐달라고. 그녀는 배를 타러 떠난 황진허의 연인이긴 해도 아칭의 마음을 모를 리 없다. 그렇다면 이런 잔인한 부탁이란 도대체 무언가. 그런데 왜 이 장면이 내 기억에서는 지워졌을까. 나는 영화를 처음 보는 것처럼 몸을 숙여야 했다. 인파 속 가오슝 터미널에 멍하게 홀로 서 있는 아칭을 영화는 오래 묵묵히 보여준다. 샤오싱을 태운 버스는 떠나고, 아칭은 지금 무엇을 보고 있는가.

근자에 '멍청한 무지'라는 표현을 접한 적이 있다. 기실 우리는 인간에 대해서든, 세상에 대해서든 '멍청한 무지'에 둘러싸여 있다는 이야기. 왜 아니겠는가. 그때 믿음만이 그 무지의 틈을, 간극을 메울 수 있을 테다. 인간에 대한 믿음, 세상에 대한 믿음, 역사에 대한 믿음 말이다. 그렇다면 지금 터미널에 홀로 남은 아칭은 바로 그 무지 앞에 당도해 있는지도 모른다(조금은 더 영악해 보이는 샤오싱 또한 마찬가지가 아닐까). 그는 이제 어떻게 해야 하나. 그는 얼마 전 아버지의 죽음을 겪기도 했다. 육친의 죽음이야말로 그가 납득할 수 없는 일이었을 테다. 그는 이제 어디로 가야 하나. 영화의 다음 장면에서 아칭은 친구들이 테이프 행상을 하고 있는 곳으로 간다. 이들은 이제 며칠 있으면 군대에 가야 한다. 담배를 피우며 앉아 있던 아칭은 벌떡 일어나 의자 위에 올라선다. "군입대 왕창 세일. 세개 오십원! 세개 오십원!" 처음엔 너무 싸다며 실랑이하던 친구들도 다 함께 나선다. "세개 오십원! 세개 오십원!" 소년들은 그렇게 세상 속으로 걸어가고, 영화는 여기서 끝난다. 항구를 오가는 배와 갈매기의 풍경만이 이들과 나란히 있다. 이 단순하다면 단순한 이야기가 왜 그렇게 가슴을 치는가. 모르겠다.

아마도 '멍청한 무지'는 끝끝내 남을 것이다. 「비정성시」의 그 둥글고 큰 식탁은 가혹한 대만의 역사 속에서 하나둘 사람들을 떠나보내며 빈자리를 더하고, 「연연풍진」의 소년은 끝끝내 바닥을 치며 통곡할 것이다. 「남국재견」의 두대의 오토바이는 믿을 수 없이 아름답고 행복한 리듬으로 산등성을 오르겠지만, 영화의 마지막에 이르러 그들이 탄 차는 논두렁에 처박힐 것이다. 「밀레니엄 맘보」(2001)의 신주꾸 철로변

여관에서 비키는 오지 않는 남자를 기다리며 그를 그리워할 것이다.

「밀레니엄 맘보」가 메워질 수 없는 고독과 그리움의 이야기인 동시에, 미래가 닫혀버린 비키와 하오하오의 세대, 그 대책 없는 세대에 대한 장형(長兄)의 책임과 부끄러움, 근심과 사랑의 시선으로 찍은 영화라는 것을 이번에 다시 보며 알았다. 그러니까 "그건 10년 전인 2001년의 일이었다. 그해 유바리엔 눈이 아주 많이 내렸다". 2015년에 무협의 형식으로 도착한 「자객 섭은낭」은, 이렇게 말해도 된다면, 한 장면 한 장면이 최선이었다. 감독은 왜 영화의 마지막에 카메라를 벌판의 집 한켠에 있는 염소들 쪽으로 향한 것일까. 그 염소들의 눈을 잊을 수 없다. 대륙에서 찍었다는 자연, 그 아름다운 산하의 풍광들은 감독이 분단과 이산의 아픔을 겪은 아버지 세대에 바치는 헌사였던 것일까. 그러면서 그 산과 벌판, 하늘과 초목은 「연연풍진」과 「비정성시」의 그곳이기도 했다. 아니, 그것은 참을 수 없는 세상의 풍경이었다. 하나하나 다시 보고 싶다.

○ 2015

●

<h1 align="right">이 야 기 로   환 원 되 지   않 는
시 간 들</h1>

얼마 전 서울아트시네마를 찾아 대만 영화감독 차이 밍량이 연출한 「하류」(1997)를 봤다. 한 가족이 등장한다. 예순 중반쯤 되었을까. 은퇴한 노년의 사내는 가끔 맥도날드에서 동년배 친구들을 만나는 것 말고는 별다른 일과가 없다. 사우나에 자주 간다. 사우나 안에는 개인 휴식 공간으로 자그마한 방들이 있는데 양쪽으로 늘어선 방 앞의 복도는 오가는 남자들로 북적인다. 그들은 노크도 없이 급히 문을 열었다 닫는다. 늙은 몸의 사내는 그 방에서 누군가를 기다리고, 거절하기도 한다. 밥은 부엌 식탁에서 혼자 먹는다. 자그마한 식탁 위에는 언제나 전기 밥솥이 놓여 있다. 현관 옆에 붙은 자그마한 문간방에서 혼자 지내는데 천장에서는 양동이를 여러개 받쳐야 할 만큼 물이 뚝뚝 샌다. 나중에는 아예 쏟아져내린다. 윗집은 잠겨 있다. 같은 집에 사는 아내와 아

들은 그 방에서 일어나는 일을 모르는 듯하다.

아내는 맥도날드에서 일하고, 따로 만나는 남자가 있다. 밥은 역시 식탁에서 혼자 먹는다. 안방 침실에서 혼자 멍하니 포르노를 보기도 한다. 아들 샤오강(차이 밍량의 페르소나라 할 만한 리 캉셍이 연기한다)은 청년 백수다. 길에서 우연히 만난 예전 여자친구를 따라 영화 촬영장에 갔다가 엉겁결에 마네킹 시신 대역을 한다. 거기는 도시의 더러운 하수가 강으로 흘러드는 곳이다. 스쿠터를 타고 타이베이 시를 하릴없이 돌아다니던 샤오강은 집 앞 골목에서 넘어져 목을 다친다. 목은 좀처럼 낫지 않고 영화 내내 그는 목을 한쪽으로 기울인 채 고통에 겨워 신음한다. 아버지가 드나드는 사우나 앞에서 샤오강이 망설이는 장면이 나오기도 한다. 그도 역시 밥은 식탁에서 혼자 먹는다.

이렇다 할 극적인 사건이 없는 영화에서 목 치료를 위해 부자가 함께 지방 소도시의 심령술사를 찾아가는 1박 2일의 여행이 후반부에 전개된다. 여행 중 모텔에서 나와 소도시 사우나에서 조우한(샤오강의 입장에서는 조우인지 분명치 않다) 부자 간에 충격적인 일이 벌어지긴 한다. 그러긴 해도 이미 쩍쩍 갈라진 채 하루하루를 무의미하게 지워나가고 있는 이들 가족의 일상에 좋은 쪽이든 나쁜 쪽이든 어떤 변화가 일어날 조짐은 없어 보인다. 영화는 부자가 모텔에서 맞은 아침, 도시의 소음이 들려오는 열린 창밖을 보여주며 끝난다.

그런데 영화 「하류」를 이렇게 요약한다는 것은 무슨 의미가 있는 일일까. 이 영화에는 이야기되거나 요약되기 힘든 시간과 장면이 너무 많다. 이 가족이 사는 집을 생각해본다. 전기밥솥과 그릇 몇개가 덜렁 놓인 식탁의 삭막한 풍경, 현관과 거실을 채우고 있는 설명하기 힘든 공기, 그 사이를 홀로 오가는 인물들의 처량한 움직임은 감독이 선택한 고유한 영화적 시선과 질감 안에서 현전한다. 그것들은 그냥 하나의 느낌의 덩어리로 다가온다. 한번 그 자리에 놓인 뒤 움직인 적이 없는 듯한 볼품없는 가구나 텅 빈 벽도 그 느낌의 덩어리에 합류한다. 그러나 합류는 조화롭다기보다 우연적이고 불가피한 느낌을 준다. 액션 배우로 유명한, 「안녕, 용문객잔」(2003)의 미아오 티엔이 연기한 노쇠한 사내의 몸. 한때 건장했던 체구는 배불뚝이 체형으로 바뀌었고, 피부는 검고 메마르고 쭈글쭈글하다. 사우나의 작은 방에 벌거벗고 누워 누군가를 기다리는 욕망하는 몸. 그리고 목을 가누지 못하는 샤오캉은 영화 내내 고통에 짓눌린 찡그린 얼굴로 아, 아, 신음을 토한다. 그러다가 때가 되면 꾸역꾸역 밥을 먹는 장면을 영화는 오래 보여준다.

폭우가 퍼붓는 날 임시변통으로 막아놓은 천장에서 물이 쏟아져내리기 시작한다. 방에서 넘쳐흐른 물은 거실로 흘러들고 혼자 집에 있던 아내는 그제야 사태를 알아챈다. 빗속에 베란다를 타고 위층으로 올라간 그녀는 물이 콸콸 나오고 있는 수도꼭지를 발견한다. 텅 빈 집은 이사 뒤 치우지 않은 쓰레기로 어지럽다. 불쑥 틈입한 재앙에 의미나 상징이 있을 리 없듯, 수도를 잠그는 아내의 손길은 공허하고 막막해 보인다. 강의 흐름〔河流〕으로 쳐도 여기는 하류(下流)쯤일 것이다. 그 폭우의 밤, 지방 소도시에 있던 부자는 사우나의 좁은 방에서 만났을 것이다. 영화의 마지막, 모텔의 열어젖힌 창은 무엇을 암시하는 것일까. 아마도 그것은 그저 아침의 행동일 것이다. 부자가 보냈던 길고 무거운 밤의 시간을 생각해볼 수도 있다. 어쨌든 밤은 지나고 다시 아침은 왔다. 심령술사의 말대로 신이 찾아와주었으니, 이제 타이베이 병원으로 돌아가 치료를 받으면 될 일이다. 영화는 여기서 끝난다. 설명할 길 없는 착잡한 감흥에 휩싸인 채 영화관을 나설 수밖에 없었다.

어떻게 해도 복기가 잘 안되는 것은 마찬가지다. 다만 이렇게 말해볼 수는 있을 것이다. 영화를 보는 내내 마음이 흔들렸고, 그 여진은 지금 이 글을 쓰고 있는 순간에도 많이 남아 있다. 그건 범박하게 말해 이 영화가 포착해낸 삶의 강렬하고 특별한 리얼리티 때문일까. 그럴 수도 있겠다. 그러나 그 리얼리티는 흔히 말하듯 핍진성의 문제만은 아닌 듯하다. 「하류」의 화면에 흐르고 있는 것들은 우리가 살았으되 살지 않은 시간이며, 우리도 모르게 우리 곁을 스쳐 지나간 시간이다. 혹은 가능태의 시간이다. 리얼리티라면, 그 시간의 역능(力能)과 결을 포함하는 리얼리티일 테다. 일상의 감각과 맨눈으로는 좀체 가시화되지 않는 세계 말이다. 각진 말과 개념, 진부한 감각이 서둘러 닫아버리는 세계. 어떤 영화는 그렇게 눈앞의 현실 안에 포개지고 접힌 시간과 감각의 층을 일깨운다. 지워지고 망각된 현실을 일으킨다.

관객이 호응하는 다양한 층위의 영화가 있다. 차이 밍량의 영화는 소수의 관객이 찾는 영화라 할 만하다. 그런 사정도 더 악화되었는지, 지금은 아예 극장 개봉 방식을 포기하고 미술관 등지에서 상영하는 방식으로 전환했다는 소식도 들은 듯하다. 착잡하지만 세상의 흐름이 그렇다면 그런 제약 역시 감독이 감당해야 할 몫일 테다. 잘 모르겠다. 아직도 이런 영화를 상영하는 곳이 서울 시내에 있다는 사실에 감사해야 하는지.

편집진을 개편한 『문학동네』 2016년 봄호에는 깊이있는 영화비평 글들이 실려 있다. 문학 중심 계간지에서 조금 성격을 바꾸는 듯하다. 흔히 문학과 영화는 '이야기' 혹은 '서사'라는 공유 지점을 가지고 있다고 말한다(이 공유 지점은 종종 도구적으로 오해되고 있는 듯하다). 매체나 미학의 성격은 다르지만 현실의 창조적 제시, 타자성의 윤리 등 대화할 지점은 많을 테다. 그러나 무엇보다, '소비되는 이야기(콘텐츠)' 혹은 '이야기로의 환원'을 거부하는 지점에서 서로 만날 영역도 있지 않을까. 문학과 영화 사이의 비평적 대화가 깊어지길 기대해본다.

○ 2 0 1 6

●

밥 딜 런 이
보 내 온 질 문

ı

얼마 전 출판인들을 대상으로 하는 어느 신문사의 설문 의뢰를 받은 적이 있다. 1945년 이후 한국에서 출간된 책들 가운데 우리 사회에 가장 크게 영향을 끼친 다섯권을 골라달라는 설문으로, 분야는 가리지 않으며 번역서도 포함된다고 했다. 어렵지 않게 선정할 수 있을 것 같아서 하마고 했는데, 막상 꼽아보려니 쉽지 않았다. 고민하다 내 트위터 계정에 설문을 올려보았다. 여러 분들이 의견을 주셨는데,『백범일지』『해방전후사의 인식』『전태일 평전』처럼 쉽게 예상할 수 있는 책도 있었지만『성경』『수학의 정석』『성문종합영어』처럼 내 머릿속에 떠오르지 않았던 범주의 책도 많았다. 잡지로는『사상계』『창작과비평』『문학과지성』이 거론되었는데, 어느 분의 목록에서『선데이서울』을 보고는 빙그레 웃음을 머금을 수밖에 없었다.

"열다섯 살./하면 금세 떠오르는 삼중당 문고/150원 했던 삼중당 문고"로 시작하는 장정일의 유명한 시「삼중당 문고」도 있거니와, 나 역시 그 '삼중당 문고' 세대다. 그때 삼중당 문고 말고 내 은밀한 구입목록에 있던 게『선데이서울』이었는데, 잡지를 교복이나 교련복 상의 안에 감추는 게 일이라면 일이었다. 생각해보면 한쪽에선『수학의 정석』『성문종합영어』에 시달리고 또 한쪽에선『선데이서울』로 그 괴로움을 얼마간 눅이는 가운데 삼중당 문고로 은유되는 문학과 교양의 세상이 내 정신의 어느 골짜기로 조금씩 흘러들던 시절이었던 셈이다. 그리고 그건 나의 성장기, 70년대 부산에선 어느정도는 공유되던 풍경이지 않았을까.

　그 무렵과 80년대 초중반 대학 시절을 일종의 정신적 형성기로 잡는다면, 적어도 나의 개인적 세대적 경험 안에서 영향의 진원지를 헤아려보는 건 가능할 것도 같다. 초점을 문학으로 좁혀보면, 삼중당 문고 중에서도 헤르만 헤세의 작품들이 꼽힐 것 같고 이어진 '동서그레이트북스' 시절로는 도스또옙스끼가 유력해 보인다. 그러니 외국문학이었던 것이다. 고등학교 시절 언젠가부터『현대문학』을 접하게 되면서 한국문학에 대한 관심이 생겨났고 조세희, 황석영, 이문열 등의 작품에도 빠지게 되지만 '문학'이라는 개념과 정의의 모델로 가장 강력하게 자리 잡은 것은 아무래도 앞서의 외국문학 작품들이었던 듯하다.

　그리고 그 가운데서도『데미안』에서『유리알 유희』까지 헤르만 헤세의 작품들은 전인적 자기형성이라는 교양소설의 면모에서 뭔가 맞춤하게 당시의 미숙한 정신을 매혹했고, 문학을 이해하고 정의하는 최초의 척도 같은 것이 되지 않았나 싶다. 다분히 낭만적인 그 문학의 이해는 진부하고 타락한 사회의 규범과 요구에 맞서는 '진정한 나'의 자리를 환기하면서 갈등하는 자아의 서사, 상처 입은 영혼의 자기실현을 근사한 내면성의 이야기로 포장할 수 있게 해주었다. 그리고 여기서 진정성의 공간으로 제시된 그 자아의 내면이 곧 '문학'이기도 했을 테다. 나는 사회학자 김홍중이 80년대 '386세대'의 격렬한 저항운동을 '진정성'이라는 마음의 레짐(regime)으로 구조화한 데 공감하는 편이거니와, 그 공감의 실타래가 닿아 있는 곳이 바로 여기인 셈이다.

물론 이후 이런저런 계기를 거치면서 내 얄팍하고 미숙한 문학관은 숱하게 수정되고 요동쳤을 것이다. 다행인지 불행인지 생업이 늘 문학하는 동네 쪽과 연결되면서 문학에 대한 생각을 아주 놓아버린 적은 없었던 것 같다. 그간 세상의 변화와 함께 문학의 사회적 영향력도 많이 축소되었고, 이즈음으로 말하자면 '한국문학'을 둘러싼 냉기도 만만찮은 듯하다. 그렇긴 해도 가령, "세상에서 생각되고 말해진 최선의 것"(매슈 아놀드)을 알고 받아들이는 데 문학작품의 특별한 기여가 있다는 생각 정도는 여전히 붙들고 있다. 그 '최선의 것'이 왜 꼭 '문학'만의 것이겠는가마는. 다만 문학은 그 이름과 정의(定義)의 자리가 비어 있다는 역설을 통해서, 문학의 재정의를 향한 모험과 물음 속에서 스스로를 갱신함으로써만 인간과 세계에 대한 성찰의 공간으로 남게 되었다는(혹은 남아 있다는) 점은 기억해둘 만하지 않을까.

다시 말해 문학이라는 이름은 그 제도적 규정이나 실정적 양태와는 별개로 '문학' 그 자신의 배타적이고 특권적인 요청을 통해 존재하는 것이 아니다. 문학제도와 문학의 긴장을 비판적으로 주시하는 일은 언제든 필요하고 중요하겠지만, 당대든 문학사의 긴 시간이든 오로지 독자의 읽기를 통해서만 존재하고 '최선의 것'으로서만 독자를 감응시키는 작품의 자리는 사적(私的) 귀속처를 모른다. 그 '최선의 것'이 억압적이지 않으며, 언제든 개별과 구체의 존재를 향해 열려 있다는 점도 성급한 실망을 막아준다. 모르긴 해도 이런 의미의 '문학'이 남아 있고 내가 그것과 만나기를 멈추지 않는 한 '나'라는 존재는 조금은 나아질 거다. 나는 그렇게 믿고 있다. 나는 문학이라는 것이 남아 있는 세상을 원한다. 그러고 보면 나는 저 고등학교 시절의 삼중당 문고에 여전히 빚지고 있는지도 모르겠다. 하긴 수정 운운했지만 얼마나 바뀌었을까.

논란을 불러일으킨 밥 딜런의 노벨문학상 수상에 대해 한마디 보태보고 싶긴 했다. 짐짓 비장한 마음으로 "바람만이 아는 대답"을 따라 부르던 저 먼 '진정성'의 시간을 위해서도 말이다. 그러나 생각을 접는 게 나을 것 같다. 밥 딜런의 음악과 노래에 대해 내가 아는 게 너무 제한적이기도 하거니와, 한동안 문학이 잊고 있었던 자리를 질문에 부친 것만으로도 그의 수상은 화제 이상의 의미를 얻어냈다고 생각되기 때문이다. 노벨위원회의 선정 이유에 나와 있는 것처럼 그의 수상은 음유시인의 자리가 회복되어야 하는 자리인지, 아니면 그 상실과 불모를 견디는 게 지금 시의 자리인지 새삼 물어보게 만든다. 그런데 이 질문은 단순히 현대시의 자기정의 문제를 넘어 오늘의 문학에 드리운 소외의 양상이 실제 이상으로 과장된 자기진단으로부터 비롯되었을지도 모른다는 생각을 떠올리게 한다. 그 구체적 논의야 앞으로 좀더 차분하고 진지하게 진행되어야 하겠지만 말이다.

어떻든 우리 시대가 비유적 의미에서가 아니라 그 실제에서 음유시인을 갖고 있었고, 그로부터 깊은 위로를 얻어왔다는 노벨위원회의 소식은 놀랍고도 반갑다. 모든 상이 그러하듯 문학상도 축제와 자기격려의 한 방식이다. 노벨문학상이 발견한 축제의 음률은 적어도 최근 "세상에서 생각된" 최선의 것인 듯하다. 이런 대목은 정말 좋지 않은가. "Yes, 'n how many times can a man turn his head/pretending he just doesn't see?"(얼마나 여러번 고개를 돌려/마치 못 본 듯 외면할 수 있을까, 「Blowin' In The Wind」 중) 밥 딜런은 웅얼거리고 속삭인다. 생각해보면, 웅얼거림과 속삭임은 문학에 대한 오래된 정의 중 하나다.

○ 2016

극장 앞쪽 구석에서 영화를 보는 것은 힘들었다. 담백한 흑백으로 시작해 원색의 세상으로 넘어가는 화면은 꿈속인 듯 아름다웠고, 바람 소리, 칼 소리, 말발굽 소리, 새의 날갯짓 소리, 소 울음소리 그리고 흔들리는 베일 너머 고요하게 움직이는 인물들의 숨결과 촛불의 번짐까지, 매 장면은 대체 불가능한 단단한 사실의 충일감 속에서 나타났다 사라져갔다. 집중하고 싶었고 집중할 수밖에 없었지만, 비스듬히 올려다보며 낯선 이름이 계속 등장하는 자막까지 번갈아 챙기는 일은 쉽지 않았다. 어느 대목에서는 인물과 인물이 잘 구별되지 않았고 이야기의 흐름이 잘 잡히지 않는 지점도 생겨났다. 잠깐잠깐은 경직된 진지를 비웃기라도 하듯 밀고 들어오는 졸음과도 싸워야 했다. 다만, 너무 좋다, 이건 최선이다,라는 벅찬 느낌은 양보할 수 없었고 영화를 보는 일이 이렇게 행복할 수도 있구나, 하는 생각은 했던 것 같다. 「자객 섭은낭」이야기다.

섭은낭이 스승인 여도사(가신공주)에게 인사를 올리고 길을 떠나는 장면 다음이었을 테다. 안개가 조금씩 올라오는 산비탈 벼랑에서 진행된 삼엄한 작별의 예(禮)는 길 위에서 벌어지는 사제간 마지막 일합과 함께 끝나고, 자객의 길을 버리고 세상 속으로 걸어가는 섭은낭의 모습이 초연하게 아름다운 산길의 정경으로 펼쳐진다. 영화도 이제 마지막 고개를 넘어가고 있는 듯했다. 불편한 자세도 얼마간 익숙해진 참이었다. 그런데 화면이 바뀌면서 갑자기 클로즈업으로 염소의 얼굴이, 껌뻑이는 눈이 등장했다. 놀랐다기보다는 온몸을 졸이며 영화를 좇아온 긴장이 풀리는 느낌이었다. 카메라는 되새김질에 여념 없는 염소들을 천천히 보여주고 있었다. 어미 발치에 누운 새끼 염소들도 보였다. 그제야 염소들 뒤로 나무 울타리가 눈에 들어왔다. 아, 그러니까 부상당한 부친을 치료하며 섭은낭 일행이 잠시 쉬던 그 시골 농가였다. 카메라가 뒤로 물러서면서 멀리 몇겹의 산을 둔 황금 억새 벌판의 마을, 느리고 길게 소가 영각 켜던 그 외딴집 마당이 눈에 들어왔다. 새벽인지 늦은 저녁인지 호수의 안개 사이로 새들이 날아갈 때, 굴뚝으로 무성한 연기 피어오르던 그 집이었을 테다. 은낭의 부친을 도와 전흥을 호위하던 마경소년이 청동의 거울을 닦아 마을 아이들을 즐겁게 해주던 집. 그래서 갑자기 마음이 놓였던 것인가.

벌판 한쪽에서 섭은낭이 걸어오는 게 보이고, 마당에 모여 있던 사람들은 은낭을 반갑게 맞이한다. 그녀는 돌아오겠다고 했고, 약속을 지킨 것이다. 그리고 마경소년과 함께 새로운 삶을 찾아 신라로 길을 떠나며 영화는 끝난다. 기다리고 있던 한 사내도 두 연인의 길에 동행하는데, 신라에 장삿길을 열어보려는 상인이었을까. 멀고 먼 길일 테지만, 삼인행은 어쩐지 정겹고 푸근하다. 다시 소의 영각 같은 음악이 높고 깊게 울리고, 두둥 북소리와 함께 쩡쩡 느려졌다 빨라졌다 하는 가운데 벌판 아래로 잠겨드는 사람의 길과 산하의 풍경이 화면을 가득 채운다.

지난해 말 허우 샤오셴 감독 전작전에서 「자객 섭은낭」을 처음 보고 나오며 들었던 느낌은 말 그대로 행복감이었다. '무협'이라는 형식도(난 무협지나 무협영화에 그다지 빠져본 적이 없다), 천년을 훌쩍 격한 중국 대륙의 시대극이라는 점도 영화를 느끼고 받아들이는 데 아무런 장애가 되지 못했다. 허우 샤오셴 감독의 영화를 특별히 좋아하는 터라 이미 충분히 감동할 자세가 되어 있었다고 할 수도 있으리라. 그러나 세부적으로는 이야기의 흐름을 따라갈 수 없는 지점도 있었고 명료하게 설명하기도 힘들었지만, 한 장면 한 장면이 세상을 향한 최선의 자리에서 만들어졌다는 것만은 충분히 알 수 있었고 그 느낌은 양보할 수 없는 것으로 남았다. 언제나 영화적 모험의 길을 가면서 집안의 장형처럼 세상사를 감싸는 감독의 깊은 시선을 동시대인으로 느껴볼 수 있다는 기쁨도 물론 컸다. 그런 가운데 느닷없다 싶게 염소가 등장하던 장면의 이상한 위안은 계속 마음 한쪽을 맴돌고 있었다.

2월 초, 정식 개봉 소식을 접했고 다시 극장으로 달려갔다. 두번째 관람이라 그런지 영화의 세부도 조금씩 눈에 들어왔고, 조금은 편하게 영화의 흐름에 몸을 맡길 수 있었다. 흑백으로 열리는 영화의 첫 장면이 당나귀로부터 시작된다는 사실이 그제야 보였다. 바람 부는 흑백의 숲에 자그마한 당나귀가 보이고, 카메라가 옆으로 움직이면 여인 둘이 서 있다. 그러니까 이게 「자객 섭은낭」이라는 어떤 영화의 세상, 영화의 시간으로 들어가는 문이었다.

여도사는 지금 은낭에게 그 숲 바깥의 길을 지나갈 누군가의 암살을 지시하고 있다. 당나귀는 여도사가 타고 왔을 테니 거기 나무에 매여 있는 게 이상할 게 없다(당나귀는 도술의 세계에 자주 등장하는 동물이기도 하다). 농가에 염소가 있는 게 자연스러운 것처럼 말이다. 그러긴 해도 영화의 앞과 뒤에 당나귀와 염소의 장면을 배치하고 보여준다는 것은 감독의 결정이고 결단이었을 테다. 영화는 결국 어둠속에서 사라져갈 잔상들로 우리의 마음과 감각에 남는다. 그것을 의미로, 이야기로 엮어야 안심하는 것은 무지에 대한 우리의 공포와 불안 때문일 것이다. 천년 전이든, 지금이든 우리는 삶 그 자체에 대해서는 본원적 무지와 어리석음을 감수할 수밖에 없다. 다만 그때그때 당나귀를 타고 염소를 기르면서 조금씩 살아갈 뿐이리라. 어떤 정치한 철학도 '당나귀 발타자르'의 무구한(이런 말은 얼마나 폭력적인가) 눈과 수난을 의미화할 수 없다. 광학과 과학기술의 산물로서 가시성과 재현의 영역에서 거의 무한대의 능력을 자랑하게 된 영화가 바로 그 자신의 능력 때문에 의미와 앎의 자리에서 끊임없이 실패할 수밖에 없는 매체라는 사실은 흥미롭다. 영화는 자신이 스크린에 보여주는 이미지가 지금 거기 존재하지 않는다는 사실을 (실체의 차원에서든 시간의 차원에서든) 계속 알려주는 이상한 예술장치다. 또한 그것은 어떤 의도로 어떻게 보여주든 과잉과 무의미의 이미지를 포함할 수밖에 없다는 점에서 근본적으로는 고정된 주체와 의미의 시점(視點)을 허물고 총체화를 무력하게 만든다. 언젠가부터 사라져간다는 사실의 무심한 환기와 함께 그렇게 화면의 어딘가에 그냥 놓여 있고 지나가듯 보이는 것들이 내게는 '영화적인 것'으로 체험되고 있었던 것 같은데, 허우 샤오셴 감독의 영화들이(혹은 오즈 야스지로오의 영화들이 혹은 홍상수의 영화들이) 나를 그리 이끌었다는 걸 새삼 고백해서 무엇하랴.

가성공주가 칠현금을 타며 어린 은낭에게 들려주는 '푸른 난새 설화'를 굳이 떠올리지 않더라도 「자객 섭은낭」이 '외로움'에 대한 영화라는 것은 알아채기 어렵지 않다. 정치적 목적에 의해 변방의 '위박'으로 시집온 가성공주의 운명이 그러하고, 역시 사랑하는 이와 가족을 떠나 자객으로 키워지는 섭은낭의 운명이 그러하다. 서자 출신으로 위박의 주공이 되지만 전계안에게서는 권력자의 위엄 대신 늘 허무와 쓸

쓸함의 분위기가 감돈다(궁에서 맨발로 신하를 맞는 모습이 기억난다. 직접 북을 치고 춤을 추며 첩 호회를 비롯한 궁녀들과 화려한 축연을 벌이는 인상적인 신에서 그의 고독은 더욱 부각된다). 무엇보다 정인이자 인척이었던 섭은낭과 전계안은 자객과 살해 대상으로 만난다. 말고도 영화 속에 등장하는 인물들은 다들 조금씩 각자의 울타리 안에 갇혀 있는 듯 보인다. 자작나무 숲에서 단검을 들고 벌이는 두 여성 자객 사이의 일전은 처음 볼 때 앞뒤 맥락이 잘 잡히지는 않았지만, 동작 하나하나가 팽팽한 긴장 속에서 기묘한 아름다움을 자아냈다. 가면 쓴 여성이 전계안의 처라면 둘의 칼날은 서로를 향한 것이라기보다는 거기 없는 외로움의 대상을 베어내는 일일 수도 있다. 섭은낭이 흔들리는 베일 너머로 전계안과 호회를 숨어서 바라보는 실내 정경은 선명한 사물의 윤곽이 일순 몽롱하게 겹치고 뭉개지는 식으로 엄격한 시선의 리얼리즘 아래에서 펼쳐지는데, 베일을 사이에 둔 그 거리감은 좁혀지거나 메워질 수 없는 것처럼 단호하게 존재한다. 인물이나 풍경을 붙잡는 허우 샤오셴 감독의 카메라가 그 거리감을 포함하여 '본다'는 일에 담긴 특별한 진실과 태도의 탐구이자 질문이라는 것은 잘 알려진 일이거니와, '외로움'이라는 테마는 「자객 섭은낭」에서도 카메라의 거리, 영화의 시선을 통해 느껴지고 전달된다.

다만 이번 영화에서 너무도 아름답게 모습을 드러내는 자연 풍광에 대해서는 조금 다른 이야기를 해볼 수도 있을 듯하다. 내게는 왠지 그 풍경들이 감독의 초기작인 「동년왕사」 「연연풍진」 「비정성시」의 산과 바다, 기찻길 풍경들을 떠올리게 만들었는데, 그렇다는 것은 무심하면 무심한 대로 얼마간 인간의 아픔을 그 안에 혹은 옆에 함께 두는 풍경의 느낌으로 다가왔다는 이야기이기도 하겠다. 그러니까 근원적으로는 슬픔(悲/哀)의 아우라 안에 있되, 다들 거기서 살아왔고 또 살아갈 세상의 시간으로서 언제나 거기 있는 자연의 풍경 같은 것 말이다. 부임지로 떠나는 전홍 일행을 아주 멀리서 잡은 신이 모뉴먼트 밸리가 있는 서부영화의 한 장면 같기도 했던 것은 왜인지 모르겠으나, 습격을 당한 후 일행이 부상자를 말에 싣고 동굴 쪽으로 걸어가는 비스듬하게 찍은 부감의 신에서 기묘한 형상으로 솟구친 산과 벌판은 낯설다기보다는 무언가 이들을 지켜주고 감싸는 느낌이었다. 그리고 둥그런 동굴 저편이 어둠속 횃불 너머로 조금씩 드러나는 이어지는 장면에서는 「연연풍진」의 기차가 터널을 지나는 그 순간의 감흥이 되살아나는 느낌마저 들지 않던가. (생각해보면 분단과 이산의 역사를 살아온 감독에게 대륙, 그 본토의 자연을 처음으로 카메라에 담는 일은 단지 한편의 영화적 완성, 영화적 미학의 경계를 넘어서는 일일 수도 있었을 것 같다.)

　말을 조금 바꾸어야 할 것 같다. 「자객 섭은낭」은 '외로움'에 대한 영화이지만 그 외로움은 감당할 만한 것으로 영화 안에 놓여 있다. 아니, 그 외로움은 세상의 시간과 함께 감당해야 하는 것이다,라고 영화는 말하는 듯하다. 그것은 이렇게 말해버려도 된다면, 거기 겹겹의 산이 있고, 길을 열어주는 동굴이 있고, 새가 날아드는 호수가 있고, 결국 연기 피어오르는 마을과 집이 있기 때문이다. 당나귀와 염소가 있기 때문이다. 자객이라고 해도 아이와 함께 있는 아비를 죽여서는 안되고, 죽일 수 없는 이유가 거기 있다. 지금이 어떤 세상인데, 너무 소박하고 단순한 이야기가 아니냐고? 발치에는 새끼가 누워 있고 어미 염소는 무심히 되새김질을 하고 있다. 염소들이 있는 울타리 너머로 사람들이 모여 앉아 있는 농가의 마당이 보인다. 그리고 그 너머로 하염없는 벌판과 산이 보인다. 사람들은 누군가를 기다리고 있다. 멀리 마을로 돌아오는 섭은낭이 보인다. "저기 그 낭자가 오네. 약속을 지켰어." "신라까지 데려다준다지." 신라는 어디인가. 머나먼 동방의 남국. 상인인 듯한 중년의 남자가 낀 이 삼인행은 「남국재견」의 삼인행과 어떻게 같고 다른가. 새로운 천년을 시작하는 자리에서 아직 오지 않은 2010년의 시간을 '돌아보던' 「밀레니엄 맘보」의 서기(舒淇)는, 이미 지나온 천년 전의 길 위에서 미래의 우리를 향해서인 듯 길을 떠난다. 은낭의 그 길은 결국 돌아보는 길일 테다. 염소의 껌뻑이는 눈에서 시작된 이 길의 감흥을 오래 잊을 수 없을 것 같다.

○ 2016